艾蜜莉的精靈百科

2

艾蜜莉的幻境地圖

等在精靈之門後方的，究竟是生機，還是毀滅？

Emily Wilde's Map of the Otherlands

HEATHER FAWCETT 海瑟・佛賽特——著

康學慧——譯

野人

一九一〇年九月十四日

那隻腳塞不進公事包，所以我用布包起來，放進田野調查時偶爾會用的舊背包。很不可思議，那隻腳既不髒也不臭——好像也不奇怪，畢竟那是精靈的腳。當然，那隻腳早已木乃伊化，倘若不仔細觀察，可能會誤以爲是山羊腳，或者是從遠古法老王陵墓中挖出的怪異祭品。雖說不會**臭**，但自從把這隻腳帶回辦公室之後，不時會吹起來源不明的陣陣微風，飄送野花與壓碎青草的香氣。

我看著鼓鼓的背包，感覺荒唐至極。相信我，我眞的不願意拎著**一隻腳**在校園走來走去。然而，大家都知道精靈遺骸只要興致一來就會擅自亂跑，無論是否木乃伊化都一樣，我猜想腳這個部位應該格外愛遊蕩。在這隻腳達成功用之前，我不得不隨身攜帶。眞慘。

老爺鐘輕柔的報時聲響提醒我快要遲到了，我和溫德爾約好共進早餐。過去的經驗讓我知道絕不能爽約，要是我沒有出現，他會親自把早餐送來，驚人的分量會讓整間辦公室瀰漫雞蛋味，接下來一整天我都得忍受桑斯維特教授氣呼呼地抱怨他腸胃不好、受不了那種味道。

我稍微花一點時間將頭髮盤起來固定好——實在是太長了，因爲過去幾週我陷入沉溺期，腦中只有進行中的研究課題，容不下其他事。幫溫德爾找門這件事令我投入到難以自拔的程度，印象中即使最艱深的學術謎團也沒有這麼嚴重。最近我徹底忽視外表，不只是頭髮而已——我的棕色連身裙皺巴巴，而且不太確定是否乾淨；我的更衣間地板上堆著小山般的衣物，全都難以分辨有沒有洗過，出門時我從裡面隨便抽出這一件穿上。

「走吧，親愛的。」我對影子說。大狗躺在柴油暖爐旁邊的狗床上，這時牠站起來，打個呵欠、伸展一下巨大的腳掌。離開之前，我環顧辦公室一番，感到心滿意足——不久前我獲得了終身教職，也換了一間比較寬敞的辦公室，溫德爾的辦公室和我相隔三道門（可想而知，雖然只多了二十英尺的距離，他還是有辦法抱怨）。老爺鐘是本來就有的，緹花窗簾也是，窗簾後面的上推窗俯瞰騎士學院的池塘——此刻幾隻天鵝悠游其中——氣派的橡木書桌也是附的，每個抽屜都有黑絲絨內襯。我自行添加了幾個書架，這是當然要的，外加一座爬梯，這樣我才能拿到最上層的書籍。溫德爾堅持要在純學術的空間放置無用雜物，首先是兩張他在拉芬斯維克拍攝的照片，我完全不知道他何時拍的，一張是我、莉莉婭、瑪格麗特一起站在積雪花園中，另一張則是村中景色；接著是一個花瓶，裡面的乾燥花永遠不會失去香氣；最後則是我二十八歲生日時他特別請人繪製的影子肖像，他拿去重新裱框過——好吧，這個我毫無怨言。我的野獸非常帥氣。

樹靈學系教師辦公室的外面有一個公共休憩空間，我經過時看到幾個學生懶洋洋地窩在單人沙發上，一旁是一座同樣愜意的壁爐——九月還很熱，所以沒有生火——以及一排令人嘆爲觀止的大窗戶，比幾個人疊在一起還要高，最上方有小小的彩繪半月圖案。這排窗戶正對富麗堂皇的醫學圖書館，兩者的距離如此接近，引來無數嘲諷取笑，因爲樹靈學家身上太容易出現詭異的傷勢。休憩區角落擺放著一個裝滿鹽的青銅甕——根據校園傳說，在這裡放一甕鹽一開始只是玩笑，但太多學生在課堂上初次了解黑化妖的恐怖之後，臉色慘白地跑去拿鹽塞滿每個口袋。其實不用這麼擔心，一般而言，精靈不會來系上聽我們這些凡人如何描述他們（溫德爾例外）。地上鋪著幾塊厚地毯，踩上去的時候要特別小心，因爲底下塞了太多硬幣以致於凹凸不平。就像那甕鹽一樣，這個傳統一開始只是幽默娛樂，並非認眞想要藉此阻擋精靈入侵系所，現在大致上已經變成一種求好運的儀式，學生會在考試或交論文之前在地板上塞半便士硬幣。（日積月累下來數量不少，聽說有些不迷信的年輕學者會偷拿去當酒錢。）

我們走出大門外，影子開心地發出像豬叫的聲音——平常牠很安靜——接著一頭撲向陽光普照的草坪，埋頭尋找蝸牛或其他能吃的東西。

我踏上比較安靜的步道，享受陽光照在臉上的溫暖，風中略帶一絲涼意，預告秋季即將來臨。樹靈學系主大樓旁邊就是爬滿長春藤的樹靈學圖書館，俯瞰一片草坪，草地上零星長著幾棵紫杉與柳樹，英國這個地區普遍認爲精靈最愛這兩種樹。幾個學生在最大的樹下小睡，那是一棵雄偉的水柳，據說裡面住著一個熟睡的矮妖（可惜只是謠傳），等到有天他醒過來，在樹下睡覺的人當中最靠近他的那一個，口袋會被塞滿黃金。

踏進圖書館的陰影中，我不禁萌生遇見親友般的愉快心情。我可以想像溫德爾嘲弄我，竟然對圖書館產生宛如家人的感受，但我不在乎；反正他也不會看我的私人日誌，不過要是讓他知道離開寒光島之後我還繼續寫，他絕對會毫不留情地取笑我。我就是沒辦法停筆；我發現寫日誌有助於整理思緒。

小徑轉彎，但我依然望著圖書館——十分不智，因爲我一頭撞上從對向走來的人，力道太大，我差點摔倒。

「對不起。」我連忙道歉，但那個人只是很失禮地擺擺手。他雙手拿著大量的布條，似乎正忙著將它們綁在一起。
「你還有嗎？」他問我。「這些不夠。」
「不好意思，我沒有。」我謹慎回答。那個的人打扮不合季節，一身鑲毛皮的長斗篷搭配長度過膝的厚靴子。除了雙手，他的脖子上也掛著綁在一起的布條，纏繞好幾圈，口袋邊緣同樣露出布條——五花八門的布條，各種顏色與尺寸俱備。他身高過人又掛滿布條，彷彿慶祝仲夏節時纏上彩帶的花柱化做人型。他的年齡應該落在中年後段，深金髮色接近棕色，但又比膚色淺一點，彷彿經歷太多風吹日曬，另有一把參差不齊的白鬍鬚。
「這麼多還不夠？」我問。
他以難解的眼神瞪了我一眼。那種表情有點熟悉，但我無法確切指出原因，我很確定以前沒有見過這個人。我感覺一股寒意沿著頸子滑動，彷彿冰冷手指拂過。
「這條路沒有盡頭，」他說，「千萬不能睡著——我犯過這個錯。看到頭髮有灰的幽靈時左轉，然後在長青樹那裡再次左轉，直直穿過溪谷，我的兄弟將會在那裡死去。行差踏錯只會失去自我，但偏離這條路將會失去從不知道自己擁有的一切。」
我呆望著他。那個人只是低頭看著布條，態度彷彿要打發我離開，然後他繼續往前走。我自然轉身往他離去的方向看，發現他消失時，我並沒有感到太過意外。
「嗯哼！」我嘀咕。「親愛的，你覺得這是怎麼回事？」
但是影子對那個人不感興趣，只顧著看一隻落在草地上抓蟲的喜鵲。我把這次的遭遇收進心裡，繼續穿越綠樹成蔭的校園。

✦✦✦

溫德爾最喜歡的餐館就在劍河岸上，緊鄰潘德雷橋。從我們的辦公室走過來要十五分鐘，如果由我決定地點，肯定會選在位置更方便的地方用餐，但他對早餐非常挑剔，堅持只有位在數學系大樓旁的阿基米德餐館才能煮出恰到好處的水波蛋。

像平常一樣，我一眼就看到溫德爾。他的金髮有如燈塔一般吸引目光，色澤隨著樹枝在風中搖曳而忽明忽暗。他坐在櫻桃樹下我們每次占據的老位子，優美的身形擺出頹廢姿態，一隻手肘撐在桌上，手支著前額。我強忍笑意。

「早安啊。」我輕快地說，無意掩飾得意的語氣。我來得正是時候，餐點才剛上桌，培根與雞蛋冒著熱氣，溫德爾杯中的咖啡也一樣。

「親愛的艾蜜莉，」他在我坐下時說道，雖然沒有費力把頭抬起來，但還是斜斜看著我微笑，「你的樣子好像剛和書本比過摔角。請問誰贏了？」

我沒理會。「剛才過來的路上發生了一件怪事。」我說，接著描述遇到布條神祕人的經過。

「說不定是我繼母終於決定派殺手來對付我了。」他的語氣頂多只能稱之爲嫌棄，彷彿暗殺這種事實在太過時了。

我自然不會多事指出那個陌生人完全沒有提到溫德爾，而且溫德爾本人和他的難題似乎都與此事無關，我知道說了他也聽不進去。於是我只說道：「他感覺沒什麼威脅性。」

「或許他擅長用毒。用毒的殺手大多怪裡怪氣、個性惱人，最愛打啞謎。一定是因爲他們整天彎腰駝背測量劑量，吸進太多毒氣了。」他悵然看一眼咖啡，再放了一塊糖之後一飲而盡。

影子開開心心地趴在桌子下面，我裝了一盤雞蛋和香腸給牠，然後將背包隨手掛在椅背上。溫德爾依然沒有察覺我帶了蘊藏強大魔力的精靈殘骸來吃早餐，令我不禁感到好笑。「你有沒有聞到什麼香氣？」我故做無辜地問，因爲我再次捕捉到不知由何而來的野花香。

「香氣？」他搔搔影子的耳朵。「難道你擦香水了？如果眞是如此，恐怕被你身上散不掉的墨水和圖書館氣味蓋過了。」

「我說的不是**我**。」我的音量有點太大。

「不然是什麼？我頭痛得要命，害我五感都不靈光了。」

「頭痛應該不會影響五感。」我帶著笑意說道。不過，他的樣子確實有點像死人。他平常氣色紅潤，現在卻變得慘白泛灰，深色眼眸下面掛著黑眼圈。他搓搓前額，含糊說了一句我沒聽懂的話，垂落眼前的金色髮絲也被揉亂。我很想伸手幫他把頭髮撥回去，好不容易才壓抑住熟悉的衝動。

「說眞的，我實在不懂爲什麼每年都要來一次這樣的儀式毒害自己，」我說道，「到底有什麼好玩的？生日不是應該開心慶祝嗎？」

「凡人大概是企圖忘記不斷逼近的死亡。我只是有點得意忘形了——可惡的拜爾斯，起鬨玩什麼喝酒遊戲。後來又有人端出一個**蛋糕**——還是兩個？總之，我再也不會這樣了。」

我不禁微笑。儘管溫德爾動不動就抱怨全身無力、腿痠腳軟，加上一堆有的沒的不適症狀——尤其是需要勞動的時候——但他其實很少眞的身體不舒服，所以他此刻的慘狀讓我有點竊喜。「我過三十歲生日的時候沒有喝到神智不清，上個月過三十一歲生日的時候也一樣。其實沒有那麼難。」

「但你九點就跑去睡覺了，瑞德、桑斯維特和我們其他人慶祝你生日的時間比你本人還長。小艾，你不是不放縱，只是範疇不一樣。」這時他終於注意到我的背包了——很可能是精靈腳的腳趾動了一下——他渙散的視線猛然落在背包上，狐疑打量著。「那裡面裝了什麼？你那一臉自滿的笑容又是怎麼回事？你在打什麼鬼主意？」

「我不懂你在說什麼。」我緊緊抿著嘴唇，以免露出他所說的自滿笑容。

「你該不會又中魔咒了吧？難道我又要想辦法營救你？」

我怒瞪著他。今年初在寒光島，他救我逃出冰雪精靈王的宮廷，到現在我依然心懷芥蒂，我對自己發誓，下次再遇上精靈相關的麻煩，一定得換我救**他**才行。沒錯，我知道這種想法很不合邏輯，因爲溫德爾必須先身陷危機，我才能救他，這種狀況當然能免則免。不過沒差，我的決心十分堅定。

「明天我會仔細跟你說明。」我說。「至於現在，簡單說就是我的研究有重大突破。我打算發表一次報告。」

「報告？」他一臉揶揄。「只對著一位聽眾發表？難道少了指示棒和一堆圖表，你就不會說話了嗎？」

「是**兩位**聽眾才對。」我說。「我必須邀請雅瑞艾德妮，不是嗎？」

「要是你不邀她，她會很難過。」

我用餐刀切下一塊奶油抹在烤麵包上，動作有點太大。雅瑞艾德妮是我哥哥的長女。她今年夏季入學劍橋，懷抱對樹靈學根深柢固的熱愛，可想而知，哥哥認爲是我的錯，在他心中我的缺點清單又多了一項。她今年才十九歲，絕對是我教過的學生當中最聰穎的一個，無論她想要什麼，總會欣然爭取，好比研究助理職位、課後輔導；她甚至能進入樹靈學圖書館中只限教師進入的區域，我們最珍貴的書都存放在那裡，其中一半有魔咒。之所以如此，並非是因爲她極具說服力，而是因爲她很愛提醒我，她寫信給湯瑪斯的頻率有多高。雖然我經常告訴自己，我完全不在意哥哥對我的看法——他比我年長整整十二歲，各方面都與我相反——但每次她提起和父親通信的事，我腦中總會浮現哥哥的臭臉，總而言之，我很不希望那份缺點清單繼續增加項目。

「跟我的門有關嗎？」孩子氣的盼望爲溫德爾憔悴的臉龐帶來活力。

「當然囉。」我說。「我唯一的遺憾是花了這麼長的時間才想出可行的理論。不過明天我會完整說明，還有一些細節需要確定——更何況，今天下午你有兩堂課。」

「不要提醒我。」他再次用手摀住前額。「等我撐過那兩堂課——**假設**我能順利撐過去的話——我要回家把自己埋在一堆枕頭裡，直到該死的頭痛停止。」

我把裝柳橙的碗推向他。他幾乎沒吃東西，這很不像他。他拿起一顆柳橙，剝好皮之後注視片刻，然後又放下。

「來吧。」我將抹好奶油的麵包遞給他。至少他還能勉強吃下麵包。吃了一點東西之後，他的胃似乎沒那麼難受了，吃起我幫他盛進盤子的雞蛋。

「小艾，要是沒有你，我會在哪裡？」他說。

「八成還在德國到處流浪找你的門吧。」我說。「至於我呢，不必煩惱要不要答應精靈王的求婚，想必能睡得更香。」

「只要接受就不必煩惱了。」他按住我的手，用拇指輕揉我的指節。「不然我針對這個問題寫篇論文給你？我可以一一列舉接受的無數好處。」

「可以想見。」我冷冷地說。一股麻癢沿著我的手臂緩緩往上移動。「第一條是什麼？永遠享有乾淨地板與一塵不染的書架，以及不停要我東西用完順手收拾的反覆嘮叨？」

「啊，不是的。第一條應該是我們結婚之後，你就不必胡亂闖進荒野找**其他**精靈王結婚，甚至沒有事先確認對方是不是冰做的。」

我搶走他的咖啡杯——我並非**真的**想要把咖啡倒在他身上，不過萬一手滑，那也不能怪我——但他已經把杯子搶回去了，動作太快，區區凡人根本來不及反應。

「太不公平了。」我抱怨，但他只是嘲笑我。

這已經變成一種固定模式了，每次提起他求婚的事，最後就會變成互相挖苦調侃，儘管如此，他絕對是認真的，他一再保證過太多次，我已經懶得數了。至於我呢，真希望能用幽默的態度看待這整件事——我真的因此夜不成寐。光是寫下這些內容，我的胃便開始感到糾結，整體而言，我寧願不去想這個問題，因為想太多會引起輕微恐慌。我猜想，部分原因是一想到要嫁人，我就只想躲進最近的圖書館藏身於書架間；我一直認為婚姻毫無意義，即使在最好的狀況下也會影響我的工作，而在最糟的狀況下更是會**嚴重**影響我的工作，更別說還伴隨著一輩子都應付不完的惱人社交義務。

但我也清楚意識到，我早該明確拒絕溫德爾，讓他繼續像這樣抱持希望非常殘忍。我不想對溫德爾殘忍，光是想像便讓我有種怪異又難受的感覺，彷彿身體裡的空氣全都被擠光。

然而，只有超級大白痴才會和精靈結婚，現實就是如此。凡人與精靈結婚之後過得幸福快樂的故事非常少，最後落得發瘋或早早慘死的故事卻多到能堆成山。

當然，我也時時刻刻意識到這件事有多荒謬，我竟然成爲精靈王求婚的對象。

在我們專心吃早餐幾分鐘之後，他說：「至少給我點暗示吧。」

「你先動筆寫那篇論文再說。」

「你無時無刻不在思考嫁給我這件事確實很令我感動，不過，我想知道的其實是你的突破。你已經縮小範圍，選出幾個門可能出現的地點了？」

「啊。」我放下可麗餅。「沒錯。我的研究指出許多可能的地點，所以更精準的說法應該是我推敲出一個可能性似乎特別高的所在。你對丹妮兒．德葛雷的研究有多少了解？」

「德葛雷？不多。只記得她有點離經叛道，幾十年前闖入精靈領域之後就失蹤了。她的研究很有問題，不是嗎？」

「有問題的是**她**。她在四個國家遭到逮捕，最惡名昭彰的一次是從法國公爵宅邸偷走一把精靈劍。過程中她順便解除了公爵家族蒙受的詛咒，但並沒有得到感謝。我一直認爲她的研究十分傑出，可惜已經沒有人引用了。我讀研究所的時候試過一次，但導師說這樣做不合宜。」

「一點也不奇怪。學術界很保守，德葛雷感覺太有意思，難免格格不入。」

「她的想法很創新。她強烈主張不同區域的精靈族群彼此來往的密切程度遠超過學者推測——當時他們稱之爲貿易路線理論。她也提出一套分類體系，可惜沒有得到太多支持，否則至今應該仍大有幫助。失蹤當時，她正在調查一個羊仙種族[1]。」

溫德爾一臉嫌棄。「我討厭羊仙——我的王國也有，一群惡毒的小野獸——而且不是有趣的那種惡毒。真不懂樹靈學者為什麼要在他們身上花那麼多心力。羊仙和我的門有什麼關係？」

我向前傾身。「事實上，你的王國有幾種不同的羊仙，對吧？」

他發出嘆息。「求求你，不要逼我一一列舉。我盡可能不和那種玩意兒扯上關係。」

我從口袋拿出一本書——可想而知，我沒有在背包裡放其他東西，以免那隻腳趁我打開拿取物品的時候脫逃。我翻到夾著書籤的那一頁之後遞給他。「你看過這種羊男嗎？」

「是女的。」溫德爾看著插圖漫不經心地說道。圖中的生物面目不清、滿身長毛，長著羊腿與羊蹄——許多羊仙除了以雙足行走之外，也會以類似猿猴的動作蹲跳。圖中羊仙的頭上長著兩隻雄偉的角，銳利如刀尖。「看過，他們住的山在我的城堡東方。」

「德葛雷稱之為樹形羊仙——並非因為他們經常在森林出沒，而是因為他們的角十分繁複，很像樹的年輪。這種特色專屬於這個種族。」

我把書收回來，不給他機會看插圖下的文字敘述——明天我想給他一個驚喜。他似乎猜到了，面露微笑。

「現在你只能告訴我這些，對吧？名聲掃地學者的故事，加上介紹一種泛精靈？你每次都嫌我神祕兮兮，你自己還不是一樣？」

「反正你已經浪費了十年都找不到一道精靈之門，多等一天也沒差吧？何苦發牢騷？」我沒有太認真掩飾沾沾自喜的心情。「給我點茶。」

他端起茶壺斟滿我的茶杯。我一時愣住，呆望著那杯茶。

「怎麼了？」他放下茶壺問。我無言以對，只能默默指著茶杯。杯子裡的茶水呈現藍黑色，上面漂著幾片蓮葉，每片葉子都抱著一朵完美的小白蓮。水面上暗影搖曳，彷彿上方有棵大樹籠罩，只能透入微弱陽光。

溫德爾罵了一句。他伸手想拿杯子，但早已被我捧在懷裡。「它在**開花**？」我問。確實，就在我眼前，另一朵蓮花綻放，花瓣隨風晃動，但劍橋在這個季節應該沒什麼風才對。我的視線無法移開。

杯中物雖然詭異，但香氣撲鼻——有點像茶，但也不太像，苦澀中帶著花香。我舉杯正要喝，突然間溫德爾的手蓋住杯口——又是那種凡人眼睛趕不上的速度，這一招眞的讓人很不舒服。「別喝。」他把茶杯壓向桌面。

「這有毒？」

「當然沒有，只是茶而已。我在宮裡的時候早餐都會喝這種茶。」

「啊。」一般而言，凡人最好不要吃任何精靈界的食物——尤其是精靈酒，人類喝了會失控。大部分喝下精靈酒的人類都是被引誘進精靈宴會，他們會不停跳舞，直到死亡或精靈感到厭煩，通常兩者的下場都一樣。

「目前我沒有心情跳舞。」我說。「你害我沒茶喝了，眞是多謝。」

---

1 儘管伊凡斯（一九〇一年）、布蘭契（一九〇四年）與其他學者提出異議，但「羊仙」這種命名方式依然廣為接受，泛指各種有蹄類泛精靈，不分體型大小與棲息地，許多樹靈學專有名詞可追溯至十七世紀早期希臘樹靈學扎根的時期，這個詞也是其中之一。

「你應該看得出來我不是**故意**的。我不……」他蹙眉甩甩頭。

我把茶倒在草地上——壺裡的茶，因爲杯子還在他手中。「我從來沒看過你控制不住魔力。難道你想家了？」

「沒有比平常更想。」他喝一口茶，閉起眼睛片刻，然後聳聳肩。「我猜大概是宿醉的後遺症。」

我看著他靜靜思索。他揮手叫來服務生，請對方送一壺新茶過來。接著談話的方向轉往熟悉的老問題：系上的政治角力。通常溫德爾對這個話題沒什麼興趣，不過他善於憑魅力贏得別人的信任，所以是八卦消息的絕佳來源。克萊夫．厄靈頓教授與莎拉．阿拉米教授正在吵架，大家都在打賭誰會贏。這場爭執起因只是教師休息室裡一個放錯位置的托盤，後來演變成互相指控在專業上暗中陷害。阿拉米擁有一面封著精靈光的鏡子，不久前被打破了，她認爲是厄靈頓幹的；而厄靈頓相信阿拉米之所以跟著他前往威爾特郡丘陵，只是爲了留下發霉的司康給他正在調查的棕精靈（據說此舉導致他們非常憤怒）。

「不好意思？」

我轉頭看到一位學生在我身後探頭探腦，紅潤臉龐掛著遲疑的笑容。「教授，抱歉打擾了。我是您的學生——近代早期精靈學？」

「噢，對。」雖然我這麼說，但其實沒想起來她是誰。唉，畢竟那一班有超過一百個學生。

「您一定會覺得我很傻。」她用力抱緊放在胸前的一本書——我這才發現那是我的精靈百科，今年初夏剛出版。「但我想告訴您，是您讓我立定志向。我原本來劍橋是爲了學建築——因爲父母希望我主修這個科系。其實我一直都想主修樹靈學，因爲您的啓發，我終於下定決心了。」

「能對你有所啓發，這是我的榮幸。不過樹靈學這門專業難度高又很危險。」

「噢，我知道。」年輕女孩說道，雙眼綻放光彩。「但我……」

她好像突然忘記要說什麼，視線落在溫德爾身上，而他正讓椅腳蹺起，看著我微笑。一開始我以爲是溫德爾的容貌讓她看呆了——就連熟識他的人也常常會這樣。倘若單純只是俊美，看久了也就習慣了，但溫德爾有種獨特的**鮮亮**——我想不出更好的形容——讓人很難忽視。那種感覺很難說明，或許所有精靈王都有，我無法確定。他的存在感非常強烈，總能立即吸引目光。

當她的視線回到我身上，我才終於明白是怎麼回事。之前我在拉芬斯維克的村民臉上也看過那種表情，我不禁抿緊嘴唇。

女學生再次向我道謝，離去時有些匆忙。我轉過頭，蹙眉看著溫德爾。

「又怎麼了？」他說。

「你的八卦好像已經傳到劍橋了。」我說。

「噢，我的天。」

拉芬斯維克村民知道溫德爾的眞實身分——當時的狀況無從避免。我和溫德爾都不太擔心——那個村落非常小、非常偏遠，我們以爲保密不會太難。

他揉揉鼻梁，閉上眼睛。「怎麼會這樣？」

「我不知道。不過現在已經是新時代了，溫德爾。系主任的辦公室裝了電話，雖說他根本不會用……」

溫德爾伸手去拿咖啡壺，我發現自己錯判了他的反應——他一點也不焦慮，單純是宿醉不舒服。「唉，好吧。」

「唉，好吧？」我重複。「我們不知道多少人聽到傳言，也不知道有多少人相信，還是愼重看待比較好。至少從今以後你要小心一點，有時候你眞的很大意——世界上觀察力敏銳的人不只我一個，你知道吧？希望以後不會再發生不小心把茶變成其他東西的事了。」

「系上的人才不會相信呢。」他說。「你能想像嗎？他們會覺得自己像平凡的傻瓜。他們有多拚命避免**那種感覺**，你也很清楚。」

「我不知道。」我說。「畢竟你樹敵不少，那些人一發現有機會抹黑你，絕對不會放過。假使有人認爲你只是來這裡玩一場殘忍的精靈遊戲，目標是爲了讓我們所有人臉上無光，這種謠言絕對會讓他們得償所願。溫德爾，我們不能失去研究資金。要找到你的門，必須有錢才行。」

「這些事搞得我頭更痛了。」他握住我的手。「放心，小艾，只是傳言而已。你這麼緊張，別人還會以爲你比我更想找到我的門呢！」

「恐怕很難吧。」因爲他動不動就抱怨有多想家。

「我想也是。」

我收回手，因爲感覺太熱了。「我當然很想找到你的門。這是我在學術生涯當中遇過最有趣的謎題，我一定要破解。你很清楚我是怎樣的人。」

他揚起微笑。「沒錯，我很清楚。」

✦ ✦ ✦

之後沒過多久溫德爾就離開了，說要在上課前先睡一兩個小時，希望能改善頭痛。我繼續坐在餐桌前吃完麵包、喝完茶，一邊寫信給莉莉婭與瑪格麗特。我定期和她們兩人通信，也常寫信給歐黛，雖然也會寫給索拉，但次數比較少。我想像著莉莉婭坐在和瑪格麗特一同居住的小屋爐火邊展信——想必她們已經開始爲拉芬斯維克的嚴冬做準備了。

莉莉婭與瑪格麗特很關心溫德爾求婚的事，每次寫信來都會追問我是否已經下定決心。一開始我還會籠統說明嫁給精靈有多不智，但她們問的次數太多，後來我就乾脆不回答了。我非常想念她們，眞希望能再次見面——我一直覺得和莉莉婭說話很輕鬆，很少有人能給我這種感覺。

我和影子相伴走路回辦公室，心中的擔憂減輕不少。自從獲得終身教職之後，我一直處在一種心願成眞的夢幻狀態中——畢竟那是學術生涯的重大成就，但對我而言更是別具意義，因爲劍橋是我這一生唯一眞正的家。現在我總覺得古老石造建築散發出友善氣息，腳下的小徑也更加舒適。

我沿著小徑悠閒前行，一邊想著辦公桌上那疊尙待評分的報告，猛然領悟剛才那個布條人的眼神爲什麼那麼熟悉。我在許多年長教授的臉上看過無數次，每當我膽敢挑戰他們的學術觀點時，他們就會露出那種表情。一種學者獨有的失望，難怪我會有那種反應——在那短暫的一刻，我覺得自己就像忘記讀教授指定文本的大學生。

「嗯哼。」我再次嘀咕，在心中反覆思考遇到布條人的事，從不同角度檢視。但我依然無法破解這個謎團，只好暫且放下。

九月十四日，傍晚

呃，我不太確定該從何說起。

在講堂發生的驚恐場面應該是最合適的開頭，但我的心思不停逃竄閃躲，有如魚兒逃離映在水面的暗影。隔壁房間正傳來溫德爾平靜的打呼聲——經歷過那樣的事件他怎麼還睡得著，我實在難以理解。或許可以說他就是這樣的人吧，會因爲宿醉抱怨不休，卻不把企圖殺害自己的攻擊放在心上。

當我在早餐後回到辦公室，雅瑞艾德妮已經在等我了。中途我繞路去了一趟樹靈學與族裔民俗博物館，希望能借幾根固定展品用的破咒針，因爲那隻可惡的腳開始每隔幾秒就亂動，插幾根針應該可以解決。破咒針是鐵製的，釘頭是舊硬幣——許多精靈都討厭鐵和人類貨幣，因此這種針有助於抑制物品上殘留的魔咒。但館長——韓斯利博士——只是沒好氣地看我一眼，然後說破咒針缺貨。我和韓斯利博士關係不太友好。不久前我曾爲影子商借一項特殊展品，她非常不高興，說什麼「博物館不是圖書館，不是爲了滿足學者無聊的娛樂而存在」。只要聽到有人汙辱圖書館，我就會特別沒耐心，最後弄得雙方都很不愉快。或許我該感到慶幸，至少她沒有用抹布扔我，把我趕出博物館。

我的好心情蕩然無存，氣沖沖地進入辦公室。姪女問我：「你沒事吧？」我說沒事，但她還是去休息室幫我泡茶，即使我在她身後大聲說不必了，她還是堅持要去。

雅瑞艾德妮的長相酷似我兄長。圓臉、長鼻子上覆蓋大量雀斑，但她的榛色眼眸與淺棕

膚色來自母親。不過，他們父女兩人個性大相徑庭，我哥哥穩重寡言，雅瑞艾德妮卻精力充沛到讓人疲憊。這本來也不是什麼大問題，然而她自命爲我的助理，整天在我眼前轉來轉去，但我根本沒有在找，也完全不想要一名助理。

「像你這種地位崇高的學者不是**都會**有助理嗎？」她如此問我，充滿景仰的眞誠眼神令我難以招架。我只能結結巴巴回答，在心中氣自己不敵諂媚討好。老實說，我也並非總是介意她在我身邊打轉。

她回來時，不但泡了茶，還擺上我最喜歡的餅乾，但我碰都沒碰，只問道：「你找到史潘格勒地圖了沒？」我唐突的態度並未影響她開朗的心情，似乎什麼都無法動搖她的好脾氣。她急忙拿起公事包，從裡面取出一個資料夾，其中放著兩張仔細摺好的羊皮紙。

「謝謝。」我的道謝很勉強，因爲我沒想到她這麼快就能找到。「看來**真的是**塞在地下室的架子上？」

她搖搖頭。「這兩張地圖被送去歷史博物館了，在德國文化的樓層。我問了十多個館員才找到，不過確定地點之後就不難找了。」

「啊。」我說道，暗自感到敬佩。雅瑞艾德妮應該是我教過的學生中最幹練的一個。不過，這個事實本身也很煩人——倘若她是無藥可救的廢物，我早就找到藉口擺脫她了。

「你想現在看嗎？」她問。她興奮到開始輕輕蹦跳，簡直像八、九歲的孩子，我很想踩住她的腳制止，好不容易才克制住衝動。

「拿來這裡。」

她將地圖攤開鋪在辦公桌上，用幾顆精靈石壓住邊緣。我伸手輕撫老舊的羊皮紙——這兩張地圖並非原版，而是一八八〇年代由克勞斯．史潘格勒製作的副本。原版由丹妮兒．德葛雷在五十多年前所繪製，一八六一年她失蹤之後在其物品中發現，後來消失在大學檔案室深處，也可能是被人放錯地方。

撫摸地圖時，我的視線不由自主轉向左手斷指處，現在我時常這樣。溫德爾曾提議要爲我施展僞裝魔法，保證唯妙唯肖，絕不會發現和之前有什麼不同，但我拒絕了。我也不太清楚爲什麼。大概是因爲這個空缺就像一種提醒，或者一種警告，而我認爲這是好事。溫德爾認爲，這只是因爲我把斷指視爲入住精靈宮廷的血腥紀念品，少有學者能得到這種體驗。我當然極力否認，但心中確實有點納悶是否眞的如他所說。

第一張地圖是山區地形鳥瞰圖。唯一的聚落是一個小村子，標註的名稱是聖列索，位在群峰之間的高原上。第二張是村子周圍地區的放大圖，標註了更多細節，包括步道、溪流、湖泊，還有其他我無法看懂的地理特徵——我的德文不太好。

「我還是不敢相信。」雅瑞艾德妮再開口時，我嚇了一大跳，沒發現她站得離我這麼近。「這兩份地圖竟然是丹妮兒．德葛雷畫的。丹妮兒．德葛雷耶！」

我不禁莞爾。樹靈學界的菁英階級或許不太敬重德葛雷，但她不羈的性格加上神祕失蹤，使得年輕世代的學者將她奉爲傳說英雄[2]。

雅瑞艾德妮壓低聲音接著說：「我們能查出她失蹤的經過嗎？」

「確實有可能。」我不置可否，重新摺好地圖。

「我們什麼時候出發？」

「我和溫德爾一完成相關安排就立刻出發，希望是月底之前。」

影子低聲叫了一下。牠坐在門口，視線鎖定走道上的一個點——溫德爾辦公室的門。我想起吃早餐時牠一直緊貼著溫德爾的腿不動，甚至沒有來討食物。這件事串連起我腦中許多隱約浮現的念頭，有如繁星串連成星座，形成一個令我不安的模式。

「雅瑞艾德妮，昨晚你幾點離開酒館？」我問。

她流露痛苦神情。「我承認，很晚。早上醒來時我的頭痛死了，不過幸好我有晨間運動的習慣，無論前一晚玩得多瘋，做完運動就恢復正常了。首先，我在泰能草坪跑一圈，然後做呼吸練習，接著……」

「昨晚你一直和溫德爾待在一起嗎？呃，我是指班柏比博士。」

「大多數時候是這樣。」她回想。「不過我們那桌人很多。後來其他教授來了，我不得不讓位去跟他的研究生坐。」

「在場的所有人你都認識嗎？都是教職員和學生？還是有校外人士一起慶祝？」

「呃……我不確定。」她說。「大部分都是樹靈學系的人，還有幾個班柏比博士認識的圖書館員和藝術史教授。不過入夜之後來了幾個我不認識的人。」

「班柏比博士認識他們嗎？」

她大笑起來。「到了快結束的時候，他搞不好連**我**都不認識了呢。幾乎所有人都是那種狀態，眞的是非常開心的慶生會。」

我用手指輕敲桌面，思考著要不要去溫德爾的住處一趟——但是有必要嗎？去**關心**他的狀況？他可是堂堂精靈王。

我還來不及打定主意，門外便傳來腳步聲。非常沉重的腳步聲，搭配同樣沉重的呼吸聲，幾乎像是打呼。影子開始低吼，我還以爲會見到恐怖的精靈獸闖進辦公室，但雅瑞艾德妮急切地低聲說：「一定是系主任——之前他就來找過你，看起來心情很惡劣，不知道發生了什麼事……」幾秒鐘之後，系主任本人殺進了我的辦公室。

菲理士．羅斯博士已經擔任系主任超過十年，前任主任蕾蒂莎．貝瑞斯特在蘇格蘭的赫布里底群島遭到暴格綁架，雖然數週後獲釋，卻變成年近九十歲的老人（她失蹤時四十八歲），從那之後便由羅斯接手至今。羅斯身材粗壯，一圈鬃毛般的白髮圍著中央的禿頂，年齡難以判斷——樹靈學者往往如此——應該介於五十到七十多歲之間。即使在學者圈中他也是以作風古怪聞名，不僅堅持整天反穿衣物——雖然這樣做可以避免引起精靈注意並擾亂他們的魔法，但作爲日常衣著實在不太得體——而且還在衣服上縫了一大堆硬幣，動作太大的時候全身上下都會叮咚作響。他的兩隻手腕都能看到刺青，不知延伸到哪裡——我從來沒看過他展露出完整刺青，系上學生和一些教職員經常熱烈討論究竟終點在哪裡——圖案據說是防禦符文。他在學術上成就斐然、深受敬重——畢竟「砂岩理論[3]」是由他提出的——但他沒什

2 部分也是因為那個流傳甚廣的謠言，據說德葛雷十分早慧，就讀大學期間曾經營非法代筆事業，利潤極為豐厚，收入足以支付在學期間的所有費用。杜倫大學的馬隆．傑可布博士在退休之後受訪，坦承一八三九年曾支付大筆款項委託德葛雷代寫一篇登上《當代樹靈學》期刊的文章，這份期刊每季只選登一篇大學生投稿，而這項成就也成為他長壽學術事業的起點。許多人將德葛雷視為類似羅賓漢那種劫富濟貧的人物，因為她出身貧寒，並且對委託她提供服務的富裕同學索討高價。然而，除了傑可布之外並沒有其他人站出來承認，因此傳說依然只是傳說。用以泛指各種學術剽竊的「德葛雷手法」一詞，便是由此而來。

麼朋友，據說是因爲其他符合資格的學者都不願意接下系主任的職務，最後才不得不選他。話說回來，這也算不上是什麼奇怪的事，絕大部分的樹靈學者都像貓，將彼此視爲敵人謹慎防範。

羅斯一進來，我立刻看出他確實心情惡劣，而且與我有關。他似乎一看見我就氣得說不出話來，只將一本厚重的書用力往我桌上一放，震得裝茶具的托盤掉在地上。雅瑞艾德妮小聲驚呼，然後匆匆過去撿拾碎片。

「搞什麼——！」我怒斥。

「他在哪裡？」羅斯質問道，蒼白的肌膚發紅。「你們兩個不是整天黏在一起嗎？」

「我不知道。」我冰冷地回應，可想而知，他問的不會是別人。我想起做人該有的基本禮貌以及羅斯的職位，才以較爲冷靜的語氣接著說：「再過一個小時他就要上課了，不如你趁上課之前……」

「算了。」他打斷我的話。我立刻發現剛才誤判了，他的情緒並非憤怒，而是自認理直氣壯的洋洋得意。「這樣也好，畢竟我們必須將你們兩個個別開除。」

我愣在原地。一時間，辦公室裡只剩下雅瑞艾德妮將茶杯碎片放在托盤上的聲音——**叮**、**叮**、**叮**。「什麼？」

「不是現在。」他不甘地說。「我必須先整理好證據上呈高層，但我會要求明天就召開緊急會議。我有把握他們會認同我的判斷。」

我感覺自己彷彿受困在強大的水流中，不斷被帶離岸邊。最糟的是我的頭腦一片空白——精心歸置的思緒與理論全部棄我而去。「我有**終身教職**……你不能……」

「你眞有那麼傻嗎？」他的語氣流露濃濃的輕蔑，導致我一時僵在座位上動彈不得。「只要證實你有學術上的不端行爲，當然**可以**開除你。我剛才說了——我有證據。」

他努努下巴，指向那本我早已忘記其存在的厚書。我用顫抖的雙手翻開書頁。那是一本期刊集——《樹靈學理論與實務》第十七卷，一九〇八年度。我發現溫德爾的兩篇文章被羅斯做了記號。

我在心中哀嘆。「是因爲黑森林田野調查的事？」

「不是，」他說，「我無法提出決定性的證據證明他那次的觀測資料造假。騙子都很擅長掩飾形跡，他也不例外。但他偶爾會粗心大意。」他伸出一隻手指戳戳目錄，指出：「〈精靈好鵝：威爾斯邊境爐灶棕精靈飼養動物之實證〉，他在這篇文章裡主張此種單純的居家精靈負責驅趕野狼遠離羊群——我猜應該是用掃帚和雞毛撢子？我找到了他號稱訪談過的農民——那裡根本沒有狼患，因爲幾十年前就獵捕殆盡了。還有另外那篇，他聲稱在義大利多洛米提山脈挖掘出大量精靈石，並主張那是宮廷精靈曾以該地爲戰場的證據——其實是他花錢雇用幾位當地石匠依照特定模式將石頭放在那裡。大部分受雇的石匠都不願意多說，但村子裡早就傳遍了，後來我終於說服一位石匠吐實。」

我重重闔上那本書。我一直覺得羅斯給人的壓迫感很重，即使只是短時間相處都讓人不

3 此理論主張精靈界的文化與環境是由一層層故事所組成，羅斯將其分為兩大類：外傳，由凡人與非鄰近地區精靈族群所訴說的當地故事；內傳，由當地精靈族群所訴說的故事。

舒服。他站在原地怒瞪著我，而我掙扎著想發出聲音。當我終於開口時，聲音感覺太細小，完全比不上羅斯聲若洪鐘的男中音，他的聲音彷彿是專爲講臺與大教室打造的。「這些事與我何干？這兩篇文章都沒有列出我的名字，我無法證實其眞僞。難道你以爲只因爲我和他是朋友，就能危害我的學術生涯？看來傻的人是**你**。」

他冷笑道：「我檢驗過你們針對寒光島精靈族群所提出的論文，就是今年你們在巴黎發表的那篇，當時還得到媒體廣大曝光。根本通篇胡說八道。」

我在憤慨中張大嘴巴。憤怒帶來安心——相較於之前籠罩的冰冷恐懼，憤怒好多了。「**胡說八道**？你竟敢……」

「我當然敢。你們的說詞如此荒唐，竟然還以爲不會被看破手腳，這才最令我詫異。行爲有如黑化妖的調換兒？有一群精靈力量強大到足以召喚極光？一派胡言。」

「你儘管去找拉芬斯維克村民，他們會告訴你……」

「我不需要去找任何人。這次也符合班柏比一貫的作風——瘋狂、不合理的主張，完全沒有現存研究支持。」

「只因爲你認爲精靈的行爲不合理，所以就要開除我？」我上下打量他，不懂自己以前怎麼會尊敬這個人。「是因爲我的百科全書，所以你才來找碴，對吧？」

他的表情變得冷酷。「艾蜜莉，你這是含沙射影。」

我難以置信地大笑一聲。「你指控我在專業上造假，何嘗不是含血噴人？」

他的反應更讓我確信沒有猜錯。我早就聽說羅斯也在編寫精靈百科——據說他大部分的學術生涯都投入在這個計畫上。我的書出版之前或之後他都沒有對我說什麼，但我們本來就冷淡的關係更是直墜冰點。

「我不願意影射你做出任何不當行爲。」我說。「所以我就直說吧：你討厭我。你花了那麼多年撰寫你的精靈百科，過度執著於小細節，這是你一直以來的毛病，你被自己的傲慢所蒙蔽，沒有料到會有人搶先你一步。摧毀我的聲譽對你只有好處，不是嗎？主任，我時常有這樣的感觸，儘管我們這些學者總是搖頭嫌棄精靈欠缺道德，但許多時候我們自己也沒資格站在道德制高點。」

「夠了。」他的語氣如此冰冷，讓我不禁瑟縮。「你根本不知道你在說什麼。身爲學者應該致力研究以彰顯自身，你卻選擇以欺騙手段換取事業晉升，你等著看會有什麼下場吧。」他轉身準備離開——我認爲他的動作有點太戲劇化，但我沒心情訕笑。我覺得很不舒服。

他在門口停下腳步。「今天他有課，對吧？看來我該去旁聽一下。」

我的頭更暈了。大學高層不時會來課堂旁聽進行評量，他們對教學的評論會納入年度考核。但羅斯顯然別有用心。我想像溫德爾可能會講些亂七八糟的話娛樂學生，不然就是搞錯最基本的知識，因爲他指定的那些教科書他自己連翻都沒翻過；溫德爾甚至可能賴在家裡繼續睡，根本沒有去上課。什麼狀況都可能發生。

羅斯看到我的反應之後笑了一下，他大步走出去，可笑的反穿斗篷下襬掃過門框，發出一陣叮咚聲響。雅瑞艾德妮依然蹲在打破的瓷器與散落的餅乾旁邊，臉色蒼白，我們彼此凝視許久，相對無言。

✦✦✦

溫德爾不在家，換言之他一定跑去其他心愛的午睡地點了，可能是布萊威爾草坪比較安靜那一側的柳樹下，也可能是藏在河畔白楊叢中的長凳上。雅瑞艾德妮和我兵分兩路去找，但兩個地方都沒有他的蹤影，他可能改變主意放棄午睡，也可能找到了新地點。我徬徨了一陣子，最後決定去課堂上看看。

溫德爾已經開始上課了，這表示他準時抵達教室——我稍微安下心來，但只憑這樣不足以拯救他。我悄悄在後方的位子坐下，發現羅斯坐在階梯教室最接近講臺的地方，面前擺著筆記本和一枝筆，身體往後靠在椅背上，懶洋洋的姿態流露惡意。他整個人散發出找麻煩的氣息——就算溫德爾只是領帶歪了，他很可能也會記上一筆，在日後用做對我們不利的證據。

至於溫德爾呢？他完全沒察覺自己陷入險境。他來回走動，雖然拿著講義但幾乎沒看，這堂課似乎在談英吉利海峽群島的精靈之丘——我說**似乎**，是因爲他講著講著就會離題，雖然不見得與主題全然無關，卻使得課程架構變得十分散亂。我之前看過溫德爾上課，當然也在許多大型會議上看過他發表演說，因此我很清楚個人風格大於實質內容是他的正常狀態，但即使以他的標準，今天的課堂也毫無章法。他偶爾會停下來在黑板上寫字，然後將粉筆往身後隨手一扔。

第一排的一名女學生忽然舉手說：「教授，請問一下。」坐在第一排的似乎是一群朋友，他們經常互相推來推去，或者突然偷笑。大多數是女生，但也有少數男生，他們每個人都用手撐著下巴，視線纏著溫德爾不放，偶爾交頭接耳說悄悄話。

梁。

「請說？」溫德爾回應道。他似乎很慶幸有人打斷講課，趁機將身體靠在講臺上揉揉鼻梁。

「您研究精靈多久了？」那個女孩問。她感覺只比雅瑞艾德妮年長一兩歲。「您看起來實在**太年輕了**，教授。」

她意圖明確的語氣讓第一排的學生全部痴痴傻笑，教室後方的好幾名學生也跟著起鬨。溫德爾或許是不想理會她的調戲與其他學生的笑鬧，但我認爲更可能是因爲身體不舒服所以他沒有察覺。他繼續揉鼻梁，一隻手肘撐在講臺上。「有時感覺漫長如永恆。」他幽怨地說，引來另一波笑聲。羅斯往後一靠，表情流露失望。

溫德爾繼續講課，一般講到海峽列島都會提到第二大島根西的水妖，但他跳過這一段沒講，這種做法很奇怪。不過我大概知道原因：溫德爾對海峽列島的精靈風俗知識十分有限——老實說，他只熟悉自己的故鄉，對其他地區都不甚了解。遺憾的是，羅斯也察覺他跳過這一段，並且抓住機會發難。

「班柏比教授，」羅斯用講課時的那種宏亮音色說道，「第一位記錄根西島水妖的學者是誰？」

「呃。」溫德爾稍稍歪頭，視線緩緩掃過課堂，彷彿答案呼之欲出。之前他表現得好像沒發現我在場，但此刻卻準確地朝我看過來，我用嘴形無聲說：華特．德蒙田。

「假如我沒記錯，是華特．德蒙田。」

羅斯癟嘴，在筆記本上隨手記了一筆。我注視溫德爾的雙眼，朝羅斯的方向撇頭，想讓他知道狀況有多險惡，而效果一如預期——溫德爾一臉茫然地看著我。

他準備繼續講課，但就在這時候，燈光閃爍熄滅。

「可惡的電。」溫德爾嘀咕。「這種系統就像毛瑟槍一樣不可靠，眞不懂學校爲什麼要花大錢改用電力。唉，沒關係——幸好還有窗戶。大家堅忍努力吧，效法索美塞特郡的図書哥布林，他們只在黑夜工作。抱歉無法供應蜂蜜牛奶。」

又一波笑聲。我忍不住納悶溫德爾究竟還能把他的處境搞得多糟。自然就在這一刻，我察覺到奇怪的光線。

來源不是頭頂上熄滅的燈光，而是從後門底下飄進來的閃爍微小光點。溫德爾沒有察覺，但幾個學生開始低聲議論。光點非常亮，注視之後會在視野留下一片片散落的黑影。

我推開椅子，所有動作似乎都變慢了，時間彷彿陷入黏稠的樹汁。我一站起身，羅斯也立刻跟著站起來，輕蔑的表情消失了。他對上我的視線，那一刻我們之間有了默契。他張嘴準備大喊。

門板瞬間碎裂。

一群精靈湧入教室，悄然如微風之息。總共有四名精靈——不，五名，如流水般迅速移動。他們身披寬鬆的暗影斗篷，讓人難以看清動作；有時他們彷彿只是蕩漾的漆黑漣漪，有時候又四肢趴地，移動方式有如野狼，狹長口鼻下露出閃亮利齒。

我知道——早已猜到——他們是灰光妖，一種愛爾蘭的群居型精靈。一般光妖只會在沼澤地飄蕩，但這種類型很兇殘，宮廷精靈經常雇用他們作爲殺手。他們用漂浮在上方的光點令受害者眼前發黑，然後趁機襲擊。

教室裡場面陷入混亂，我大聲說出灰光妖慣用的手法，呼籲學生遮住眼睛，但羅斯站上椅子，用最中氣十足的音量高呼：「快逃命！」比我的叮嚀有效多了。學生開始尖叫，一半衝向門口，另一半衝向大窗戶，逃進平坦的花園。或許是因爲多了兩扇窗可以疏散，所以即使逃跑的人眾多，也沒有發生踩踏慘劇。儘管如此，我還是看到幾個學生在推擠中摔倒撞到桌子，也有一些學生跳出窗外時用力過猛，一頭栽進鴨池。

「溫德爾！」我高喊，那些灰光妖絕對是衝著他來的。他們之所以沒有立刻攻擊他，應該只有一個原因：兩個學生逃跑時撞上他，三個人疊在一起，溫德爾被壓在最下面。灰光妖沒有視覺，像狼一樣靠嗅覺追蹤獵物。

由於走道擠滿人，我踩著桌面往下走，朝講臺移動，口中不斷反覆唸誦破力咒。這個咒語通常能讓精靈看不見我，但我不確定是否也能隱藏氣息，不過似乎有用，因爲灰光妖絲毫沒有留意到我。一隻灰光妖發出恐怖咆哮，半像人類半像狼，接著他們便分散開來，在教室裡四處搜尋，遇到學生就咬。他們嗅聞地板、空氣、牆角，展開狩獵。

溫德爾推開壓住他的學生站起來。最接近他的灰光妖猛然轉過頭，下一瞬間，溫德爾就被宛如蚊蚋的大片光點籠罩。

這時我已經硬是將羅斯的斗篷扯下來——他氣急敗壞，像小孩一樣尖叫，因爲太過震驚而沒有阻止我。我將斗篷甩到溫德爾頭上，感覺就像熄滅蠟燭，一碰到綴滿硬幣的斗篷，光點立刻熄滅。

溫德爾拋開斗篷，說道：「謝謝你，小艾。」緊接著我只感覺到一陣暈眩迷亂，因爲他抓住我迅速轉身，躲開朝我們撲來的灰光妖；但他動作太快，我根本沒看見過程。

他對著我的耳朵喊：「破力咒！」我這才回神繼續念誦。短短半個呼吸後，我的背又撞上黑板——他將我推離打鬥範圍，下一瞬間便不見人影。我的皮膚感覺刺刺麻麻的——很像被幽靈拂過。

溫德爾跳過一張課桌，對我大喊：「給我一枝鉛筆！」撲向他的灰光妖撞上桌子之後滾向羅斯，讓羅斯再次發出尖叫。「扔一枝你的鉛筆過來！」

「你瘋了嗎？」但我還是從斗篷口袋拿出鉛筆，朝著他的頭拋過去。

鉛筆在半空中開始變形——變成一把劍。這時我才驚覺不該瞄準他的頭丟筆，但溫德爾以優美的動作一把接住，如同訓練有素的高手，他也確實是。

看溫德爾使劍就好比欣賞小鳥在樹枝間跳躍——不須思考的天生絕技。感覺似乎手握利劍時他才是完整的自己，揮劍能讓他回歸最自然的狀態。

他一劍刺穿最接近的灰光妖，對方還沒倒地，他已經轉過身劈砍身後的那個，有如切開過熟的水果一般容易。接著他繼續打倒另外三個，同樣不費吹灰之力。

現在學生已經逃得差不多了，但還有幾個留下來，在講堂後門邊逗留。「快跑！」我對他們大喊。但他們只是站在原地不動，神情既擔憂又恐懼，我擔心他們企圖幫忙，於是又說：「下一批要來了！」

這句話成功讓他們離開。當然，我無法讓他們遺忘已經看到的場面，不過至少這一切發生在昏暗的教室裡，而且隔著一段距離。

我轉頭看向溫德爾。他一手扶著桌子支撐身體，另一隻手揉著眼睛。染血的劍隨意夾在腋下，彷彿只是一把傘。「你對我的鉛筆下魔咒？」我質問。

他回答時沒有睜開眼睛。「你所有的鉛筆都被我下了魔咒。你身上永遠帶著鉛筆，要用的時候很方便。」由於我繼續瞪他，於是他又補上一句：「你看嘛，我總不能帶著血淋淋的劍到處跑。」他完全搞錯重點。

「爲什麼不用你自己的鉛筆？」我抗議道。

「我也想啊，但我總是記不得放到哪裡去了。」

我搖頭走近一隻灰光妖。他們的模樣詭異至極：一開始我覺得長得像狼，但仔細觀察之後，我說不出像什麼動物。整體而言，可以說他們最像人類，但是有著一對毛茸茸的大耳朵，歪斜的長口鼻露出閃亮牙齒，結成一束束的毛髮很像馬鬃。我看過不少怪異的精靈妖魔，但灰光妖的樣子實在太詭異，很難想像屬於我所知的任何一個世界，讓我不禁一陣戰慄。我很納悶，溫德爾的王國究竟是怎樣的地方？

「你耗盡了體力，」我喃喃說道，「可想而知這就是他們的目的，甚至可能打算使你徹底失去力量。」

他發出哀嘆。「小艾，你知道吧？每次你自言自語我都很害怕。你想通了什麼？會讓今天變得更慘嗎？」

「昨晚你被下毒了。」我直截了當地說道。「毒藥很可能來自你的王國，這樣才能確保效果。」

他的表情先是宛如五雷轟頂，然後變成傷心委屈。「那是我的**慶生會**耶。」

「我猜想，既然你還活生生地站在這裡，就表示毒藥能削弱你的力量，卻不能殺死你。否則你的繼母也不會派來灰光妖，只要直接加重劑量就好。」

「這倒是不一定，你低估了她愛找樂子的程度。」他抬起雙手，瞪視著掌心。「難怪我會有這種感覺——使用魔力就好像在狂風中行走般難受。唉，無論如何，我要怎麼做才能擺脫這些傢伙？」

最後那句話似乎是對他自己說的。我看看四周駭人的屍體。「你不是已經成功解決掉他們了嗎？」

「我只是爭取到一點思考的時間，很快他們就會爬起來繼續追殺我。」他說。

「可是故事裡……」

「故事全都錯了。只有溺水才能殺死那些鬼東西，刺穿或砍成兩半都沒用，他們只會像蟲一樣再生。」

我想像著這個令人相當不快的畫面時，溫德爾突然靜止不動。我感覺到魔法環繞著他——空氣因此發出嗡鳴。我保持安靜以免打擾，但羅斯自然會選在這一刻提醒我們他的存在。

他氣急敗壞、口沫橫飛。「我在學術界這麼多年，**從來沒有**，眞的**從來**……」

「閉嘴。」我只這麼命令。我從不曾以這種方式對羅斯說話——我想應該很久沒有人敢這樣對他說話了——他怒瞪著我，錯愕的表情義憤塡膺，我們得到幾秒鐘天賜的寧靜，然後他才回過神來。

「你的目的是什麼？」他對溫德爾說。「你……這難道是什麼錯綜複雜的詭計？失控的精靈遊戲殃及大學？無論如何，我無法坐視這種狀況，也絕對不會容忍。我會立刻向校長報告你的眞面目。還有**你**。」他轉身看向我。「你知道他是什麼吧？而你竟然還**協助**這個怪物？

他對你下魔咒了？難道你如此幼稚愚昧，以致於自願和這種……」

「艾蜜莉。」溫德爾突然說道。灰光妖開始復活了，其中一個用手肘撐起身體。羅斯愈說愈大聲、愈說愈憤慨，於是我大步走過去賞他一耳光。

接下來的死寂震耳欲聾，雖然最後他發出不成言語的激動聲響，但這樣就夠了。溫德爾以雙手比了個奇特的動作，彷彿綁緊一個結或撕開一張紙。講堂的地板猛然裂開。

不知為何，我們三人都沒有失去平衡。溫德爾站在變成乾涸砂質河床的地面上靜立片刻。然後他做了個類似「過來」的示意動作之後迅速閃到一旁，隨即一面水牆朝他洶湧而來。這條河流捲走了四隻灰光妖，溫德爾走向第五隻，沒想到羅斯竟然主動抓起那隻灰光妖的腳，把他扔進水中。

溫德爾拍拍系主任的肩膀說：「幹得好。」羅斯的表情筆墨難以形容，要不是心中煩亂，我一定會笑出聲來。

河水歡快流淌，最後沖破窗戶流出去。我看不出這條河從何而來，感覺像是從教室另一頭的黑板下方冒出來的，現在牆面多了個漆黑的小岩穴。

溫德爾倒在河岸上，因為歷劫而臉色灰白。「我好像做得太過頭了。」

「確實有點。」我說。「你應該知道有個現成的鴨池可以淹死他們吧？就在外面而已。」

「呃，我腦子裡冒出的第一個想法就是那條河。」他身體下方的沙地開始長出野草，葉片垂落河岸淺灘。

「你能站起來嗎？」我問道。「我扶你回家，這樣你才能好好休息。」我一手摟住他的肩膀，扶他站起來。緊接著我便愣在原地。

更多光點從破裂的前後門飄進來。那些光點一發現溫德爾，便立刻聚集過來，我只得拿起羅斯的斗篷，像鬥牛士一樣揮舞。遠方傳來驚恐的尖叫，看來那條河已經流到樹靈學圖書館前方的草坪上了。

「看來現在沒辦法休息了。」溫德爾沙啞地說道。「灰光妖的習性是分成兩隊——一隊先鋒，一隊後援。」

我咒罵了一句。「想必後援部隊不會自己跳河，對吧？你還有力氣使劍嗎？」

「我的力氣可能不夠慢慢走去泰能草坪。」

「我有個主意。」我扶他走上階梯。我們離開教室時，發現有一群學生還在走廊逗留，顯然在爭論要幫忙還是聽話逃命。一個學生走過來問需不需要幫忙撐住溫德爾的另一隻手臂，展現出毫無用處的勇氣。我對那群學生大喊：「他們追來了！」我沒有停留確認那些孩子有沒有聽話，直接拔腿狂奔，將溫德爾拖在身後。

「你的劍呢？」我喘著氣問。

「丟了，抱歉。」他回答。他的腳步不太穩，但幸好沒有倒下。「再給我一枝鉛筆。」

「我身上只有那一枝！」

「只有一枝？你眞的是艾蜜莉嗎？」雖然他還能揶揄我，但我並未因此放下擔憂。我從來沒看過他如此耗弱的模樣。他眞的對精靈毒藥免疫？還是說那是慢性毒藥？「那就給我鋼筆吧。」

「你眞該死。」我在另一個口袋找到一枝鋼筆拋給他。「要是你膽敢對我的書下魔咒，我會把你推進那條河跟灰光妖作伴。」

我察覺背後有喘氣聲，一時間還以爲有學生跟來了。但那個人是菲理士．羅斯，他滿臉通紅，表情驚恐而呆滯，領帶在身後飄盪。

「你在做什麼？」我對羅斯大吼。

「我才不要留下來應付**那些東西**！」他尖聲回答。

我很想繼續對羅斯大吼，但我沒空擔心他——我們必須盡快趕往博物館。

我們衝進大門——幸好今天休館，所以博物館中只有館長在，她正彎腰看著一個展示櫃。一見到我們，她立刻放聲尖叫——我和溫德爾滿身河泥；溫德爾的襯衫血跡斑斑，手裡還拿著劍；羅斯的樣子更是活像惡鬼。

「快躲起來。」溫德爾在這句命令中施加了魔力，不過館長似乎不需要太多督促。她早已拔腿逃往庫房。

博物館中有兩張精靈王座，溫德爾跨過繩索坐在其中一張上面。博物館共有三個展區，我們在最大的一區，其中展出英倫列島的精靈文物。展區最後方有一艘不可思議的大船，是從諾福克郡的鹽沼打撈出來的——造型有如小圓舟，只是放大數倍，會隨著月亮盈缺變化尺寸。木造外殼有一半腐朽了，船帆卻非常鮮豔，彷彿全新——黃藍相間，正中央有個動物圖案，有點像獨角鯨。

「你的計畫是什麼？」溫德爾問。

我拿起他的劍，用劍柄敲破展示櫃。我拿出幾顆精靈石，將其中兩顆拋給他。「拿去——你能打破吧？」

他注視著那兩顆石頭——外觀十分普通，一如所有的精靈石，但測量之後會發現是完美的正圓。「能是能，但……」

這時第二批灰光妖闖進來，博物館的門被衝破，木片紛飛。我不懂，難道他們不知道怎麼開人類的門？還是說他們只是單純熱愛以誇張的方式登場？剛才我說**第二批**，但我不得不假設他們是不同種類的光妖，因爲外型與第一批截然不同，不過對於凡人的眼睛而言兩者都太古怪，我很難進行比較。

溫德爾看看手中的精靈石，聳了聳肩，將其中一顆往地板上扔。

從石頭裡飛出一群鸚鵡。鳥群聒噪地尖叫，光妖全被鸚鵡引開——並非因害怕而躲避，而是像貓一樣撲向鳥兒。每隻鸚鵡的鳥喙都叼著一朵熱帶花卉。

溫德爾扔出另一顆精靈石。精靈石破開之後，博物館的牆上出現亮晶晶的橫幅，上面寫著精靈文字[4]。天花板也突然冒出幾幅濕壁畫，主題是精靈在森林池塘邊休憩，四周植物茂盛、綠意盎然。每個檯面上都出現花瓶，裡面插著陌生的花朵，旁邊還有酒瓶與冰桶，小提琴樂音隱約飄送，彷彿從隔壁房間傳來。

「溫德爾！」我大喊。「這些魔法一點用也沒有！」

「不然你以爲呢？」第三顆精靈石只裝著一首歌，喧鬧高昂，似乎是某種精靈樂團合奏曲，與之前的小提琴樂曲重疊，非常不和諧。第四顆最誇張：冒出一整個**熱氣球**，由繽紛的絲帛拼成，至少有十多種顏色。熱氣球在離地幾英尺處飄，不時輕輕撞上展示櫃。

「你無法感應出裡面的魔法是什麼嗎？」我氣惱地問。

「不行！」

我又氣又急地攤手。「那你幹麼一直打破精靈石？」

「是你叫我做的啊，你這個瘋女人！」

我抓住他的手，拉著他往博物館深處逃，同時沿路察看玻璃展示櫃，尋找能派上用場的東西。灰光妖緊追不捨，張著利齒不斷咬來。羅斯縮在牆角大吼大叫——可能是沒用的指示，也可能是求饒，我沒有費事去聽。

「那裡！」溫德爾高喊，然後衝向那艘精靈船。我們手腳並用爬進船身殘骸，我知道聽起來很可笑，感覺也確實荒謬，就像幼童用毯子與抱枕搭建出城堡然後鑽進去。

一隻鸚鵡撲擊灰光妖，牠們好像特別厭惡這種怪物，一看到就想攻擊。我抱著希望問：「你還有力氣再召喚河流嗎？」

「沒有，但這艘船本身就有魔法，只要讓船出航就可以……啊！」

4 精靈文字形似現今特定地區的人類文字與古愛爾蘭歐甘文字的混合體。相較於口語，精靈的書面語言難度極高，亞歷斯特．何理伍於《民俗詞庫》中主張人類理解的程度可能永遠不足以應用。首先，書面語言的種類較口語繁多，單是在英格蘭南方就記錄到多達十五種。有些十分類似羅馬字母，只是多了花體變化；也有一些看起來根本不像文字，更像是隨機出現的圖案，只是在形成過程中自然產生規律。再者，精靈文字似乎具有意符特徵，部分詞彙僅存在於書面形式，口語中並無相符者，使得書面語言更加豐富、繁雜，較口語難以學習。此外，另一個大幅提高理解難度的特點是，精靈文字並非靜態，研究者很可能翻譯完一整頁內容，片刻之後便發現文字已經重組，變成全然無關的主題。此種特質可能是精靈為了讓人類難以理解而對文字下了魔咒，也可能是本身即為如此，至今依然無法辨明。研究精靈書面語具有危險性，十九世紀曾有數名學者精神崩潰後被送往精神病院監禁。其中最知名者為哈莉葉．費爾法克斯—沃頓，她聲稱發現蘇格蘭兩個交戰精靈國之間訂定的和平協議並成功破譯，不料該文件內容重組之後變成果乾麵包食譜。這份文件現今藏於倫敦大英精靈民俗博物館，目前的內容是一首非常淫穢的水手歌。

一條繩索憑空出現，綁在桅杆上。我十分確定剛才它還不存在。溫德爾揮劍斬斷繩索，精靈船便開始航行。

航行——沒錯，雖然很不可思議，但確實是航行。我聽見下方傳來水聲，感覺到鹹鹹水霧噴上臉龐，但我沒有看見水——只有泛著銀光的水紋蕩漾。溫德爾將船帆轉向，整艘船往灰光妖衝去，現在他們正忙著對付鸚鵡，這群鳥無意中幫了我們大忙。最接近的灰光妖大聲警告同伴，但來不及喊完，因爲他被船撞上，一頭栽進了——水中？這麼形容是因爲船身下**真的**有水，載著大船穿越博物館，只是我們看不見。溫德爾再次調轉船帆，我們撞上聚集在一起的其餘灰光妖，他們也全部栽進水中，就像第一隻那樣。灰光妖的慘叫聲變成咕嘟咕嘟的溺水聲，最後歸於寂靜。

溫德爾試圖再次調整船帆——大概是想減速——但他的手一滑，速度反而加快了。「艾蜜莉！」他大喊，整個人撲到我身上，緊接著船身撞上展示櫃。玻璃應聲碎裂，落了他滿身，隱形的浪衝上船緣，我們兩個都濕透了。

「你沒事吧？」他捧著我的臉著急地問。精靈船終於停下來，我大大鬆了一口氣，只能點頭，但我依然嚴重反胃。他清掉卡在頭髮上的碎玻璃，然後扶我下船。

灰光妖全數倒地——但屍體逐漸消失。他們融化成小光點，漂浮在身體原本倒下的地方，從中陣陣噴發。光點一個接一個熄滅，最後只剩一個還亮著，溫德爾雙手一拍，像打小蟲一樣熄滅了它。

「眞是亂七八糟！」他邊說邊環顧滿目瘡痍的博物館，其慘狀有如高燒譫妄催生的幻覺，而且是好幾種不一樣的合在一起。熱氣球已飄到角落，來回碰撞牆壁與精靈村落模型的展示櫃。

精靈王座也稍微位移了，溫德爾再次癱坐在上面，雙手抱頭。我急忙趕到他身邊，剛才撞船時掀起的大浪在地上留下一灘淺水，我得涉水才能過去。精靈船在我身後搖盪，發出嘎嘎聲響。

「我送你回家。」我說。「既然是來自你國家的毒藥，你應該知道怎麼解毒吧？千萬別說你不知道。」

他抬起頭，對我露出燦爛笑容。「我不會有事，小艾。」

一綹髮絲落在他的深色眼眸上，我伸手撥開，檢查他的眼睛。「說不定文獻有記載。」我喃喃說出心裡的想法。

發覺身後有動靜，我急忙轉身，幸好只是羅斯。我以爲他會對我們說什麼，但他只是站著不動，視線胡亂飄移，卻好像什麼都看不見。他的頭髮黏在頭皮上，顯然受到大浪波及。至少他停止尖叫了。

我轉身問溫德爾：「我們該怎麼處置他？」

溫德爾一臉厭煩。「爲什麼我們要管他？在生日當天被下毒的人又不是他。」

感覺不太應該，但我實在想不出還能怎麼辦——他連聽到自己的名字都毫無反應——我們就這樣把羅斯留在場面荒謬、一片狼藉的樹靈學博物館，任他猶如雕像般呆立。一隻鸚鵡停在他肩上理毛，但他似乎毫無覺察。誰都看得出來眼下他無法對我和溫德爾造成威脅——至少暫時是不必煩惱。

離開的途中，一個破掉的展示櫃讓我停下腳步。「哈。」我低聲一笑，伸手拿出裡面的東西，這就是之前我想為影子借用的文物，當時我遭到館長拒絕——一個貌不驚人的皮革項圈。我有一點點罪惡感，但並不太多；餘悸猶存的腎上腺素使我有些躁動，而且我說服自己反正會歸還，所以沒關係。

我察覺博物館的主展場到處都是浮動的光點，尤其是剛才發生過打鬥的地方。這種光點和灰光妖使用的不一樣，感覺比較類似火星，在半空中飄來飄去，彷彿被微風胡亂吹送。

「這到底是什麼？」我伸手捉住一個。在掌心裡觸感清涼，但我一攤開手掌，光點又飛走了。

「嗯？噢，灑出來的魔法。」溫德爾喃喃說道。他雖然站著，整副身體卻沉沉靠在我身上，感覺就快睡著了。「有些是我的……其他則來自文物。」

「灑出來？」我難以置信地重複。我第一次聽到這個詞用在魔法上，彷彿打翻了牛奶瓶。溫德爾又含糊說了些什麼，好像是「線頭」，我一定是聽錯了。我從口袋拿出用來蒐集精靈文物的小布袋，布袋內層是絲絨，外層包覆著鐵鍊組成的網子。我將幾個魔法火星裝進去，想知道會不會像灰光妖的光點一樣消失。我把布袋放進口袋，然後將借用的項圈一起放進去，接著扶溫德爾從大門離開。

九月十五日

今天一大早我就叫醒溫德爾——在我的堅持下，昨晚他睡在我家沙發上。沒錯，我知道聽起來很荒謬。倘若又一批精靈殺手撞破我家大門殺進來，我也沒有能力阻擋。然而，他的身體狀況實在太虛弱，我覺得最好還是讓他待在我和影子能就近看守的地方。此外，他待在我家也多了一層保護，古老的待客規範禁止精靈闖進主人家殺害客人，至今許多精靈依舊遵守。昨天剩下的時間他都在沉睡，早上醒來時依然抱怨頭痛，但我從聲音和氣色感覺得出來他恢復許多。

我告訴他昨天買好了去多佛港的火車票，他只表示：「我才不要一大早出門。」由於他整個人埋在大量毯子與枕頭堆中，我只能看到散亂的金髮與四分之一張臉。「我昨天慘得要命，今天我要待在床上至少到中午。」

「溫德爾，」我憑藉純粹的意志力保持語氣平和，「你的家人開始派**殺手**來對付你了。我們必須盡全力找出你的門，不能再拖了。更何況，既然他們知道你在這裡，我們最好盡快遠離劍橋。」

「只是幾個小時而已，對整體狀況會有什麼影響？我必須有充分的時間恢復，否則無法保護自己。」

這番惱人的對話持續許久，最後我威脅要把他心愛的斗篷撕成布條——之前他花了令人難以置信的大量時間將那件斗篷修改到完美——他才終於起床，但還是不斷嘀咕抱怨學者怎麼這麼不講理。

一大清早，校園仍安靜地沉眠，樹影籠罩步道，破曉前的空氣暗藏秋季的寒意。我希望樹靈系大樓不會有人，這樣我們就可以安心規劃，不需要擔心隔牆有耳，但公共休憩區有兩個學生在睡覺，占據了位在兩側牆壁前的長沙發，華特斯教授則在辦公室裡一邊自言自語，一邊砸書——她的作息有如貓頭鷹。好吧，也只能這樣了。

我們走進溫德爾的辦公室，他揮揮手說：「好亂，我稍微收拾一下。」

我揚起眉毛。我從沒見過溫德爾的辦公室有任何凌亂之處——沒有灰塵、沒有忘記洗的杯子，而且不知道為何一直隱約有肉豆蔻的香味——不過他經常故意弄得有點不那麼整齊，有些愛乾淨的人會為了追求美感而這麼做。辦公桌上堆著一疊疊厚重書籍，文具一絲不苟地裝在盒子裡，墨水瓶也排成一列，只有椅子上披著幾條昂貴圍巾與一件備用斗篷——就這樣而已。溫德爾在窗前放了一張狗床，影子立刻跑過去舒服地趴下——平常我工作的時候牠都待在我的辦公室，但偶爾也會來溫德爾這裡享受不同的床鋪。

溫德爾掛起斗篷，將圍巾摺好妥善收納，然後在壁爐裡生火。現在其實不冷，他生火只是為了營造氣氛。樹靈系只有兩間辦公室有壁爐，溫德爾占了一間——另一間屬於羅斯——其他教授一直為此心懷不滿。他生火時，外面的走道傳來輕盈迅捷的腳步聲。

「應該是雅瑞艾德妮。」我嘆息。果然沒錯，我的姪女開門進來，以早上六點而言雀躍得有些過分。

「噢，希望我沒有忘記東西。」她將行李箱放在一張椅子上。我告訴她，早上開完會我們就要立刻出發，搭渡輪前往法國加萊，然後轉搭火車東行。她衣著整齊、神采奕奕，看來已經起床一陣子了。

「我眞的、眞的不敢相信。」她好像興奮到喘不過氣來，一邊說話一邊拍手，太有熱忱的時候她經常會這樣。「我竟然能陪同兩位二十世紀最偉大的樹靈學者一起進行學術考察！我興奮到快受不了了。」

「不用你說，我們也看出來了。」我說。「拜託小聲一點——我不希望整棟大樓的人都聽到我們討論的內容。你拿的那袋是什麼？」

她低頭看看手裡的紙袋。「呃，這麼早一定要吃點東西，否則什麼都做不好，所以我順路去麵包店買了可頌。」

溫德爾精神一振。「哪種可頌？」

我留下他們兩個研究怎麼分麵包，獨自前往走道盡頭的會議室，那裡有一面附輪子的黑板，我將它拖進溫德爾的辦公室。他一看到立刻開始呻吟。

「你對黑板上癮了。」他抗議。「你還沒告訴我們要去哪裡，該不會要先搬出一堆圖表荼毒我們吧？」

「阿爾卑斯山。」我簡潔地說。「更確切地說，是奧地利西部的聖列索村。我特別關注格魯門宏峰，這座山峰在村子附近，據說丹妮兒．德葛雷就是在那裡失蹤的。」

他一臉茫然。「德葛雷和我的門有什麼關係……」

「這部分我等一下會解釋，我們先討論其他事項。」我在黑板寫下「聖列索」——沒什麼特別的理由，老實說，溫德爾對我的看法沒錯，我就是喜歡寫黑板。

我轉向雅瑞艾德妮。「昨天發生的事，你應該有很多疑問吧？」

她瞪大眼睛。「對──呃，其實全校都很想知道究竟怎麼回事。」

我點頭。可想而知，現在一定謠言滿天飛，畢竟有間階梯教室突然出現一條河，更別說倒楣的博物館還被我們弄得凌亂不堪。我給副校長一個眞假參半、還算合理的說法：我和溫德爾之所以成爲暗殺目標，是因爲我們無意間激怒了威爾斯的一位精靈王──過去幾年我和溫德爾分別去過威爾斯，那裡的精靈王出了名的易怒，受不了一點怠慢。當然，我把變出那條河的責任推到殺手身上，沒有說出是溫德爾幹的。整體而言，我的說詞徹底荒誕不經，但只要牽扯到精靈往往都是如此，學者早就習慣了。

我和溫德爾獲准立刻出發進行學術考察，我聲稱此行是爲了尋找一個魔力強大的精靈法寶，用以獻給威爾斯精靈王，求他大發慈悲饒恕我們。副校長原本不願意放行，因爲要在這麼短的時間找人來代我們兩個的課非常困難，不過我告訴她，我認爲破壞校園的殺手還會繼續侵襲，直到精靈王滿意或是我和溫德爾喪命，聽完之後她隨即表示希望我們離劍橋校園愈遠愈好，以免其他教室再遭殃。

「坐下。」我對雅瑞艾德妮說。她依言坐下，神情憂慮。

我深吸一口氣。「溫德爾是精靈。他原本是愛爾蘭南方一個精靈國度的王，我們學者稱那個國家爲狼之森。他遭到繼母篡位，她自命爲女王，現在還企圖暗殺他。」

雅瑞艾德妮呆望著我，似乎在等我繼續說下去。當她發現我說完了，一臉懷疑地轉頭看向溫德爾，他正忙著拍掉落在衣襟上的可頌碎屑。「這樣啊。」她說。

唉，我早該想到會這樣。儘管許多學者與泛精靈交流過──家居棕精靈之類的──但很少有人接觸過宮廷精靈之後還能活著述說經歷。現在竟然有一個精靈王懶洋洋地坐在她身邊，頭髮一團亂，還死命抓著咖啡杯，彷彿溺水的人攀附救生筏，她一時難以接受也是人之常情。

我看向溫德爾。他揚起眉毛說：「她相不相信你，和我有什麼關係？我比較想知道為什麼你對德葛雷這麼感興趣。她失蹤時在調查精靈之門嗎？是這樣吧？你認為她找到了我的門？」

我舉起一隻手指。我知道這樣很傻，但我揭露了如此重大的祕密，雅瑞艾德妮的回應實在太掃興，讓我有點喪氣。發表報告的時候，我希望觀眾給予熱烈迴響。

「討論那件事之前，我們必須先解答一個更緊迫的問題：為什麼選現在？」我說。

「為什麼選現在？」溫德爾重複。「什麼意思？」

他的態度有點太老實，而且他突然認眞看著我寫在黑板上的內容，好像覺得很有意思。

我瞇起眼睛。「為什麼你的繼母現在才派殺手來暗殺你？她肯定早就查出你在哪裡了，畢竟她有整整十年的時間。」

「也許這十年來她一直很懷念我的陪伴，我繼母的性格很矛盾。」

「之前你說過，根據精靈傳統，她**不能**殺害你。因為殺死你之後她的權力會變得過大，王位坐得太穩。」

他不以為意地揮揮手指，把咖啡喝光。「在這些事情上，我的理解不一定正確。雅瑞艾德妮，親愛的，麻煩你去休息室再煮一壺咖啡。」

那孩子立刻跳起來，終於有務實的事可做，她似乎鬆了一口氣。她離開之後，我雙手抱胸。

「你對我有所隱瞞。」我說。「我很不喜歡你這樣。不要把我當成對精靈許願的人，跟我說話不要神祕兮兮讓我猜。」

他笑了起來。「艾蜜莉、艾蜜莉，我們兩個是多久的老朋友了？」

「到今年十二月滿七年。」我迅速回答。「這是從我們認識的那一刻算起，一般人都會這樣算。不過我自己認為這是個逐漸發生的過程，很難斷定時間點。」

「果然是你會有的想法。唉，認識這麼久了，我希望你多少能對我有點信任。老實說，我可以回答你的問題，但我覺得你恐怕不會喜歡我的答案。更何況，這件事和我們現在的狀況毫不相干。」

我端詳他許久，他也看著我，表情難以解讀。我還來不及決定要不要換個角度繼續進攻，雅瑞艾德妮就端著咖啡回來了。

「謝謝。」溫德爾道謝之後清出一塊桌面，但雅瑞艾德妮一直盯著他看，根本沒留意。她手中的托盤撞到椅子，整盤翻倒，杯子摔在地上全碎了。

「對不起。」她慌張地說。「班柏比教授，我……」

溫德爾嘆了口氣說：「伸出雙手。」

雅瑞艾德妮看我一眼，安靜而困惑地伸出手。溫德爾比了個像逗號的手勢，托盤立刻以恐怖的超自然動作跳回雅瑞艾德妮手中，緊接著杯子也回到托盤中，不但恢復完整，還裝滿咖啡。

我靠在辦公桌上，整張臉皺起。我很討厭溫德爾玩弄時間，之前在寒光島我已經見識過一次了。這種魔法不知為何讓我想吐——可能是我的凡人心智無法理解，時間逆轉了，但只限於一小塊空間，這實在是——實在是不可能。雅瑞艾德妮的反應更誇張——她整個人往後一縮，撞上了書架，讓幾本書跌落地面。多虧溫德爾及時迅速取走托盤，否則杯子恐怕又要摔碎一次。

「問題解決。」他對我說。

「你不是只能在精靈界用這種魔法？」我問。

「我一直在練習。」這答案令我錯愕。

「重新去煮一壺咖啡就好了。」我嘀咕著喝了一口，又說：「現在有地板的味道了。」

「**才沒有**。」他氣呼呼地說，彷彿咖啡是他親自煮的。

「沒辦法，我無法忘記剛才咖啡還在地上，所以我喝起來有地板味。」我努力掩飾內心的慌亂。我大致上已經習慣看他使用魔法了，但他不時會做出一些動搖我基礎世界觀的事，甚至足以讓我後悔當初踏上樹靈學這條路。幸好這種心情一下子就過去了。

「爲了這種小事濫用魔法，現在我相信你的狀況好多了。」我說。

溫德爾喝了一大口咖啡，閉上眼睛感受。「好咖啡不是小事。雅瑞艾德妮，你是怎麼煮的？」

「這、這是已經煮好放在休息室的，應該是哪位教授煮的吧。」她說。她注視著溫德爾，整張臉散發光彩，彷彿他實現了她童年的所有幻想。「所以你眞的是……」

「對，他眞的是。麻煩繼續討論正事。」我無情地說，因爲我的鋒頭又被他搶走了。我打開背包拿出那隻精靈腳，將它放在溫德爾的辦公桌上。

雅瑞艾德妮開始尖叫，溫德爾則大喊：「我的天！」並急忙將那袋可頌拿走。

「眞是夠了，只是一隻腳。」我說。

「只是一隻腳！」雅瑞艾德妮驚呼，溫德爾同時以驚駭的語氣說：「**艾蜜莉！**」隔壁的華特斯教授突然用力搥牆。

「好啦、好啦。」我把那隻腳收回背包裡。「這是羊仙的腳——確切地說，是樹形羊仙。昨天吃早餐的時候我們才討論過，丹妮兒．德葛雷失蹤時就是在調查這種精靈。」

「太過分了，你竟然把**一隻腳**放在我的辦公桌上。」溫德爾說。

「只有一隻？」雅瑞艾德妮憂心忡忡地注視我的背包。

「麻煩你們注意聽。」我說。「這件事很重要。這隻腳是在德葛雷放置的陷阱中發現的，羊仙可能是爲了逃生而咬斷這隻腳，就像野獸一樣。」

「你們學者稱之爲樹形羊仙的生物是愛爾蘭特有種，但德葛雷是在奧地利失蹤的。」溫德爾說，然後他愣了一下。「啊。」

我勾起嘴角。我讓他慢慢琢磨，轉身在黑板寫下一列清單：奧地利聖列索、愛爾蘭科邦、俄羅斯納爾其克、俄羅斯寇利瑪。

「樞紐。」溫德爾輕聲說。「這就是你想說的吧？你認爲德葛雷在追尋樞紐。」

「不是。」我說。「我認爲她已經找到了。」

我指著黑板說：「這四個地點都有目擊這種特定羊仙的紀錄——因爲角的特徵非常明顯，所以絕對是這個種族沒錯——而這些地點相距數百甚至數千英里遠。雖然這種羊仙長期棲息於愛爾蘭，但也可能根本不是當地種族。你們也知道，俄國學者的研究論文只有極少數譯入英文，或許正是因爲如此，少有學者留意到這個模式。目擊樹形羊仙的紀錄在愛爾蘭十分廣泛，但他們也出現於奧地利與俄羅斯的證據卻往往遭到忽視。在愛爾蘭學者的研究論文中，我只找到兩筆相關的參考文獻，目擊地點都是聖列索，也都被學者視爲謬誤。」

「德葛雷當時正在研究這種羊仙。」

「對——但你也知道德葛雷的名聲有多差。在那個時代，很少有學者認眞看待她，現今只有更少。她失蹤之前曾將研究樹形羊仙的初步結果寫成論文出版，主張有樞紐存在。在她失蹤五年後，這篇論文遭到撤稿，她的其他論文也遭逢同樣的命運。德葛雷是愛丁堡大學的客座講師，我跑去那裡挖遍了成堆的舊檔案才找到。順帶一提，精靈腳也是在那裡找到的——塞在他們的樹靈學博物館地下室，那裡有不少德葛雷發現的文物。」

雅瑞艾德妮看著我們，幾乎壓抑不住興奮——她又開始踮著腳尖上下跳。「樞紐是什麼？」她激動到口齒不清。「我在課堂上沒有聽過這個詞。」

「一點也不奇怪。」溫德爾說。他站起來，拿了一條抹布和裝在玻璃瓶裡的某種清潔溶劑，開始擦拭他的辦公桌。「根據大部分學者的意見，這種東西並不存在。」

「這只是一種理論，」我說，「但我一直認爲存在的可能性非常高。那扇門通往哪裡？」我指著辦公室的門問。

雅瑞艾德妮蹙眉。「當然是走道。如果站在另一邊，也可以說是通往班柏比博士的辦公室。」

「沒錯，凡界的門通常連結兩個地方。大部分的學者認定精靈之門也一樣——但爲什麼一定是一樣的？精靈在各個方面都不受凡界法則束縛。樞紐就是能連結超過兩個地方的門，在這種定義下，樞紐不像辦公室的門，比較像船上的門，會移動，並且通往數量不拘的地點。」

「噢。」雅瑞艾德妮輕呼。「如此一來，就能解釋為何樹形羊仙會出在那麼多地方——他們使用串連不同區域的樞紐。」

「當然，他們也會跑來凡界搗亂，一如所有精靈。」我在黑板上畫了一扇門，然後畫線連接聖列索與科邦。「愛爾蘭目前已知的精靈王國有七個。溫德爾的國家位在愛爾蘭西南方，人類村落科邦位於該處，目擊樹形羊仙的報告也都來自那裡。現在溫德爾的繼母嚴密看管所有通往王國的精靈之門，以防他跑回去，可能是以魔法封鎖，也可能是其他方式——可是這個呢？」我圈起聖列索。「泛精靈用的後門？很可能是羊仙為了自己的特殊目的所建造？也許她根本不知道有這道門存在。」

「我敢說她一定不知道。」他說。「因為我父親不知道。他知道幾道通往不同精靈王國的門，但那些門都在英國，而且早就全部坍塌了。精靈之門如果沒有經常使用就會坍塌。順帶一提，我認為我繼母就是用這種方式派灰光妖來殺我——她一定成功修好了一道通往英國的門。」

「啊。」我點頭。

他揚起微笑。「你會寫進書裡，對吧？」

「我完全沒有想到我的書。」我爭辯道——但只有一半是實話。現在精靈百科完工了，我把精神放在另一個大型計畫上——繪製所有已知精靈領域及其門戶的地圖，溫德爾也知道這件事。這樣的書難免會顯得東拼西湊，這是無法避免的問題——精靈領域往往與凡界特定的地理地點相連，但只有少數經過學術方法探索——我希望藉此突顯丹妮兒．德葛雷的論點：精靈領域之間互相連通的程度遠超過學者先前的看法。找到樞紐存在的證據將成為整個研究計畫的關鍵所在。

「親愛的，你沒事吧？」溫德爾問雅瑞艾德妮。

我強迫自己放下思緒，這才發現那孩子滿臉通紅、眼眶含淚。「你快坐下吧。」我說。

溫德爾讓出椅子，雅瑞艾德妮坐了下來。「對不起，」她說，「只是……天啊，實在是太超乎想像了，對吧？」

「你確定想跟我們一起去？」溫德爾問。

她錯愕地瞪著他，似乎感到難以置信。「我當然確定！我從小讀了那麼多精靈故事，這是我畢生的願望成真。」

「你畢生的願望成真。」他沉吟著重複。「不過，假使你跟我們去，你畢生的恐懼也會成真。」

她面露憂慮——我認為應該不是因為被警告嚇到，而是擔心他會不准她跟。「我已經下定決心了。」

溫德爾依然蹙眉看著她。我說：「去奧地利找出門的所在是最合理的做法，俄羅斯比較不理想——因為奧地利是德葛雷調查的地點，我們有她的研究做為指引。」

「看來她的研究化做**一隻臭腳**了。」溫德爾嘀咕。他終於擦完桌子了，現在沾了一些蠟在拋光木質桌面。辦公室裡飄散著濃濃的薰衣草與柑橘香氣，足以引發我的頭痛。

「嗯。」雅瑞艾德妮看了一眼背包，好像快吐了。「那隻腳，呃……真的不可或缺？」

「你們兩個好像都以為我是覺得好玩才帶著腳到處跑。」我好氣又好笑地說。「難道你們都沒聽過克魯拉坎耳朵的故事[5]？」

「噢，**噢**。也就是說，那隻腳會帶我們找到樞紐！」雅瑞艾德妮說。

「那隻腳會帶我們找到羊仙，羊仙會帶我們抵達樞紐。」我說。「至少概念是這樣。我應該不必特別說明吧？我從來沒有讓精靈腳帶過路。幸好就算那隻腳不配合，我們還有德葛雷的地圖可以參考——村民可能也聽過風聲。」

「小艾，你忽視了一個小小的細節。」溫德爾說。「雖然你們學者為那種生物取了『樹形羊仙』這種可愛的名字，但他們其實生性兇殘。就連在我的國家，他們也算是狠角色。我們再來要追著他們跑，對吧？但你應該也知道，德葛雷很可能就是因為這樣而送命。」

我靠在書架上，手指輕敲層板。「從來沒聽過樹形羊仙傷害人類的故事。」

「你就因此判定他們從來沒有做過？還有另外一種解釋。」

雅瑞艾德妮的眼神摻雜著濃濃的恐懼與欣喜，令人不忍卒睹。這讓我不禁開始懷疑自己的決定。我自己以身涉險是無所謂——我早已視死如歸——但是連累才十九歲的姪女是另外一回事。

「雅瑞艾德妮，」我開口，「我看你最好還是別……」

「最好還是別去？」我身後突然有人插話。我轉身愕然發現菲理士．羅斯陰森森地站在門口，表情十分嚴厲。「你說得沒錯，她不該跟去。」

「我……羅斯博士，」我結結巴巴地說，「你一直在聽我們說話？」

羅斯朝溫德爾的方向比了比。「那個傢伙都比你關心那孩子的安危。」

我實在太生氣，甚至一時說不出話。溫德爾按住影子的頭——大狗在低吼。「你全都聽到了。」我終於發出聲音。

「沒錯，我全都聽到了。」羅斯的氣色很差、眼睛泛紅，但整體而言沒有我預期中那麼慘，畢竟昨天我們拋下他時，他已近乎痴呆。「你或許很難想像，但經歷灰光妖襲擊事件之後，我一直無法入睡，所以整夜都待在這裡。對了，你們喝的咖啡是我泡的。」

「我信任姑姑。」雅瑞艾德妮聲明。「她比任何人都了解精靈。我要和她一起去，這是我的**心願**。」

「眞勇敢。」羅斯說。「勇敢又愚昧，對年輕人而言，這兩者往往是一樣的。艾蜜莉，我代替那個孩子去，我知道這次的考察你會需要幫手。」

「你說**什麼**？」我感到頭昏腦脹，總覺得話題在不知不覺間跳躍到十萬八千里外。

「菲理士，我的朋友。」溫德爾說。「謝謝你自告奮勇，但我們不需要你作伴。」他的語氣很和善，但暗藏的含意使得羅斯整個人僵住。

我心中閃過數十個疑問，但口中冒出來的第一句話卻是：「不到二十四小時之前，你還

---

5 〈酒商與克魯拉坎的耳朵〉這個故事流傳最廣的版本收錄於《歐唐諾兄弟的善良精靈午夜傳奇》（一八四〇年），是個有點黑暗的故事：酒商在偏遠的森林小路上遇到搶匪，所有貨物都被搶走了。克魯拉坎剛好路過，熱心伸出援手，這種精靈一向對酒館老闆、釀酒師傳之類的人很友善。但酒商不但不知感激，還殺害克魯拉坎並割下其耳朵，因為他誤信傳言，以為克魯拉坎能「聽見」藏寶庫的黃金與河流沉積金礦的歌聲（克魯拉坎經常出沒於酒館，通常口袋都會塞滿黃金，以此支付狂飲的酒資）。酒商將克魯拉坎的耳朵舉在耳邊，跟隨歌聲走上一條很長的蜿蜒小路穿過森林，很快他就迷路了。走了好幾個小時之後，他愕然發現自己回到原點，克魯拉坎的屍體就在眼前。這時精靈的家人已經聚集起來準備舉辦葬禮，他們群起攻之，酒商最後慘死。

威脅要把我們兩個逐出劍橋。」

「我花了很多年的時間研究阿爾卑斯山區精靈。」他說。「要找到樞紐所在，你們勢必需要我的專長。」

我不可置信地嗤笑一聲。但我忍不住在心中思考——羅斯確實在瑞士阿爾卑斯山區擁有豐富的考察經驗，我自己則全然欠缺；許多相同種族的精靈也會出現在奧地利，因爲精靈不在乎人類劃定的國界。沒錯，有他這樣的專家同行的確很有幫助。儘管如此——

「你沒有說出**原因**。」

他看著我的模樣，彷彿我冒出了第二顆頭。「學界公認樞紐只是理論，但你不但要去尋找，而且做出了相當合理的計畫。過程中你很可能會解開丹妮兒．德葛雷失蹤之謎，這可是樹靈學界歷久不衰的傳奇。艾蜜莉，你不如問自己爲什麼**你**要去。」

「啊，我懂了。」我說。

雅瑞艾德妮對羅斯露出怯怯的笑容。「我覺得人愈多愈好。」

「眞是夠了，雅瑞。」

「怎麼了？」她的表情垮下來。「噢，對喔。他威脅說要開除你們。」

「我可能還是會開除你們。」羅斯說。「不過，只要你們同意讓我加入這次的考察，我願意放過論文造假的事。」

我瞠目結舌地看著他。但溫德爾似乎並不驚訝，他用手指輕敲桌面，好像覺得談話內容愈來愈無聊。「菲理士，雖然這個領域我不擅長，但我覺得你的決定好像不太道德。」

羅斯聳聳肩。「我能容忍道德上的瑕疵。只要能有機會破解當代最大的科學謎團，我可以容忍很多問題。」

溫德爾嘆息。「你們這些學者全是瘋子，難怪你們總是被泛精靈吃掉或是困在很慘的地方。艾蜜莉，不用再跟他爭了，看得出來他說什麼都要加入。」

「我怎麼會看不出來？」我瞪著他說，然後恍然大悟。「是因爲咖啡，對吧？難怪你會對他那麼和善。」

溫德爾揚起眉毛裝無辜，但沒什麼說服力。「嗯？」

「你答應讓羅斯加入，是因爲他煮的咖啡很好喝。」

「唉，在拉芬斯維克的時候想喝杯咖啡都很難，你該不會要我再次受那種苦吧？」溫德爾說。

羅斯氣得滿臉通紅。「我是系主任，擁有數十年的田野調查經驗。我在團隊中的任務是提供專長，不是**煮咖啡**。」

「你的任務可能比想像中更多元。」溫德爾不耐地說。我看得出來，只要能達到他想要的目的，他絕對會對羅斯施魔法，眼睛眨都不會眨一下。羅斯似乎也猜到了，瑟縮了一下；他的眼神第一次浮現猶豫，我絕對沒看錯。羅斯還來不及開口，溫德爾的表情已經變了，每次他像這樣迅速變換表情時都有點嚇人。他拍拍羅斯的背。「我突然感受到這整個計畫的光明面。準備出發吧？」

✦ ✦ ✦

二十分鐘後，我站在爬滿長春藤的樓房外，溫德爾的公寓就在這裡。雅瑞艾德妮進去幫他收拾行李，我帶著影子在樓下等。當然，我早就打包好了。羅斯會在火車站和我們會合。

「親愛的，」我說，「我們又要上路了。」

影子抬頭看我，那種全然滿足的神情只有狗才會有，我揉揉牠碩大的前額。希望這趟旅程對牠而言不會太辛苦。雖然影子是精靈獸，但也和凡界的狗一樣壽命有限，八年前我發現牠的時候，牠已經不年輕了——我實在不願去想這件事。最近牠愈來愈喜歡在爐火邊沉睡，沒興趣去郊外跑跳。然而，我無法忍受將影子獨自留下，我猜牠也一樣。

雅瑞艾德妮從大門走出來，氣喘吁吁地扛著兩個行李箱。

「老天！」我說。「我交代過他只能帶**一件**行李。」

她把行李箱放在石板地上。「我提醒過他，但他摀著臉叫我出去。他還在努力把另外兩箱合併成一箱。」

我忍不住搖頭。「要是他不在五分鐘內出現，我就會上去拽他下來。我們會錯過火車。」

雅瑞艾德妮點頭表示同意。我發現她好像心不在焉，一直把玩脖子上的圍巾。

「怎麼了？」我突然發問，讓她嚇了一跳。

「沒事。」她邊說邊把圍巾塞到大衣下面。

「少來。」我說。「我們即將踏上危險重重的旅程，途中會充滿陌生又令人不安的狀況。不准逞強，有什麼擔心的事一定要說出來。之前你說信任我，我很感動。不過，如果我們想要平安度過這趟旅程，你就必須把想法告訴我，並且相信我會保護你，雅瑞艾德妮。」

我知道這樣說太不委婉了，但不說清楚不行。一方面是因為我實在不擅長委婉，另一方面也是因爲我們沒時間小心翼翼繞圈子。我很清楚，雅瑞艾德妮擔任我助理的這幾個月，我對她的態度不夠親切，我不知道該如何補償，但至少我能承諾會保護她。

她緊張地注視著我。「他不希望我加入。」

這句回答出乎我的意料。「他說的？」

她點頭。「他說考慮過乾脆用魔法強迫我留下來，但又怕你會對他『噴火』。」

「我絕對會。」我惱火地說。

她抬頭望著逐漸變亮的天空。「我告訴他，這件事由不得他——因爲事關我的學術生涯。聽完之後，他去了另一個房間，拿出這個給我。」

她拉出圍巾，我這才想到她之前沒戴任何織物——一點也不奇怪，現在天氣還太熱，不需要圍巾。

我靠近仔細看。圍巾是絲質的，好像比普通蠶絲更精緻——我對服飾沒什麼研究——顏色是偏暖的長春花紫藍色調，很適合雅瑞艾德妮。布料中織入銀線，形成一種格紋。我拿在手中翻來覆去觀察，想看看圖案會不會改變、會不會突然冒出魔法，但感覺就是一條普通的圍巾，只是做工比較細緻。

「他說戴著有助於保護我。」她說。「還說絕不允許你的血親遭到精靈傷害。」

「這……他還眞是好心。」我愣了一會兒才勉強回應，腦中忙著思考圍巾的功用。儘管看起來沒什麼特別之處，但精靈製作的物品本來就不能只憑外觀評判。「不過我希望你不需要用上。」

她把圍巾塞回大衣底下，露出淺淺笑容。「我也希望……我會好好保存的，這是屬於我的精靈法寶！我永遠不想拿下來。」

她的語氣非常夢幻，再次抬頭注視正轉變成一片漂亮粉色的天空。隱隱約約有什麼讓我感到不對勁，我想了一下才明白。

「雅瑞艾德妮，」我唐突地說，「對不起……我早該自己勸你不要加入才對。這趟旅程雖然是學術考察沒錯，但狀況非常特殊。溫德爾說得沒錯，你最好留在英國。」

她錯愕地看我一眼，彷彿沒想到我竟然會關心她的安危，因此大吃一驚，可想而知，她的反應讓我覺得自己十分冷血。「沒關係，姑姑，我說過了，我想加入。我從來沒有這麼想做一件事過，而且我花了好幾週的時間幫你尋找德葛雷的研究成果，我無法忍受被拋下。」

「是啊。」我輕聲說。「你幫了很多忙。」

這句話似乎讓她很開心，但接下來我們就陷入沉默。我能感覺到應該要再說些什麼，但又不知道確切該說什麼，於是片刻之後我逃離現場，進去找溫德爾。

我原以爲會看到他狂亂地試圖將所有衣物塞進行李箱，沒想到他只是坐在床邊，以極其悽慘的表情望著兩個行李箱。

「你應該訂了頭等車廂吧？千萬別說不是。」他憂慮地說。「坐火車總是讓我很不舒服。」

「所有車票都是頭等車廂。」我不由得想笑。「這不是理所當然的嗎？這次的經費十分充裕，住宿條件也比在拉芬斯維克那次好多了，你應該會喜歡。」

「再看吧。根據我的經驗，那種在荒郊野外的村子通常都讓人很不滿意。」他嘆息一聲，將一件襯衫扔進其中一個行李箱之後關上。

「你要是再拖拖拉拉，我們會趕不上火車。」我走向他的衣櫥，拿出兩件毛衣拋給他。他翻個白眼，嫌棄我的品味。

「怎樣？」我說。「綠色那件是我送你的。什麼時候來著？四年前的聖誕節？我看你穿過。你不能總是一身黑。」

「對，可是有點太正式，不適合……噢，算了。」他再次嘆息，將兩件都摺好放進另一個行李箱。「我承認，問題不在於收拾行李，而是我單純很討厭旅行。我實在不懂，待在家裡不好嗎？爲什麼要在外面跑來跑去？家裡所有的東西都是我喜歡的樣子。」

「我想也是。」我看著四周如此回應。可想而知，溫德爾的家舒適到誇張的程度，雖然很不合理，但整體有種森林的氛圍。天花板非常高，有如古老樹林遮蔭——我懷疑他施了魔法——而且總是有風吹樹葉的窸窣聲響，不過一旦仔細聆聽就會立刻停止。精靈王大多熱愛華而不實的擺設，但他的家具很簡單——幾張鬆軟到不可思議的沙發、一張巨大橡木桌、三座宏偉的內嵌式壁爐——留下大片空曠空間，而且總是有不知從何而來的微風輕拂，挾帶苔蘚氣息。他的家飾也不多，牆上掛著拉芬斯維克村民送的鏡子，裡面映著森林，外加幾樣雕像、花瓶之類的銀製小東西，每樣都以神奇的方式折射光線，但也就只有這些了。當然，整間公寓一塵不染，彷彿太用力呼吸都會弄髒似的。

「謝謝你。」我說。

「謝什麼？」

「你爲雅瑞艾德妮著想，還對她那麼好。我沒想到你會這樣。」

「是嗎？」他坐在行李箱上，勉強關上釦鎖。「小艾，我太傷心了。其實我心地很善良，你知道的吧。」

我當然知道他在興致來的時候可以對人很好，但我不認爲這是善良。然而我並沒有和他爭論其中的差異。「你怎麼沒有幫我做過魔法圍巾？」

他一臉驚奇地看著我。「你會用嗎？我可以幫你做更多。當務之急是連身裙，一定要換掉你常穿的那種棕色可怕玩意兒。還有你的**防水外套**。」

我翻了個白眼。「謝了，但我不需要夜精靈幫我打點衣物。你幫我做的防水外套兜帽裡八成會有水獺或其他類似的瘋狂玩意兒。」

「我保證不會有水獺。」他拎起行李箱，鬱悶地環顧四周。「看來得走了。」

「等一下。」我說。

他氣惱地歪頭，顯然以爲我又要說教。我大步走過去吻他，他整個人動彈不得。

在那奇妙的瞬間，我突然覺得好想笑，因爲我顯然嚇到他了。不過很快我就忘記這件事和其他的一切。離開寒光島之後這是我第一次吻他，而之前幾次幾乎不算數；第一次吻他的時候我太緊張，幾乎沒有碰到他，第二次他則是夜精靈的模樣。或許是因爲看不見的樹葉婆娑搖曳，也可能是因爲微風輕拂我的頭髮，我莫名覺得自己彷彿已不在凡界，只要一睜開眼睛，就會發現自己身在魔法森林，受精靈光環繞。這種感受太過強烈，讓我忍不住退開，感覺天旋地轉。

溫德爾的眼神深沉，朝我踏出半步。「艾蜜莉……」

「不。」我本能地說，甚至不知道在拒絕什麼。我感覺心慌意亂，而且像他一樣意外。

此外，我也對自己十分不齒——我不是才剛下定決心嗎？不要再給他不切實際的希望，這樣對他很不公平，唯一正確的做法就是拒絕他的求婚。

我拎起一個行李箱，丟下一句：「我們得快點去趕火車了。」然後以雙腿所能承受的最快速度匆匆離去。

九月十七日

我們趕上了從劍橋出發的火車——千鈞一髮——也順利搭上渡輪，目前在火車頭等臥鋪中橫越法國，朝奧地利的里歐堡市前進，下車之後會再雇用馬車前往聖列索。溫德爾與雅瑞艾德妮早早就去休息，留我坐在交誼室欣賞風景，但我其實看不太進去。我轉而拿出地圖書的資料來看，卻發現難以集中精神。這幾天我的思緒太過躁動，不斷思考我們的計畫以及在奧地利可能會遭遇什麼狀況，而這趟旅程坐火車總共要花上四天。

此前來到法國加萊的渡輪上一切平靜。我原本以爲菲理士·羅斯會是討厭的累贅，但他多數時候都躲在船艙裡寫他的日誌，沒有和我們待在一起。這是雅瑞艾德妮第一次出國，她清醒時大半時間都在大驚小怪，無論是英倫海峽的景色、火車晃動的感覺、隨茶附贈的小塊巧克力，在在都能使她驚呼不已。相較於羅斯，我往往更想避免與雅瑞艾德妮共處一室。幸好溫德爾似乎覺得她很好玩。唯有上路第一天格外尷尬，她一直盯著溫德爾看，簡直像是在觀賞什麼奇珍異獸，而每次溫德爾對她說話，她都會嚇一大跳。但後來他們相處得非常輕鬆愉快，而且他們同樣愛好精緻飲食與服裝，因此更是投緣——雅瑞艾德妮曾經在倫敦當過一陣子裁縫學徒，後來才順利說服我哥哥讓她去劍橋讀書。

我的廂房在溫德爾隔壁。空間相當寬敞，床鋪大小足以讓我和影子一起躺在上面，也有洗臉臺。昨晚我鎖門之後在門口用鹽畫了一條線，以防又有殺手來訪。不過其實我不太擔心，溫德爾說過他討厭火車與鐵路，而所有精靈都是這樣。我將精靈腳藏在床底下，撒鹽繞一個

圈，希望能防止腳擅自亂跑。

夜裡溫德爾的廂房傳來奇怪的窸窣聲響，接著是幾下斷斷續續的敲打聲。那些聲音並不劇烈，我猜他只是在火車上睡不著，所以爬起來做宵夜，他在寒光島時也常常這麼做。我思考著是否要起床關心他，但火車的晃動對我來說總是格外催眠，因此馬上又睡著了。

今天早上，影子的隆隆低吼將我吵醒。牠蹲在我身邊，臉向著門，長長的身體繃成一直線。我抬頭一看，發現有個男人站在床腳。

我可以很自豪地說我沒有尖叫——有鑑於我的工作經常會遇到超自然力量的驚嚇，我早已學會壓抑反應。這個人絕對是超自然現象，因爲他就是我在劍橋校園遇到的那個布條人，我的門明明上了鎖，他卻還是進來了。

「**左轉**。」他告訴我，彷彿正和我爭辯某件事。他身上的布條好像比之前多，有一些掛在脖子上，有如破爛的圍巾。除此之外——這個部分最令我不舒服，因爲我的頭腦拚命想找出合理的解釋，卻怎樣都找不到——與上一次相遇時相比，他**變年輕了**，相差至少二十歲，甚至是三十歲。現在他連一根白髮也沒有，除了緊蹙的眉頭之外，黝黑的臉龐上沒有一絲皺紋。

我感覺自己動彈不得。

「左轉。」他重複。「然後再左轉。難道你什麼都不記得嗎，丫頭？」

這句話讓我大爲光火，因爲我的記憶力無懈可擊，雖然我覺得爲此爭辯很荒謬，但我還是說：「如果你指的是上次相遇時你給的神祕指引，當時你說遇見頭髮有灰的無特定數量鬼魂時要左轉；在長青樹林左轉；接著繼續往前走，穿過一座山谷，你的兄弟將會在那裡死去。」

他瞇起眼睛。「然後呢？」

哈，我想著，和這次一比，上次的談話內容顯得正常多了。「我毫無概念。我不知道你是什麼人，也不知道你要指引我去哪裡。」

他大笑起來，露出非常潔白的牙齒。「指引？你以為我能給你指引？我迷失了，迷失很久了，但或許我還能重新找到路。」他舉起布條。「可是你——你陷入如此深的荒野，甚至不知道自己身在其中。」

「你太失禮了。」我說。

迷失乃是有諸多道路的王國，但每條路都通往同樣的地點。你知道是哪裡嗎？」

我強忍嘆息，因為新鮮感早已過去，這個陌生人開始讓我覺得很煩。「我猜想你說的應該是精靈界。一些最古老的傳說中稱之為『迷失國度』，很有詩意，對吧？不過這個詞的意思可能很單純，只是想表達精靈喜歡惡整粗心的凡人，帶他們到處亂走。」

他怔怔看著我。這個憑空出現的怪人，一瞬間感覺幾乎像是正常人。

在停頓片刻之後，他喃喃說道：「說不定你能成功，頭髮亂糟糟的傻孩子。」

我伸手摸向頭髮。他沒必要這樣挖苦我吧？他低頭看著身上的布條，然後皺起眉，彷彿在顏色與質地中解讀出了什麼，隨後開門走出去。

我急忙起身追上，結果一頭撞上羅斯。

羅斯原本端著一杯茶，現在翻倒灑在他身上。「艾蜜莉，你到底……」

「你有沒有看到那個人？」我著急地問。「男的，帶著一堆布條……」

「我只看到**你**。」他隔著沾到茶水的眼鏡惡狠狠瞪我。「你又招惹上什麼莫名其妙的精靈……」

我用力敲溫德爾的房門。裡面傳來睡意濃重的含糊抗議，但沒有前來開門的腳步聲。我轉動門把——上鎖了。

「可惡。」我嘀咕。「發生危機的時候一點用也沒有，睡美容覺比較重要是吧？」

那扇門彷彿回瞪著我。我罵了一句，衝回自己的廂房，匆匆穿好衣服之後重新跑出去，影子緊跟在我身後，留下渾身濕答答的羅斯站在原處瞪著我的背影。

雅瑞艾德妮在餐車裡，面前擺著吃到一半的早餐。時間還很早，用餐的乘客不多，她和服務生正開心地大聊特聊。她身側的車窗外是一大片灰綠色山壁，岩石嶙峋，陰影籠罩。

「艾蜜莉姑姑！」她叫嚷起來，揮手要我過去。「你有沒有聽說這班火車會一路開去土耳其的伊斯坦堡？現代人能見識到如此廣大的世界，真是太神奇了，對吧？你知道，我媽媽一輩子沒有離開過那個從頭到尾才五英里的村子——她對其他國家的知識都是從書裡讀到的。現在的科技真的很不可思議，對吧？我相信土耳其的精靈族群一定也非常有趣——噢，老天。」她上下打量我。「你的衣服前後穿反了。」

「這不重要。」

我點了一壺茶，告訴雅瑞艾德妮剛才發生的事，她全神貫注默默聆聽，眼睛愈瞪愈大。

「太神奇了。」我說完之後，她嘆息道。「真是神祕極了！好像鐵匠與波嘎的故事[6]，肯定是精靈魔法在作怪。」

「既然你這麼有熱忱，希望那位朋友下次去找你。我一點也不想被能穿牆的怪人跟蹤騷擾。」

「你知道他是什麼人嗎？」

「我有幾個猜測。不過我認爲還是要做最壞的打算——他可能是溫德爾繼母派來的另一名殺手。」

雅瑞艾德妮咬著下唇。「倘若眞是如此，那麼他的技術似乎不太高明，對吧？他沒有去找班柏比教授，反而每次都找上你。他的布條會是武器嗎？」

「我認爲他是人類。」我說。「說不定是溫德爾繼母的俘虜，被她以魔法控制之後送回凡界。也說不定是魔法讓他發瘋，或者他的行爲是一種學者尚未發現的精靈儀式。」

「我認爲最好不要驟下結論。」我身後傳來一個聲音。看到羅斯拉出我們這桌的椅子，我心中一陣厭煩。

「看來你又在偷聽。」我瞪了雅瑞艾德妮一眼，她一定有看到他站在我身後。她一臉歉疚地看向羅斯。「那個，畢竟他也是團隊的成員……」

「也是。」我擺擺手，嘆了口氣。「我太小心眼了，是吧？羅斯博士，容我道歉，你願意分享看法嗎？」

羅斯面露驚訝，但這個表情很快就消失了——他是那種習慣給予意見的人，至於別人想不想聽，則是他很少考量的問題。他將雙手插進背心口袋，身體往椅背靠，這種架勢我看過很多次了，暗自命名爲「系主任派頭」。「這個『布條人』不停叨唸著路徑的事，想必是受困於某個精靈領域，問題是這個領域並非固定的空間。你推測他與班柏比的繼母有關，但不見得如此。」

「他和殺手同一天出現。」我指出。「沃特金第一定律[7]。」

羅斯擺出睿智的表情看我一眼。「相信你應該知道史密斯—佩鐸對沃特金的批評，主張假定愈少愈好的簡約法則也遭受類似的批判；也就是說，太過濫用此定律，將導致過度簡化的結果。以這次的狀況而言，即使兩起事件都可能有魔法介入，但來源不一定相同。」

「對，嗯。」我因爲自己的煩躁而感到煩躁。我竟然依舊在意羅斯對我的看法，實在是太可笑了。「這只是一種可能性。」

「我們必須蒐集更多證據。」他說。「可惜我的私人藏書不在手邊，不過抵達里歐堡之後我會打電話回大學，請我的研究助理翻查文獻找出與布條有關的故事，並且交互參照逆齡主題——你的遭遇當中似乎這兩個細節最關鍵。艾蜜莉，下次那個人再出現——我認爲發生機率極高——盡可能取得一條布條。」他對雅瑞艾德妮說：「麻煩你到處問問其他乘客有沒有見到這個人出沒——尤其是相鄰的廂房。」

他說的所有話都非常有道理，突顯出卓越的學識，如此一來，我反而更不高興。「我去叫醒溫德爾，說不定他有自己的意見。」

「我認爲他的意見並不重要。」

---

6 鐵匠與波嘎是許多故事的主角，但我猜雅瑞艾德妮說的是蘇格蘭斯凱島流傳的故事。這個故事中的鐵匠非常倒楣，剛好住在精靈客棧隔壁，許多精靈誤以為鐵匠是客棧老闆，導致他一整天都遭受陌生精靈打擾，對他提出各式各樣的要求。後來鐵匠邀請當地的波嘎住進他家，這才終於解決了這個問題。

7 沃特金的樹靈學第一定律：在任何狀況下，巧合愈多、令人難以置信的程度愈高，愈可能有精靈參與其中。

我愣了一下，懷疑自己聽錯。「你該不會想排擠溫德爾，不讓他加入吧？他在這次的研究中扮演相當重要的角色。」

「他是我們研究的對象。」羅斯說。「必要時，我們可以從他身上獲取資訊——只是要非常謹慎——不過，他並非這次學術考察的一份子，就像那個布條人一樣。」

我難以置信地冷哼一聲。「你在開玩笑吧？」

「哦？」羅斯傾身向前，表情變得陰沉。他難得以這種眼神看著我，沒有高高在上，只有鋒利的鄭重，讓我不禁有點退縮。「艾蜜莉，我對你的研究手法或許有所質疑，但我一直認爲你很聰明。可是你現在的行爲卻像個大傻瓜。」

我瞠目結舌看著他。雅瑞艾德妮一臉憤慨，彷彿被汙辱的人是她。她開口道：「教授，你不……」

「眞不敢相信，我竟然必須跟你解釋這個道理。」羅斯接著說道：「你顯然對一名宮廷精靈產生信賴——甚至不是普通的宮廷精靈，而是遭到放逐的王族，更別說他與家人依然處於交戰狀態。難道你如此盲目，看不出你的處境有多危險？你竟然無視如此明顯的狀況，讓我不禁懷疑你是不是中了魔咒。在你眼中看到的人或許是溫德爾·班柏比——這當然不是他的眞名——但那只是假象。他可是狼之森的正統統治者，你有沒有搞錯？那裡是愛爾蘭最險惡的精靈王國，數十位學者在那裡或失蹤或喪生，受害的當地居民更是不計其數。布雷克斯皮爾在他的著作《歷史》當中稱之爲『惡人與怪物之境』，**那就是他想回去的家**。你當他是夥伴？是**朋友**？你到底有什麼毛病？」

每一句話都有如重拳落下，我只能愣愣看著他，任由他繼續說下去。「最明智的做法——

不，**唯一**明智的做法——是集中精神找出樞紐。我們要找出來並且記錄其存在的證據，這絕對會爲科學帶來長足的進步。倘若能在過程中解開德葛雷失蹤的謎團，那更是錦上添花。我們只要把心思放在**這件事**上就好。班柏比的使命是他自己的事，倘若他對我們對造成危害，就必須請他離開。艾蜜莉，你必須拿出學者該有的表現，而不是像故事裡那些被精靈哄騙得暈頭轉向的愚蠢凡人。」

「你說完了嗎？」我冷冷地問。其實我很想縮起身體躲避他，就像蝸牛躲開鹽那樣，但我極力克制衝動。羅斯擺了一下手，我隨即推開椅子。

影子當然是跟著我走，但牠不忘先咬一下羅斯的鞋子，嚇得他哇哇大叫。我盲目地走了幾分鐘，到了通往下一節車廂的門前才驚覺自己走過頭。

盤旋在我腦海的不是溫德爾也不是羅斯，而是灰光妖。那是一種我從不曾見過的生物，恐怖至極，而這樣的怪物在溫德爾的世界隨處可見。

這是我第一次驚覺——或者該說第一次體悟現實，因爲我一直將這件事視爲學術領域的抽象問題，至少我很努力這麼做——我們正在找一道通往那個世界的門。羅斯說得沒錯，在那個王國失蹤的學者多到不成比例，而且從此音訊全無[8]。

我靠在牆上片刻調整呼吸。一名行李員經過時看了我一眼，似乎覺得很奇怪，於是我振作起來，走到溫德爾的廂房門前。

門依然關著——但沒上鎖，我之前弄錯了。門把能轉動，門卻打不開，其實是因爲門縫全塞滿了葉子，形成像門擋一樣的效果。

「搞什麼鬼？」我嘀咕。我用力推門，把一邊肩膀抵上去。只聽見一陣沙沙聲響，接著是某物斷掉的聲音，門突然往內打開。

一看到房內景象，我便急忙抓著影子的脖子將牠拉進去，立刻關上門。廂房的牆壁爬滿開花的長春藤；地面變成某種石地，潮濕表面長滿苔蘚，其中一面牆似乎徹底消失，變成一片風景——一條以提燈照明的小徑彎向幾棟陰暗屋舍，角樓與屋頂覆蓋綠色草皮。溫德爾躺在床上不省人事，有如森林之王睡在樹葉窩中，毯子遮住整個身體，只露出一隻腳。

「房間都變成這樣了，竟然還有人能一直睡？」我怒斥，邁步走向床鋪。接著我尖叫一聲，因爲一群痲雀撲向我的頭。

至少我認爲是痲雀——突然被幾十對翅膀拍打，很難留意細節。影子狂叫起來，張嘴抓住一隻鳥，鳥兒立刻炸開變成一堆羽毛。幸好溫德爾這時醒了，他抓住我的手，痲雀立刻飛走。

「你到底幹了什麼好事？」我質問，接著開始用力咳嗽，因爲一片羽毛飛進我的喉嚨。

「是**你**做的，對吧？」

「應該是吧。」溫德爾蹙眉看看周圍。他穿著睡衣，一身寬鬆蠶絲襯衫配上長褲，頭髮亂翹的樣子看起來有點好笑。那群痲雀落在一座似乎是洗臉臺變成的池塘邊緣，隨即開始喧鬧沐浴。

「**應該**？」我停頓一下。「那麼，這是意外？就像那天的茶？」

「不是，我只是突然喜歡上平白浪費力氣胡亂使用魔法。」他說。「當然是意外。印象中，我像平常一樣夢到家鄉，看來一部分的夢境從我的腦海飄出來了。」

我摸摸長春藤——感覺很眞實，痲雀也是，我手臂上抓傷的痕跡就是證明。「你有辦法清除嗎？我們不能就這樣下車不管，丟給倒楣的清潔工處理。」

「有，只是……先等我一下。」他沉沉坐在床鋪邊緣搓臉。他的上衣鈕釦沒扣好，從一邊肩膀滑落，露出優美的鎖骨與使劍那隻手的精壯肌肉。

我小心翼翼在他身邊坐下。「以前發生過這種狀況嗎？這種……夢的魔法？」

「恐怕沒有。」他的表情很不安，就好像有別的精靈偷跑進他的廂房，弄得到處一團亂。或許眞是如此，因爲我的頸子開始感受到一種不舒服的猜忌。

「還有什麼？」我問。

「什麼還有什麼？」

我拉起他的手仔細檢查，然後以正經嚴肅的態度捏住他的下巴，檢查他的雙眼。我看不出什麼奇特之處——至少沒有**新增加的**奇特之處。他的眼睛一直都太綠，綠得發黑，就好像樹葉重疊了太多層，最後連一絲光線都無法透入。我不喜歡凝視他的雙眼太久，但並非出於害怕，而是我有點擔憂將會再也無法移開視線。

我放開他的下巴。「你還有什麼症狀嗎？」

「沒有了。」他說完又停住。「大多數時候我都有點疲憊。」

8 其中最知名的大概是愛爾蘭康諾特大學的妮芙·普勞菲特博士，她是與羅斯同時代的學者，於一八八〇年代失蹤。普勞菲特博士當時正在調查一支袖珍精靈（體型最小的棕精靈）種族，據信是狼之森的原生種。有人在圍成一圈的九棵枯死橡樹外圍發現她的手杖，圓圈內則有她的半件斗篷。由於撕裂的邊緣實在太過乾淨俐落，學者認為是在她穿過精靈之門時卡住，因此在傳送過程中被切成兩半。

「你依然受到毒性折磨，卻沒想到該告訴我？」我不禁感到惱火。他就是這樣，絕不會忘記在咖啡裡加糖，但這麼重要的事卻隻字不提。

「我不想害你擔心。」他說。

「你徹底失敗了。」

「徹底失敗是嗎？」他的神情太過喜悅，我不由得用力推倒他。

「那是什麼？」我問。我從他半敞的睡衣瞥見一絲動靜閃過。一開始我還以爲他戴著項鍊，是鍊墜滑到旁邊。但我解開最上面的鈕釦，卻看見——

翅膀。

只是非常淺的影子，在他的肌膚上掠過。但那絕對是幾隻鳥的輪廓，可能有五、六隻，如此縹緲輕盈，無法清楚分辨彼此，所以我數不清。

「小艾？」

我察覺他整個人靜止，而我跨踞在他身上，他的上衣鈕釦幾乎全被我扯開。

我退開，將他拉起身，讓他更容易看到自己的胸口。「**快看**。」

他隨著我的視線看過去。「什麼？」

「你沒有看到嗎？」就在我眼前，閃現的翅膀變得模糊而後消失。難道是我的想像力作祟？我環顧廂房，只見長春藤的綠葉隨著火車行進搖晃。難道只是暗影映在他的身上造成錯覺？我死命抓住這個可能，儘管我腦中有個模糊的記憶隱隱閃動，威脅著這個解釋。剛才那一幕讓我想起某個故事——但究竟是哪一個？

「我好像看到有東西。」我只能這麼說，因爲那個記憶片段中有什麼讓我想逃避。

「噢，老天。不祥預兆？」他的猜測太接近事實，讓我很不舒服。他握住我的手，拉向他的胸前。「不用理會，小艾。我從不受預兆左右，它們太無趣了。」

「在我決定好要不要嫁給你之前，你可不能撒手人寰。」我原本打算像以前一樣挖苦他，但說出來的感覺卻很不對勁，太過無力。我覺得自己好像快昏倒了。

「我不會的。」他認真地安慰我。「沒那麼嚴重。」

「沒那麼嚴重！」我怒吼。

他瑟縮了一下。「對啦，這樣確實很不方便——可是我已經感覺好多了。這種毒藥的作用顯然是擾亂我的魔力，不過這些……」他看看廂房四周，「影響應該很快就會消退。」

「你的說法未免太含糊。」

「對不起，我沒有中毒的經驗，所以無法預測症狀。我……」他凝視我許久，讓我的內心湧現不安。

「怎麼了？」我著急地問。

「小艾，」他說，「你又把衣服前後穿反了。」

「真是夠了。」我硬是把手抽回來。儘管如此，他悠哉的態度確實讓我安心了一點。但我還是盡可能不看向原本應該是牆壁的那片奇異風景。

我身後傳來細微的鼾聲，轉身才發現影子在溫德爾的床上睡著了。

「要是我盡量少用魔法，發生這些意外狀況的機率應該會隨之降低。」他說。

「啊，這下可好。」我說。

他呆望我片刻，接著開始慘叫。

「我去看看列車長有沒有園藝工具。」我苦著臉這麼說，但其實能夠轉移注意力讓我鬆了一口氣。「盡量在中午之前清理乾淨吧。」

九月二十日

幸好，在雅瑞艾德妮的協助下，我們順利清除溫德爾在廂房變出來的長春藤——我沒有去請羅斯幫忙，因爲我知道他一定不願意，這樣正好，省得他又要說教責備我很傻。我們將大把長春藤抛出車窗，隨著火車行進而在深山的軌道上留下一條奇怪的綠色痕跡。接著將麻雀趕出廂房，也發現植物中躲著一隻田鼠，我交給溫德爾處理。他以魔法將其他東西變不見，沒有發生意外，眞是萬幸。

接下來的旅程十分平靜——我很失望，因爲我希望能跟那位布條神祕人再聊聊。抵達里歐堡之後找不到出租馬車，因此我們不得不租用載貨馬車，拉車的兩匹馬矮小健壯，我們花了三個多小時才抵達聖列索。

我造訪過奧地利與阿爾達米亞這兩個阿爾卑斯山國家，但沒有來過這一帶。聖列索位在高海拔山區，上山的過程不太舒服，但絕美風光令人驚嘆。蜿蜒山路上依然可見最後的夏季野花綻放，多半是雪鈴花與鮮豔的毛茛花。四周高山環繞，許多山峰頂端冠著永不融化的雪。下方是里歐堡市，可以看見鐵路及木石建築氣勢十足的尖屋頂，但愈往山上走，壯麗的自然風光使得人造城市相形失色，鐵路變成一條細細的縫線，連結我們與熟悉的世界。山路一轉彎就看不見市區了。

現在我明白爲何阿爾卑斯山的精靈傳說如此豐富——山上有太多高低起伏與隱密縫隙，不管有多少精靈之門都能藏得妥妥當當，每道門都通往數十個故事。就連羅斯也感到折服，雅瑞艾德妮更是沿路大呼小叫、讚不絕口。年老的車夫——他只簡單介紹自己叫彼德——因爲從小生長的故鄉得到如此讚賞而感到相當高興，很快雅瑞艾德妮就用坑坑巴巴的德語比手畫腳和他聊了起來，終於不再繼續考驗我的耐心。

在我們總算走出荒山野嶺之後，路邊出現數座農場，似乎主要飼養綿羊和牛，有幾座位在陡峭的山坡上。彼德駕著馬車走上一條車轍很深的小路，下方可以看到一座高山湖，與天空同樣碧藍，雅瑞艾德妮又激動起來。

「到了。」車夫用德語說，馬車停在小路盡頭的兩層樓農舍前。這棟房舍以堅固的深色木材建造，外牆爬滿長春藤，秋季低溫使得葉片轉紅，像這樣的高海拔山區秋冬來得較早。四周只有農地，但遠處滿是樹木的小臺地飄出幾縷裊裊炊煙，我判斷這是聖列索眞實存在的證據。這個村子感覺很像精靈聚落，深藏山巒之間，令我不禁莞爾。路邊甚至還零星長出幾叢蘑菇。

「這裡是茱莉雅．哈斯的民宿？」我詢問，提起和我通信的女主人姓名。車夫露出微笑。

「鎮上只有這一間民宿。」他說。「快進去吧——天就要黑了。」

「這裡還不錯。」我在車夫離開之後這麼說，這棟農舍在我眼中相當宜人。

「太棒了！」雅瑞艾德妮興致高昂地說，溫德爾則一言不發，態度存疑。

進去之後，一樓是廚房與起居室，樸素但整潔，洋溢著橡木板的香氣。後方的大窗俯瞰山腰與下方的谷地，對面是另一座山，山峰從雲層間探頭出來。農舍旁長著一片山毛櫸樹林，橘黃樹葉被風吹落並隨之遠颺，化作農舍窗前的美景。我很少遇到如此討喜的民宿。

「我要最裡面的房間。」羅斯搶先說。「我很淺眠。」

說完之後他拎起行李，重重踏上嘎嘎作響的樓梯。雅瑞艾德妮喜孜孜地雙手一拍，也快步跟上。

「噢。」我突然感到一陣煩惱。

「怎麼了？」溫德爾問。進來之後他就不停四處觀察，一臉被迫認命的表情。

「我忘記了——這間民宿只有三間臥房。」我尷尬地說。「多了一個羅斯讓狀況變得有點複雜。」

他瞥了一眼天花板。「你確定？」

我的臉頰發熱。「呃，我……」

「我是指，你確定只有三間臥房？」他打開櫥櫃察看，然後猛搖頭。「我的天啊！」

「我覺得不髒啊。」我說，他報以煎熬已久的嘆息。我接著說：「如果你想像老母雞一樣嫌東嫌西，每次看到不乾淨的地方就浪費時間嘮叨，那我醜話先說，我不會幫忙。」

「老母雞！」他大叫。「哼，不用想也知道你不會幫忙。你肯定每天傍晚都會像山怪一樣彎腰駝背窩在陰暗角落，你最喜歡這樣了，不是嗎？」

這時房東出現，讓我免於回答。房東太太年約五十，整個人彷彿是殷勤好客與熱情開朗的化身，身材圓潤、氣色很好，一雙眼總是笑得彎起，白皙肌膚依然可以看出健康的夏季曬痕。她的打扮很樸實，穿著結實的皮靴搭配簡單的藍色羊毛連衣裙，長度到膝蓋下方，但儘管風很冷，她並沒有穿斗篷。

「我們看到馬車爬上山坡。」她用英語這麼說，雖然口音很重，但相當流利。「幸好你們在天黑之前抵達——這裡天黑得很快。舟車勞頓辛苦了，我們準備了簡單的餐點。」

「你眞是好心。」溫德爾開始展現魅力，程度幾乎跟平時一樣——看來房東太太溫馨的待客之道大大改善了他的心情。她挾在手臂下的籃子應該也讓他振作不少，裡面裝著灑糖粉的圓麵包。

房東太太匆匆進門，幾秒後一個長相幾乎一模一樣的年輕女子也跟著進來，她端著一小鍋培根糰子湯，接著又來了一個長相極爲相似但更年輕的女孩，她拎著一個提籃，裡面裝滿起司、水果、鹹肉、奶油，以及剛出爐的麵包。

「這是我的女兒，」茱莉雅如此介紹，但其實一看就知道了，「愛絲翠和愛爾莎。你們的旅程還順利嗎？」

我很樂意讓溫德爾負責和她聊天，短短幾秒內他已經逗得她們哈哈大笑。他生動描述乘坐載貨馬車上山的顚簸路程，但並沒有責怪車夫技術不佳，反倒說成是學者太弱不禁風。不久後雅瑞艾德妮選好房間下樓，農舍裡立刻變得熱鬧非凡，有如週末的鄉間酒館。

「羅斯呢？」我問雅瑞艾德妮。

她一手掩住笑容。「他一躺下就睡著了！就像班柏比教授覺得上山的路程很辛苦，系主任想必也不好受。」

「啊。」我原本還希望能拐騙羅斯睡沙發，看來是不用想了。那傢伙基本上是靠威脅勒索才加入這次考察——他竟然搶先占了一間臥房，實在太不公平。

我們坐下用餐——餐點非常美味，尤其是圓麵包，如雲朵般鬆軟，還包了杏桃果醬夾心——我成功將話題轉向研究工作，換來溫德爾的一記白眼。不過沒差，他很清楚我不擅長閒話家常。

「噢，只要能幫得上忙，我們都很樂意協助——以前也有學者來這裡住過。」茱莉雅說。「但最近這些年都沒人來。他們大多是想知道那個蘇格蘭女學者德葛雷的故事——還有隔年來找她結果也失蹤的艾孔。不過問起那個男人的比較少。」她微笑。「我一直覺得他有點可憐，同樣是徹底消失在精靈界，來這裡的人卻總是『德葛雷這個、德葛雷那個』。不過根據我聽到的故事，德葛雷確實有明星光環。」她停頓了一下，視線飄向溫德爾，有種漫不經心的感覺。「你們來這裡應該也是爲了找她吧？」

「嗯，這確實是樹靈學界一直無解的謎團。」

「有多少學者來過你們村子？」我問道。

「十個左右。但沒有人查出當年她發生了什麼事，連蛛絲馬跡也沒有。」茱莉雅似乎察覺這番話使我喪氣，於是又補上一句：「不過人不一樣，看法也不一樣，你知道的。」

「你知道她失蹤的地點嗎？」我問。「在格魯門宏峰附近，對吧？」

「我們認爲她走的路還要再更往南一點，」茱莉雅說，「因爲有人發現她綁在樹根上的布條。我說**我們**，但她來村裡的時候我還只是小嬰兒。我公公可以帶你們去。」

我和溫德爾呆望著彼此，雅瑞艾德妮正要拿起司的手也舉在半空中停住。

「布條？」我重複。

「對——這一帶的人習慣出門時在口袋裡塞滿布條。在山區很容易迷路，即使瞭若指掌也一樣，因爲到處都藏著精靈之門，實在是太多了，在那些不會消散的雲霧之中更是如此。所以要邊走邊綁布條，這樣才能找到回家的路。」

「感覺不太可靠。」溫德爾說著又倒了一杯茶。「無聊想整人的精靈只要移動布條就好了，不是嗎？」

他說出了我的想法，但茱莉雅笑著舉起一隻手指。「班柏比博士，我們很了解這裡的精靈。我們會在滿月的夜晚將布條泡在鹽水裡，精靈不會去碰的。」

「很聰明。」我喃喃說道。至少泡鹽水是對的，滿月單純只是地方上的迷信——精靈通常不太在乎滿月與否，不過有些確實會用月相記錄時間。但幾乎所有精靈都討厭鹽。

茱莉雅的大女兒愛絲翠開始追問溫德爾旅程的細節，他欣然配合，露出迷人的笑容，同時用眼神告誡我。我懂他的意思，先放下了我想問的事——在拉芬斯維克時我無意間惹惱了村民，我可不希望重蹈覆轍。與聖列索村民打好關係對我們只有好處，倘若都還沒有機會聊天，我就急著交叉質詢他們，恐怕會留下壞印象。

短短半小時過後，茱莉雅看了看窗外，隨即說道：「我們該走了，山影爬上馬爾分洪峰高處就代表快天黑了。」我很意外，沒想到她們這麼快就要走。

我很慶幸她們不打算久留，但溫德爾卻因期望落空而一臉沮喪。「現在還不到七點，」他說，「留下來喝杯咖啡嘛。」

「我們很想待久一點。」茱莉雅滿懷歉意說。「但我們盡量不在天黑之後出門。」

我立刻被挑起興趣。「天黑之後會有精靈搗亂？」

她無奈地看我一眼，但眼神並不冰冷。「或許可以那樣說。」

「這樣的狀況持續多久了？」

「多久？」她重複道。「一直都是這樣，教授。總之，記得要把門鎖好，別忘記在臺階上放一點食物，他們特別喜歡起司和水煮蔬菜。明天早上我女兒會來送早餐。噢——最好不要靠近湖邊的精靈窩。」

說完之後，她們母女三人起身道晚安。我替她們開門時，發現天黑得非常快，令我有些驚訝。農舍已被山峰的黑影籠罩，來時路上的暖意也消失得無影無蹤。茱莉雅帶著女兒快步走上小路，最後轉頭對我們揮手，一縷縷霧氣從她們身後悄然湧出，彷彿關上一扇門。

我看著溫德爾。「你有什麼看法？」

他聳肩。「不如去那個精靈窩走走？」

「要帶布條嗎？」我翻了翻茱莉雅給我們的那堆布條，看起來很像神祕布條人身上的那種，各種顏色與款式俱備。

「除非你想用它們來裝飾影子的毛。一定會很帥氣吧？」

我們叫雅瑞艾德妮留下來，她非常失望，不過當我交代她洗碗的任務，她又雀躍起來。我開始理解到，只要她覺得自己能派上用場，無論在什麼狀況下都會很開心。對於助理而言，這是一種危險的特質，我必須極力抗拒剝削利用的誘惑。我和溫德爾穿上斗篷，帶著影子悄悄溜出門外。

太陽還沒有正式西沉，但已經落至環繞四周的群峰下方，山區的黃昏往往漫長又寒冷。我和溫德爾找到一條步道，往下走就能抵達之前經過的那座高山湖。

「布條的事有點怪。」我們走在崎嶇的山坡上時，溫德爾開口說道。「首先，你在劍橋遇到那個滿身布條、愛打啞謎的神祕人；現在我們來到歐洲的另一頭，在這裡，綁布條顯然是當地人熱愛的風俗。其中一定有關連。」

「如果無關，那這個巧合未免太不可思議。」我說。

他看向我，然後笑了起來。「你已經猜到了。」

「什麼？」

「神祕人的身分。」

我藏不住笑容。我承認，每當我比他先解開精靈謎團，心裡都很痛快。「這麼說吧，我原本就有幾種理論，但現在範圍縮小了。我想先和他確認。」

他揮揮手。「儘管確認吧。**我個人**完全不在乎他是誰，除非他打算殺我或帶我找到我的門。」

「絕對是其中一個。」我說。

他瞇起眼睛對我笑。「你會太想念我。」

「我會想念你給我惹的麻煩，那簡直是我學術生涯的巔峰。無論如何，你可以寬心安睡；我相信比起傷害我們，這位新朋友幫助我們的機率更大。」

「小艾，要是沒有你，我會在哪裡？」

這也是我們之間常開的玩笑。我絞盡腦汁想找出沒說過的回答，最後我說：「肯定是在某棟陽光明媚的義大利別墅懶洋洋躺著，賄賂村民把精靈石排出特殊圖案，方便你寫論文吧。」

我們來到湖邊，沙地湖岸相當陡峭，白霧如絲，籠罩半座湖。我絆到一塊石頭，差點摔倒滾落陡坡，幸好溫德爾以閃電般的動作輕鬆接住我。他微笑著把我放下來。

「難怪凡人這麼容易受傷。」他說。「你們像瞎眼的熊一樣笨拙，卻又老愛到處亂闖，好像不知道自己是全世界最脆弱的生物。走路要**看路**。」

我努力尋思能反將一軍的回答，但我想不出來。「謝謝。」

「不用謝，這樣很可愛。」

「只要能爲你提供娛樂，當然可愛了。」聽見我嘀咕發牢騷，他放聲大笑。我很慶幸天色夠暗，他看不見我臉紅。我們彼此相對，距離很近，我甚至能感覺到他的氣息呼在我的臉頰上。

溫德爾撿起一根樹枝對影子揮了揮，然後往湖裡一拋。我的老狗雀躍地踩著笨重步伐跳進水裡，游了一圈之後才終於看到落在遠方的樹枝，緩慢地前去撿拾。影子的一隻眼睛看不見，體能也絕非最佳狀態——我在餵牠吃飯時有過度寵溺的傾向。

「你所謂的尋找精靈窩就是這樣？」我說。

「附近根本沒有精靈。」他說。影子回到岸上用力甩水，溫德爾舉起手臂阻擋水花。

這麼輕易就放棄，完全是他會做的事。「那有沒有**精靈之門**？」

他花了不少時間從影子口中搶回樹枝，不停稱讚牠的運動能力很高超——全都是睜眼說瞎話——然後才轉身掃視湖岸。

「那裡。」他指向某處。「岩石間湧出泉水的地方。感覺很淺——應該是泛精靈的舒適小屋。不要走進霧裡，會被帶去精靈界。」

我加快腳步走向湧泉，用力握緊口袋裡的硬幣以抵禦魔法。但泉水周圍沒有動靜——現在仔細一看，那裡確實有道精靈之門[9]。泉眼藏在薄霧中，霧雖然在飄動，但似乎與吹拂湖面的微風無關。

突然間，一陣細微的尖銳叫聲嚇了我一跳。一隻幼狐站在崖壁的陰影中，黑色的眼睛閃爍。我還來不及仔細看清楚，牠便已鑽進狹窄縫隙逃跑。第二隻也跟著跑開——我只瞥見一閃而過的毛茸茸尾巴。

「嗯……」我拿出筆記本寫了幾條紀錄。

幾分鐘之後，溫德爾高聲說：「你看完了嗎？影子覺得冷了。」

哈，影子從不會感到寒冷；牠畢竟是狗靈，與死亡的連結讓牠對寒冷無感。「是**你**覺得冷吧？」

「唉，我忘記帶圍巾了。」他抱怨。

我知道他只會一直抱怨不休，於是我翻個白眼收好筆記本。「反正這裡也沒什麼好看的。」他說。「只有一道通往儉樸小屋的門，明天再好好調查吧。」

「**儉樸小屋**說不定也很有用。」

「艾蜜莉、艾蜜莉，」他說，「我提醒過你很多次了，泛精靈雖然身材嬌小，但他們可不是當寵物的料。大部分的泛精靈根本沒興趣為你指引方向，他們比較想吃掉你的內臟。更何況，和他們混熟有什麼用？整體而言，他們只是愚蠢的生物。」

他輕蔑的態度讓我火大。「難道你忘記阿坡幫了我們多少忙？」我說。「和這個地區的泛精靈建立良好關係，或許有助於找到你的門。」

「你只是剛好走運才會遇上阿坡。要是不小心一點，你的運氣很可能會用光。」

「我倒覺得早就用光了，不然我怎麼會為了替好逸惡勞的精靈王跑腿，淪落到在全世界闖蕩？」我以尖刻的語氣回應，他卻再次哈哈大笑。我們又扔了一次樹枝給影子玩，然後在逐漸浮現的繁星下走回民宿。

✦
✦
✦

農舍裡面很安靜，雅瑞艾德妮已經去睡了。我將一盤剩菜放在門外，盤中是起司和一把很甜的小番茄——雖然不知道稍晚會有怎樣的邪惡精靈溜進花園，總之希望能滿足他們的胃口。雅瑞艾德妮之前生好火了，我們添柴之後上樓。

「晚安，小艾。」溫德爾打著呵欠走向最裡面的房間，對面就是羅斯的臥房，裡面傳出系主任如雷的鼾聲。如此一來只剩下一個房間，位在雅瑞艾德妮的臥房對面——她的房門留了一條縫，溫德爾送她的鮮豔圍巾和大衣一起掛在鉤子上。

我的房間很小，只有一個洗臉臺、一座雕花衣櫥和一張嘎嘎作響的床，床架是用樹枝交織做成的。我把精靈腳放在床底下，再次用鹽畫個圈，然後走到窗前。

這扇窗面向東方，景色優美至極，俯瞰我們剛剛造訪過的湖和一座頂端渾圓的小山峰。湖水映出靛藍天空，夜空與湖面都綴著點點繁星。

---

9 「精靈之門」這個詞常常讓剛接觸樹靈學的人感到疑惑，因為其中只有極少數在人類眼中會呈現「門」的型態（就連這種也常常會因為精靈一時興起而消失）。精靈之門大致上是一種連通凡界與精靈界的隱形通道，受過精良訓練的人才能看出其所在位置，最明顯的線索是樹靈學者通稱為「不協調現象」的狀況。其中最典型的例子是不自然的蘑菇圓環，但一般來說線索不會如此明顯，可能只是突然出現的一片野花、河水中唯一沒有長滿青苔的光裸石頭，或者感覺格外陰森的一片樹林，諸如此類。

我點亮床邊的提燈，花了一點時間整理帶來的資料，將所有筆記重新排序。其中有我爲地圖書畫的幾張草圖——我打算第一集先把焦點放在已知的幾個西歐精靈王國，搜尋文獻尋找個別的門戶紀錄。有些精靈之門留有紀錄，但有更多門戶毫無線索，或只存在於傳言中。儘管不少精靈王國與凡界的特定區域重疊，有些卻難以掌握確切位置，故事中記載的地點可能是一座村落的外圍，但同樣的故事流傳至後代，指出的位置卻相差十萬八千里。

我很清楚完成這個研究計畫並不容易，因爲精靈之門可以移動、也經常移動，即使我完成這部著作，最後呈現的可能也只是特定年代精靈界的暫時狀態。即使如此，這依然將是重大的學術成就，能爲其他學者提供後續研究的基礎——倘若我能證明樞紐這種極具爭議的門戶確實存在，更是能震撼學術界。

終於，我的視線變得模糊，不得不承認這一天能完成的工作只有這麼多了。我放下手中的書，安靜聆聽農舍發出的各種輕微聲響。

這時我才意識到：總共有四間臥房，不是三間。

九月二十一日

在村裡的第一夜，我睡得很好，中間只醒來一次，我也說不出是被什麼吵醒，大概是山谷裡吹來的風震動了窗戶。我好像聽到精靈腳在床底下亂動的聲音，但也可能只是我的錯覺。

我躺在床上聆聽風聲呼嘯，心中有些不安，最後是影子的打呼聲讓我重新入睡——牠睡在我的腿和牆壁中間。

夜間訪客的情況非常古怪。今天早晨我開門讓清新冷冽的空氣進屋時，發現放在臺階上的食物已被取走，然而門板上卻多出了幾條長長的刮痕。

我叫雅瑞艾德妮來看，她臉色發白。「他們企圖破門而入？」她問。

「就算是也沒有成功。今晚放食物的時候要多用點心——這樣他們應該就會滿意了。」我的語氣始終很鎮定，心裡卻想著今晚要在門口用鹽畫線，然後再擺上一排硬幣。

我問溫德爾他認爲留下刮痕的是哪種精靈，但他只說：「肯定是戴著蘑菇帽的可愛小傢伙。」看來他是決心要找架吵。

等早餐送來的空檔——遮蓋農舍的山影依然濃重——我和雅瑞艾德妮討論了今天的計畫。我希望以德葛雷的地圖作爲參考，徹底調查這個區域，盡可能找出所有精靈之門。畢竟樞紐也是一道門，外觀特徵很可能跟普通的精靈之門一樣。我們要先完成田野調查，然後再訪問村民，這樣他們所提供的資訊才不會左右我的觀察。

「我們應該先訪問村民。」羅斯說。他坐在壁爐邊的扶手椅上，以他的自大占滿那方小小空間。「他們肯定知道一些門的位置，我們必須以科學方式進行，從已知邁向未知。艾蜜莉，以直覺作爲研究基礎很傻。用完早餐之後，我和雅瑞艾德妮會立刻出發去當地的酒館，或者村子裡類似的場所。」

我緊緊握住手中的筆。最讓我生氣的並非羅斯自以為是的態度，而是我心中有個部分本能地想要服從他——因爲他是菲理士．羅斯博士，既是系主任也是樹靈學界的大老。

「**我們**絕對不會那麼做。」我說。「雅瑞艾德妮要跟我和溫德爾去山上，你想去哪裡隨便你。」

雅瑞艾德妮的視線在我和羅斯之間轉來轉去。羅斯不但沒有動怒，反而用憐憫的眼神看著我。「艾蜜莉，雖然我一直很欣賞你的想法，但這次調查期間我們不能分裂。找到樞紐太重要。」他站起來，給我一個淡漠的笑容，表明我的計畫不但遭到駁回，而且在他眼中如此無足輕重，他甚至已經不太記得。「好！我要出發去晨間散步了。」

「好極了。」我在心中默默詛咒他遇上刮門板的精靈。

我和羅斯爭執的時候，溫德爾並沒有過來聲援我，反倒是不停在農舍中來回踱步，喃喃抱怨環境髒亂，語氣愈來愈誇張。

「我不懂，爲什麼你要浪費時間抱怨？」我不耐煩地說。「反正在你親自打掃過之前，你根本沒辦法住。」

他瞪我一眼，接下來五分鐘他都忙著乒乒乓乓檢查櫥櫃，嚷嚷著少這少那，不然就是嫌棄整棟房子都太髒亂。我本來就沒什麼耐性，這下更是愈來愈稀薄，最後他氣呼呼地衝出去，我終於可以稍微清靜片刻研究地圖。很可惜，這種清靜只維持了短短幾分鐘，很快他又衝回屋裡，一如我所預料，開始動手打掃。雅瑞艾德妮急忙站起來幫忙，滿懷希望地拿著抹布隨手亂擦。

「你這輩子應該連一個盤子都沒擦過吧？」他邊說邊撢一張扶手椅，在我看來根本只是把堆積的灰塵從一處轉移到另一處。然而，他擺弄完之後那張扶手椅的舒適度瞬間大大提升，椅墊變得又厚又鬆軟，足以將一個人完全吞沒，灰塵更是在眨眼間徹底消失。

「打掃是全天下最浪費時間的事。」我只這麼回答。我知道這樣很壞心，因爲他對清潔的需求並非偏好，而是天性使然，但我的心情實在太煩躁，無暇顧及他的感受。「反正沒有老鼠——這就是我最大的要求了。我一點也不在乎環境是否髒亂。」

「你當然不在乎，因爲你是山怪，自然棲息地是古橋底。」

我選擇不予理會，繼續研究地圖，但我承認，我不時會偷看他一眼。問題在於，我實在看不懂他在做什麼——更正確地說，我不懂爲什麼會有那樣的效果——這讓我很沮喪。他只是移動地毯一、兩英寸，整個空間就明亮起來。他只是隨便揮幾下掃把，地板就變得亮晶晶。雅瑞艾德妮很快就放棄擦拭，驚奇地張望四周。

短短十五分鐘都不到，他已經整理完畢，癱倒在扶手椅上，神情憔悴。我不情不願地去泡了一壺茶，除了杯子之外，我還幫他拿了一個昨晚剩下的杏桃夾心麵包，因爲我無法否認，他確實讓農舍徹底改頭換面，效果太神奇，我多少該表示一點心意。此外，他不停發誓說除非有辦法讓他消除疲勞，否則他永遠不會離開那張椅子。

他接過茶，對我露出他最可人的笑容，綠眸閃耀光彩，有如陽光灑在沾露葉片上，讓人忘卻所有不快。「謝謝你，小艾。你救了我的命。」

「噢，閉嘴。」我不由得有點呼吸困難。

「你想想看，只要嫁給我，後半輩子就再也不必擔心看到老鼠。」他說。

我翻個白眼。「你看到老鼠了，對吧？」

「在櫥櫃後面。」

雅瑞艾德妮驚呼一聲，急忙逃出廚房。我表面冷靜，但其實全身哆嗦了一下。雖然很丟人，但我必須承認，世上沒有比老鼠更讓我害怕的東西。我幫溫德爾再倒一杯茶，他一臉洋洋得意。

爲了不讓他太過自滿，我說：「那裡有幾隻蜘蛛，你沒清掉。」

「蜘蛛？」他喝一口茶。「我從不打擾蜘蛛。老實說，我相當喜歡牠們。這種蟲很愛乾淨，總是把生活環境維持得十分整潔。有些人連這個都做不到呢。」

不久之後愛爾莎過來送早餐——這個地區習慣吃豐盛的早餐，她送來剛出爐的小麵包和多種口味的果醬、香腸、更多起司、洋蔥培根炒馬鈴薯，最後還有雞蛋。

我告訴她精靈在門上留下刮痕，問她知不知道是哪種精靈，但她只是皺起臉說：「我們這裡不會幫精靈取名字。今晚準備沒有鹽的食物——可能是因爲有鹽所以他們生氣了。」

如此一來就證實了我的猜測。我點頭道謝，目送愛爾莎離開。「感謝老天。」溫德爾說。他和雅瑞艾德妮立刻大吃起來。我吃得不多，因爲今天要去野外，希望身體能保持靈活。等雅瑞艾德妮和溫德爾一吃完，我立刻穿上斗篷。

溫德爾跟著準備出門，但不忘抱怨道：「老天，她甚至不給我時間喝第二杯咖啡。」

「要不要幫羅斯博士把早餐放在爐臺上保溫？」雅瑞艾德妮問。「不然等他回來就冷掉了。」

「我相信他會自己想辦法。」我看向盤中頗為倒胃口的剩菜，心中感到十分滿意，有如打贏一場惡仗，隨後我們三人便一起離開農舍。

九月二十二日

昨天收穫頗豐，至少我是這麼認爲。當然，我們參考了德葛雷的地圖，事實證明十分準確。聖列索與周邊地區的地圖涵蓋大約四十平方英里的範圍，不可能一天就全部調查完畢，尤其我還帶著兩個扯後腿的傢伙，但我們成功調查了大部分區域。可想而知，這裡有許多無法進入的縫隙或太過陡峭的山峰，這些地方都可能藏著獨特的精靈領域，但樞紐也可能剛好位在地圖範圍之外不遠處。不過我認爲應該不太可能，德葛雷的直覺十分出色，她鎖定這一區肯定有充分的理由。

雅瑞艾德妮雖然很有熱忱，但也很難管束。我交代她畫下我們發現的所有精靈之門，這個任務讓她專心忙了大約五分鐘，然而很快她又開始分心，一下子讚嘆風景、一下子對眼前的門充滿好奇，問了我一堆問題：之前有沒有看過類似的門？門的主人會是怎樣的精靈？旁邊那片野花會不會也是門？我們會不會發現精靈村落？

有一次她說：「說不定樞紐會比一般的門大，或者外觀比較特別。」

「或許吧，但可能性不高。」我說。「倘若眞的那麼特別，應該早就有紀錄了。我認爲樞紐應該形似一般棕精靈的門——搞不好也有一圈蘑菇做記號，畢竟那也是門。對於我們凡人而言，一道門不只通往一個地點，而是通往數個精靈領域，這個概念或許很怪異，但是精靈想必不會因爲這種神奇的狀況感到煩惱。」

上半天溫德爾非常配合，這很不像他，他乖乖爬過隆起山脊、走下陡峭斜坡，沒有一句怨言。但隨著時間過去，他尋覓已久的門並沒有神奇地出現在我們眼前，他的心情愈來愈鬱悶，經常停下來調整呼吸或乾脆在舒適的草地上躺下，不然就是在遇到特別難走的地形時不斷唉聲嘆氣，一邊低聲咒罵。整體而言，他展現出令我印象深刻的毅力。

「一定會找到的。」下午休息時，我這麼對他說。我們坐在突出地表的礦脈上，讓岩石幫忙擋風，吃著茱莉雅幫我們準備的三明治。雅瑞艾德妮正在爲風景素描收尾，主題是下方的草地。白雪靄靄的山頭與藍天形成強烈對比，感覺距離很近，彷彿伸手就能觸及。

他再次嘆息，整個人躺在地上，一隻手臂遮住臉，影子四腳朝天躺在他身邊。

「**一定會**。」我重複。

他坐起來看著我。幾片綠葉糾纏在他的金髮間，我再次感受到那種熟悉的衝動，想要伸手撥弄他的頭髮，好不容易才壓抑住。「三年前那一夜，在蘇格蘭格拉斯哥的酒館發生的事，你還記得嗎？」

「你竟然在想**那件事**？」我說。「哇，感覺不出來你有個王國需要奪回。」

「精靈石研究大會結束之後，我費了好大的工夫才說服你一起去。」他說。

「應該是賄賂我才對。」我說。「你答應要給我珍．卓科的精靈語著作[10]。」

「我不是給了嗎？當然啦，我很清楚，必須有枯燥的大部頭學術書籍作爲誘餌，你才會願意出去玩樂一個晚上。總之，我們去酒館之後還不到一個小時，你就跟克萊利威大學的勒

10 《辭典之外》，一九〇五年。

蒙博士吵起來。好像是因爲魔法殘留之類的東西。」

「餘痕理論[11]。」我立刻說。「勒蒙認爲只是無稽之談。」

他揮揮一隻手。「總之，場面變得一觸即發。勒蒙又喝醉了——他沒有喝酒的時候就已經很討人厭了，喝了酒更誇張，開始對你瘋狂叫罵。當時我眞的考慮過要用魔法把你送走——但是我做不到，因爲那時候我依然被禁止在凡人面前揭露身分。但你只是從口袋拿出一顆精靈石交給勒蒙，然後要他坐下，結果他立刻睡著了。最後你不但擺脫了討厭鬼，我也不必被迫暴露身分。」

「即使那時候你暴露身分，我也不會太驚訝。」我指出，因爲我從第一次見到他便有所懷疑。「更重要的是，我贏了那次辯論。那顆精靈石已經打破了，依他所言裡面的魔法應該耗盡了才對，但其實依然保有一絲魔力，能夠在接觸到皮膚時引發睡意。那時候他已經很醉了，我認爲精靈石殘餘的魔法應該足以讓他沉睡。我的想法獲得證實。」

他揚起微笑。「讓我覺得最痛快的是你始終保持就事論事的態度。他很嚇人，滿臉通紅、態度粗俗，不但比你高很多，而且還因爲憤怒而口沫橫飛，但你只是將一顆小小的精靈石塞進他手中，態度冷淡無比，感覺就好像賞一枚硬幣打發僕人。」

「不過他並沒有被說服。」我說。「隔天早上他宣稱對昨晚的事毫無印象。你提起這件事有什麼意義嗎？」

「有。」他說。「如果這片到處都是石頭和山峰的見鬼荒地眞的有門可以通往我的王國，我相信就算所有人都找不到，你也一定能找到。」

我的心情平靜下來。「我當然會找到。」我感覺焦慮縮小到幾乎能夠遺忘的程度。

我忍不住又像平常一樣開起玩笑。「畢竟等你成功擺脫繼母之後，只要我願意，王后大位就是我的了。」

「只屬於你一個，沒有別人。」他伸手想牽我的手，被我一把拍開。

「我還沒有決定好，我可是很挑精靈王國的。」

「噢，我知道。你已經拋棄一個了，對吧？不過呢，比起冰雪城堡，相信你會更喜歡我的王國。」

「我不確定。」我說。「你這麼喜歡華而不實的裝飾，我猜你的城堡八成塞滿了沒用的小玩意兒，家飾布料也花俏到讓人難以忍受。」

「啊，假使我讓你選布料花色呢？」

我原本想繼續挖苦他，但又停下來想了一下。

「這應該就是我的回答。」我輕聲說道。

「什麼？」

「我想先看看你的王國，然後再決定要不要嫁給你。」我說。

他張嘴想回應——我猜他以為我還在說笑。但接著他看見我的表情。

「哦？」他顯然大吃一驚，臉上頓時綻放出笑容。「小艾，我會給你整個國家的地圖，還

11 蕾蒂莎·貝瑞斯特提出的理論，她在一八九〇年刊登於《樹靈學田野紀錄》的一篇論文中將之闡述為：所有精靈文物（如精靈石等）在釋放魔法之後，即使過了很長一度間，依然會殘留一絲魔咒的痕跡。貝瑞斯特將魔法比做紅酒，一旦留下痕跡便無法徹底清除。

有能夠開啓每一扇門的鑰匙。我保證。你應該知道吧？如果我能回去，早就帶你去了。」

「我這麼說並非懷疑你有所隱瞞。無論如何，就算有，也不是你刻意不說。我只是想確認一下衣櫥裡有沒有怪物、城垛是不是裝飾著砍下來的頭。」

「砍下來的頭！」他打了個哆嗦。「你能想像那有多髒嗎？」

這時影子醒了，我習慣性地搔搔牠的耳朵——這個動作有安撫的效果，不只對我，我相信對牠也一樣，有助於紓解如寒霧籠罩的惶惶不安。畢竟，那可是學者所知曉的精靈王國中最惡名昭彰的一個，想到要成爲那裡的王后，無論是誰都會不安吧？我依然難以想像自己答應，但我發現愈來愈難考慮拒絕。給了溫德爾答覆之後，感覺像完成了一項任務——至少踏出了一步。

「你知道我最想念什麼嗎？」

「有眾多僕人伺候？」

「我的貓。」

「啊。」我淡淡地說。我早該猜到——溫德爾常常說起他心愛的奧嘉，但我一直無法確切掌握那隻生物到底長什麼樣子。

「牠十分多才多藝，但牠不准我透露太多。」

「貓可以支配國王？」我不以爲然地說，在地圖上寫下一條註記。

「精靈貓不喜歡讓人知道牠們的能力，也禁止飼主說出去，要是隨便亂說可能會丟掉小命。這麼說吧，我願意將生命託付給牠。」他惆悵地望著遠方，顯然迷失在關於愛貓的回憶中。「真希望我能介紹牠給你認識，你們一定會互相欣賞。」

我深感懷疑。一方面是因爲聽到愈多關於那隻貓的事，我愈不想認識牠，另一方面則是因爲在我過去的經驗中，貓總是處在滿懷憎恨與不滿的狀態。也可能是因爲我在場，導致牠們這方面的天性更加表露無遺，我不知道。我不是愛貓人士。

「我們走吧。」我摺好地圖，將鉛筆塞進背包。可想而知，我身上帶著精靈腳，但一整天下來都沒有派上用場，只是平白增加負擔。那隻腳連動都沒動一下，更別說指引方向了。

溫德爾用一種難以解讀的表情看著我。每次他這麼做我都很緊張，因爲實在太像寒光島的冰雪之王，那是個凡人難以理解的生物。

「你有沒有格外想要重溫的時刻？」他沉吟道。

「沒有。」我回答，不由得想起他重塑時間的能力，雖然範圍很有限，但依然讓人坐立難安。「我相當熱愛神智正常的感覺，謝謝。」

他撥開落在我前額上的一綹髮絲，用纖長手指替我塞到耳後。過了一段時間後，我的眉毛上方依然殘留著他撫過時留下的觸感。「對我而言就是這一刻。」他說。「你的頭髮老是掉到眼睛前面。」

我心跳如雷，但只是說：「你的心情好像怪怪的。」

「有嗎？」

我翻了個白眼。「你就繼續守著你的祕密吧，還有你那隻貓的祕密。」每次他這樣表現的時候，我都猜不出他在想什麼，所以大致上已經放棄了。他大笑起來，然後我們一起站起身。

✦
✦
✦

我們一共找到十四道精靈之門——以這麼小的區域而言，這個數量相當可觀。根據溫德爾的說法，這些門大多通往儉樸住宅或藏在曲折山間的農場，很可能是來自周遭泉水或草原等地的棕精靈所有。另有兩道門已經荒廢，並未計入。其中四道門特別有意思。

我們遇到的第一道精靈之門，在我和雅瑞艾德妮眼中只是一截蛀空的樹墩。「這不是通往精靈家屋的門。」溫德爾在我們站在門前時開口。「這道門通往一個領域。我不知道怎麼描述兩種門有何不同，只能說其中差異好比站在海邊與站在潮池邊。可是我猜不到通往哪裡，很可能是通往這個地區原生的精靈領域——**感覺**不像通往我的王國。」

我在地圖上新增一條註記。「我們可以改天再回來進一步調查。要不要找別條路登上山峰？」天空中太陽低垂，就快落到山巒後面了，寒風也已吹起，帶來遠處冰河的氣息。

「再過一、兩個小時就要天黑了。」他說。「我們該回去了。」

我揚起眉毛。「你該不會怕那些夜晚出沒的神祕精靈吧？」

「怕死了。小艾，你不該掉以輕心——這世上有些精靈非常兇狠，凡人的頭腦根本無從想像，他們駭人的程度是只要看上一眼，就會讓你花一輩子的時間哀求忘記。」

「你只是想坐在壁爐邊蹺腳喝熱巧克力吧？」

「我的腿痠死了，這麼累的時候還要和野獸打鬥，你可以自己試試看。更何況，影子站在我這邊。」

確實，老狗趁我們停下腳步的空檔躺在一片酢漿草上，巨大腳掌往前伸出。就在我眼前，牠打了個大大的呵欠。

「你不該慫恿他。」我對影子嘀咕，牠改而翻身仰躺。

「我們還沒有調查那邊的樹林。」雅瑞艾德妮說。她臉色紅潤、心情愉快，絲毫不見疲態。「我可以繼續，姑姑。」

「不行。」我煩躁地說，因爲我說什麼都不可能讓她獨自涉險。她的表情顯得十分洩氣。溫德爾挺身而出，撫慰雅瑞艾德妮的心情。「親愛的，那條圍巾雖然能夠保護你，但也不是**所有**危險都能應付。」

她摸了摸圍巾。我瞇起眼睛看著她——雅瑞艾德妮很倔強，我好像看到她眼中醞釀著不服。她太信賴那條魔法圍巾，這就是問題所在——加上她過度熱忱的毛病，我完全可以想像她趁我和溫德爾不注意的時候偷溜出門繼續調查，最後身陷精靈窩，害我們得浪費時間與資源去救她。我張嘴想告誡她，但溫德爾用雙手按住她的肩膀，以嬉鬧的態度將她轉了半圈，讓她面向走回村子的路。

「走吧、走吧。」他輕推雅瑞艾德妮前進，逗得她大笑。「我已經受夠拯救瘋狂學者了，拜託不要害我晚上出門到處爬山找你。我實在很不喜歡山。不過呢，丘陵不一樣——青翠的丘陵有著清涼山谷與潺潺溪流，和緩的小徑不用費力就能往上走，不會逼人爬上討厭的大石頭……」

✦ ✦ ✦

他們的聲音漸漸遠去，我隔著一段距離跟上，內心隱約感到愧疚。

回到聖列索，溫德爾提議要在村裡走一走，讓村民認識一下我們。我感覺得出來，他想去當地的酒館，不但可以享用熱食，還有很多機會聊天。問題是我們找不到酒館。村子裡都是雅緻的木屋，建築在相連的平臺上，一條鄉間小路貫穿中央，延伸到村外的草地與牧場。聖列索最顯眼的建築是一座美觀的教堂，坐落於山坡高處，每小時敲鐘為村民報時。鐘聲搭配濃霧的效果相當詭異，而錯綜複雜的地形也製造出意想不到的陰森回音。我們途中經過兩位牧羊人，他們各自忙著照顧羊群——其中一位帶著一隻棕色大狗，牠對影子友善地吠叫打招呼，然而，當牠近到能聞到影子氣味的距離，便立刻往後一跳，躲在主人身後。

我們在路上巧遇彼德，他載著半車飼料正要回家，拉車的依然是之前載我們來聖列索的那兩匹栗色小型馬，這裡稍微有點錢的居民似乎都偏好這種馬。他若無其事地告訴我們，在聖列索無法經營酒館，因為天一黑就得打烊，以免顧客被精靈撕碎。

雅瑞艾德妮興奮地瞪大眼睛問：「這種事經常發生嗎？」我隨即用手肘戳她。

「呃，一次就太多了。」彼德回答，搔搔頭之後接著以雲淡風輕的語氣往下說：「而且發生過不只一次。不過精靈都很親切。能有這樣的鄰居，我們非常感恩。」

我沒有將他的話當眞——世上許多有精靈出沒的地區都有這樣的習俗，當地人提到精靈時往往只會說好話，以免不巧被精靈聽見。「這裡有村民聚集的地方嗎？」

「有間餐館。」彼德說。「就在前面，很接近教堂，每天日出一小時後開門。」

我們向他道謝。他點點頭，隨手從口袋拿出一把種子撒在草地上。當他在馬車的搖晃聲響中往上坡處前進時，我跪下撿起幾顆種子察看。

「剛才他說的是羊仙，不會錯。」溫德爾說。「他們喜歡行使暴力，甚至只殺不吃。在我的王國，羊仙會在人類活著的時候割人肉餵狗，強迫受害者觀看。」

「有意思。」我給他看種子。「你認爲這有什麼意義？」

「我猜應該是供品。」溫德爾伸手對草地上的種子揮了揮，種子隨即迅速開花——是月見草和勿忘我。「野花。」

「不難理解。他擔心無意間惹惱精靈，在南法的普羅旺斯也有類似的儀式。」

雅瑞艾德妮站在野花旁邊，以詫異的眼神瞥向我，似乎不明白我爲什麼沒有像她一樣感到神奇。我回過頭，發現她摘了一朵花，夾在拇指與食指之間邊走邊轉著玩。

「千萬不可以拿走獻給精靈的供品。」我告誡她。這次我努力避免語氣過於嚴厲，但肯定失敗了，因爲她臉色發白，立刻衝回去將花放回原位。剩下的路程她都沒有跟我說話，一直緊跟著溫德爾，他們兩個的對話毫無重點，只是在猜晚餐的菜色。當然，我知道這種狀況有多可笑，我的姪女和我保持距離，反而和宮廷精靈相處愉快。其實也不奇怪，在她心中溫德爾的形象很好，他讓野花綻放、送她圍巾，我卻總是忍不住訓斥她。儘管如此，我已經不只一次告誡她不要碰獻給精靈的供品——她什麼時候才會聽？

我們回到農舍，發現羅斯坐在餐桌前，面前放著幾本翻開的書。溫德爾果然立刻倒在沙發上擺出精疲力盡的模樣，雅瑞艾德妮則興奮地對羅斯描述我們今天做了什麼，似乎完全沒有察覺他的臉色非常陰沉。我發現這是雅瑞艾德妮的另一項特質，她的好心情是如此絕對，宛如一層盔甲，能夠彈開別人的壞情緒，一點痕跡也不留。

雅瑞艾德妮說到一半就被羅斯打斷。「艾蜜莉，你有什麼發現？」

我無法解讀他的語氣，只知道絕對沒好事，不過呢，既然我搶走了他認定應該屬於他的領袖角色，表現一下大度風範也不會有壞處。我給他看地圖，上面有我做的註記；我也拿出雅瑞艾德妮畫的速寫，簡短說明我們找到的精靈之門中哪幾道最可能是樞紐。我講完之後他沒有立刻回應，花了一點時間瀏覽地圖，農舍中只有爐火發出的劈啪聲響，以及影子舔腳掌的聲音。幾片落葉從窗前飛過，有如金匠工作臺落下的金屑。

「非常好。」羅斯說。

他還不如拿地圖搧我一耳光。「什麼？」

「你的研究方法不夠正統，」他說，「但效果不錯。今天你的一些發現很有意義，有助於縮小搜尋樞紐的範圍。看來是我不該質疑你的能力——因為你太常和這種善於欺騙的生物在一起，我擔心你的研究方法會很不可靠。」

「菲理士，這點你就錯了。」溫德爾說。他整個人癱在扶手椅上，舉起一隻手臂遮住眼睛。「在學術道德這方面，艾蜜莉容不下一點瑕疵。這是她唯一的缺點。」

「等一下。」我說。「你這番話是在為之前的行為——**道歉？**」

「對。」羅斯乾脆地說。「以後我會尊重你的判斷。」

「你一開始就該聽她的。」溫德爾說。

羅斯沉默了一下，接著才說：「或許吧。」可見他原本想繼續假裝溫德爾不存在，但又怕這樣會讓道歉顯得不夠有誠意。

這時茱莉雅來了，成功阻止可能發生的爭吵，她帶著另一個女兒，名字叫麥蒂。這個女兒比另外兩個大，可能與雅瑞艾德妮年齡相仿，她一直想偷看溫德爾——我懷疑另外兩姊妹傳了八卦——不過她沒有成功，因為溫德爾繼續躺倒在椅子上，一副慘兮兮的模樣，根本顧不得禮節。農舍變得太過整潔，茱莉雅嚇了一大跳，差點鬆手把我們的晚餐摔在地上——晚餐是一鍋豐盛的燉菜，飄出培根香氣，她用一層乾淨的布包著帶來。

「老天，看起來簡直像爐灶小矮人來過了。」她用德語說出一個詞，我在其他地方也聽過，那是一種類似夜精靈的居家精靈，會幫忙打掃居家環境換取禮物。

「希望不是。」我說。這種精靈相當偏執，絕對不會容許溫德爾這樣的外人插手家務工作。

溫德爾說他累壞了，端著一杯熱巧克力早早回房休息。雅瑞艾德妮帶著滿腔熱忱，開心地投入晚間的家務，要是有人阻止（我沒有阻止），她很可能會發脾氣。整理好今天的紀錄之後，我想在睡前透透氣，梳理一下思緒，於是叫上影子一起出去。先前我發現農舍後面有張小長凳可以俯瞰山谷，但我抵達時，卻看見羅斯已經坐在那裡抽菸斗。

「聽說在阿爾卑斯山這一帶，晚上外出有害健康。」我說。

他噗哧笑了一聲。「那你自己還跑出來？」

我在他身邊坐下。草地上遍布橘色與金色落葉，有幾片飛落懸崖邊緣。一片落葉飛過，影子張嘴去咬。暮色中山巒起伏，有如一波波浪濤。「我有影子。」我說。

羅斯雙手抱胸，在論文口試時，只要他擺出這個架勢，就代表他打算認眞拷問博士候選人。他占據了長凳四分之三的空間，似乎並未察覺造成我的不便。「你有**他**才對吧？」

我嘆了口氣。「你在火車上已經闡明觀點了，不需要再重複。」

「確實，他已經在凡界生活十年了。」羅斯說。「對於宮廷精靈而言，這是前所未有的事。或許他因此改變了，但是能改變多少？那些最根本的層面不可能動搖。」

我沒有說話，於是他冷淡地接著說：「我不是閒著沒事亂給忠告的人。我還沒有那麼老，沒興趣扮演陰沉的智者。事實上，你絕對不傻，艾蜜莉，所以我依然懷抱一絲希望，說不定能戳破你的幻想。」

我決定直話直說。「你有親友死在精靈手中，對吧？妻子？還是兄弟姊妹？」

「都不是。」他說。「我的妻子三十二歲就過世了，自然死亡，那種疾病如此可怕又如此庸俗，絕不可能是精靈搞的鬼。」他沉默片刻。「是我的一位多年老友。你還太年輕，不會懂失去相交將近半世紀的好友是什麼感覺。那樣的經歷無從比擬。」

我轉開視線不打擾，讓他安靜回憶妻子與好友，不久之後，我們一起看著山變黑。「他出了什麼事？」

「我和他從小就是同學。我們在各方面都志同道合，包括對精靈的好奇。長大成人之後我們走上不同的道路——我進入學術界，他成爲律師——但我們還是經常聯絡。他賺了不少錢，並且將財力投注在嗜好上，走遍英國每個據說有精靈出沒的地點。不過，有一天——距離現在應該有十五年了——我接到他太太發的緊急電報，說他被送去醫院，狀況很不好。那天我原本要擔任研討會主席，但我毫不猶豫拋下工作趕去醫院，果然如電報所言，他的傷勢很嚴重。

「我好不容易才從他口中問出事情的始末，但我沒有告訴他的家人。」羅斯停頓一下，接著說：「他去了英格蘭西南部的埃克斯穆爾高地，在那裡愛上一名女精靈。根據他的認知，他們在一起好幾個月，那段時間讓他感受到無上的喜樂與滿足。隨著季節轉換，女精靈和族人收拾行囊離去——當然，這很正常，很多精靈種族都會隨季節遷徙。他在高地沼澤徘徊尋覓了好幾天，最後終於設法在那群精靈休息的時候趕上。當時他們正在舉行狂歡會，我的朋友既渴又餓，一心以爲精靈會歡迎他重新加入。沒想到他吃盡苦頭卻招來心愛精靈的厭煩——我猜想她可能已經覺得膩了，也可能是因爲他跟來而感到惱怒。由於我這位朋友的鬍鬚已經留得很長，那名精靈和她的家人便用鬍鬚把他綁在樹上。他們或許覺得很好笑，但他太虛弱，沒有力氣自行解開。第二天早上一位健行者碰巧發現他，但風吹日曬加上深陷絕望造成無法挽回的傷害。幾天之後他就過世了。」

我不由得皺起臉。這個結局太淒涼，但愛上精靈的故事往往都是如此。「很遺憾。」

「我經常後悔沒有警告過他。」羅斯說。「我對精靈的研究比他深入——他過度沉溺於那份愛好，因此遭到蒙蔽，忽視了精靈黑暗的一面。我實在沒想到他會做出如此愚昧的事。」

我吐出一口氣。「所以你認爲我也會犯同樣的錯。你認爲我太過信賴溫德爾，遲早有一天他會在荒郊野外把我掛在樹上，然後自己離開。」

羅斯沒有立刻回答，而是按住我的膝蓋，動作意外溫柔。「艾蜜莉，遲早有一天。遲早有一天你會看清他的真面目。我只希望你不會像我朋友那樣，因此而失去生命。」

我拉著針織羊毛外套緊緊裹住身體。我告訴自己這是因爲氣溫太低，而不是因爲羅斯的那番話。「菲理士，我很感謝你的勸告，真的。但我了解溫德爾。」

「艾蜜莉。」他指著上方的山毛櫸，樹枝隨風來回晃動，撒下更多落葉。「你能了解風嗎？」說完這句陰鬱又奧妙的話之後，他起身離去。

九月二十四日

這天一大早，我所做的第一件事就是去檢查夜間訪客是否有留下痕跡，這已經變成一種習慣了。每天晚上我們都精心準備供品，依照茱莉雅的指示留下無鹽的水煮蔬菜和起司，但每天早上我們也都會發現傳達不悅的新痕跡——歪斜參差的長長刮痕。

我檢查門鎖，發現夜訪的精靈竟然企圖加以破壞——那個鎖原本很結實，但現在有點鬆了，彷彿有個高大肥碩的人用盡全力撞門，以致於鎖都快壞了。夜裡我們都沒有聽見任何動靜，連細微的喀喀聲響都沒有。這個發現令人不安。

我叫溫德爾出來看，但他依然完全不將這件事放在心上。

他摸了一下門鎖，然後說：「這是鐵做的，哪有精靈能弄壞？」

「你可以。」我指出。「一定還有其他精靈可以。」

他一臉困惑地看著我，彷彿我在太過基本的層面上產生誤解，他想不出該從何解釋。或許他不擔心半夜會有恐怖精靈成群結隊闖進門——溫德爾對泛精靈的態度充滿輕蔑——但我只要一想到會發生這種事便難以冷靜。

「溫德爾。」我勉強維持冷靜的語氣。「難道你都沒想過，說不定這是你繼母派來的另一批殺手？」

「如果真的是，那實在太嚇人了——你看看，他們每天晚上不屈不撓地折磨那片木板！老天，哈斯家的人可能得加一層石膏呢。」他的語氣太促狹，讓我好想揍他。幸好茱莉雅此

時帶著早餐從小路走來，我至少還能成功勾起她的同情。

「眞糟糕。」她苦著臉摸向門板。「會是什麼惹惱了他們？」

我解釋道，我們知道那些訪客很挑剔，所以供奉的食物都經過精挑細選，甚至把早餐的起司全部留下來當作供品。但她只是搖搖頭。

「我來做些炸蘋果。」她承諾道。「我們的好鄰居不太喜歡甜食，但炸蘋果是特例。我們會在特殊的日子獻上。」

我向她道謝，和茱莉雅訴苦之後我得到很大的慰藉，一方面是因爲她願意幫忙，更重要的則是她沉著鎮定的態度。不過鄉村居民通常都是這樣，在面對精靈的惡行時能表現出寬容的態度。作爲城市人很難理解，因爲我們不懂與精靈近距離生活的難處，一如我們不懂農作歉收或被野生動物侵擾的苦頭。莫若曾以此爲主題寫了一本書[12]。

由於打算將昨天的調查工作收尾，今天我們選擇分頭行動：溫德爾與雅瑞艾德妮去附近山谷查探我們找到的那些精靈之門，我和羅斯則前往茱莉雅．哈斯家和她公公會合，他答應要帶我們去看丹妮兒．德葛雷最後走的那條路。村裡的人都以爲我們是爲了德葛雷失蹤之謎而來，我沒有理由讓他們幻滅，畢竟德葛雷最後的所在地點非常重要。德葛雷找到樞紐的可能性相當高——考量到德葛雷的能力，甚至可以說幾乎能肯定——她或許是迷失其中，也可能是在附近遭到精靈守衛殺害。因此，只要跟隨德葛雷走的路，或許就能帶我們找到溫德爾

12 馬修．莫若，《精靈出沒地區農民生活風貌》。

的門。

茱莉雅．哈斯的家很漂亮，是一棟深色木屋，窗臺花架開滿鮮紅與粉色花朵——在聖列索，窗臺花架似乎像山羊一樣家家戶戶不可或缺，每棟房子都有。不過她家剛好位在地勢高起處的下方，因此早上會被陰影蓋住，顯得有點陰森。她家的前院偏小，但房子上方有一片寬闊草原可以讓牛羊吃草，再遠一點還有一片蘋果園。

哈斯家的一個女兒在門口迎接我們，她開朗地彎腰揉揉影子的耳朵，這是牠最喜歡的打招呼方式——我猜她應該是愛絲翠，但老實說她們實在長得太像，我盡可能不喊她們的名字以免弄錯。

羅蘭．哈斯七十多歲，身材矮小，許多鄉間勞工即使上了年紀依然精神矍鑠，他也是那樣，留著白鬍鬚，棕色臉龐氣色紅潤，白髮茂密。我知道他曾經負責管理哈斯農場，現在這份責任已經交給子女和他們的配偶了（哈斯家的家譜我實在無力整理，太多人名令人昏頭，我在這方面記憶力很差）。退休之後，他主要在村子裡幫忙一些雜務，今天的工作是帶兩位外國人探詢失蹤樹靈學者走過的路，他似乎樂在其中。

「很多年沒有學者來村裡了。」他說。「可憐的丹妮兒剛失蹤那陣子大家都很熱中，但時間久了終究會淡去——畢竟事情發生到現在已經將近五十年了，對吧？這麼多年的時光跑去哪裡了？」

「你認識德葛雷本人嗎？」我問。

「噢，認識。另外那個我也認識，艾孔——他不太好相處。不過丹妮兒人很好，活力十足，笑起來從山腳到山頂都能聽見，我們這裡的人都這樣說。老天，你們只穿這樣？」

我和羅斯低頭看向身上的羊毛斗篷和雨靴，這是樹靈學者進行田野調查時的標準裝束。我們還來不及回答，羅蘭已經回到屋內，出來時拿著兩件非常厚重的斗篷，一開始我還以爲是剛剃下來的羊毛。

「我們要去的地方冷得可怕。」他解釋。「你們得穿這個才行。」

「但你自己不需要？」羅斯不服氣地說，因爲羅蘭．哈斯只穿著羊毛背心外加薄大衣和圍巾。

老人家微笑。「我們鄉下人皮粗肉厚，不像你們整天待在有暖氣的室內坐辦公桌。我說話比較直，請兩位別介意。」

羅斯大笑，向他保證我們非常感激。我們在原來的斗篷之外加穿一層那種滑稽的厚斗篷，這下我不只看起來像綿羊，連氣味也像。我忍不住想像要是有人拿出這種衣服要溫德爾穿，他會有什麼反應，腦中浮現的畫面令人發笑。不用懷疑，他絕對寧願凍傷。

我們出發上山，沿著小徑走出村子，這條路一直延伸到看不見的遠方。羅斯彬彬有禮地與羅蘭閒話家常，詢問這個季節一般氣候如何，以及羅蘭在山區生活的經驗，我沒有仔細聽。我們走下一道高低起伏的山坡，路上隨處可見長滿青苔的碎石。羅蘭不時停下腳步從口袋拿出布條綁在小石頭或樹根上。

「布條的顏色有特殊意義嗎？」我問。

「有。」羅蘭告訴我們，紅色布條表示這個人在近乎平面的道路上往前直走，藍色則代表往下走。轉往東南西北也各有代表的顏色：西邊是綠色，北邊是黃色，東邊是橘色，南邊是紅色。這些記號主要是爲了必要時方便搜救，但走山路的人萬一迷路找不到方向，回頭的時候也可以有個參考。布料的質地也有不同的意義，例如蕾絲布條和藍色布條綁在一起代表此人決定往下走，並且在路上遇到精靈——同樣的，萬一此人沒有回家，這些訊息也會在搜救時派上用場。粗棉紗布條表示受傷，此外還有很多種類型——也不用特別記，因爲有多少種布條就有多少種意義。每個家族也會在布條上做專屬記號——哈斯家會在兩端各剪下一塊三角形，有些家族則會繡上字母、在兩頭染色，有各種各樣的標示方法。在理想的狀況下，布條要綁在能看見上一塊布條的地方，但不見得都能做到。

我瞥見羅斯也拿著筆記本全部記下來，姿勢幾乎和我一模一樣，我急忙闔上筆記本，把鉛筆夾在裡面。

「有意思。」羅斯說。「德葛雷也使用這種標示系統嗎？」

「噢，沒錯——所以我們才知道她墜落的地點。」

「墜落？」我的語氣流露沮喪。

羅蘭看了我一眼，表情歉疚。「對……其他學者的反應也都是這樣，不是值得寫論文的原因。不過呢，兩位教授，至少在我看來，事發經過相當明顯。」

我們走上當年德葛雷走過的路，花了將近一個小時才抵達目的地。老實說，感覺有點詭異，這位學者的幽魂以地圖與文字的型態引導著我們，我們的學術考察全是根據她的紀錄規劃，而現在我們正走在她當年發生不幸的路上。多變的天氣讓氣氛更顯不祥——雲層有如黑暗勢力般一次又一次遮住太陽，有一段路甚至下起冰雹。不過路途還算平坦好走，我們穿過幾片高山草原，繞過山腰的斜坡。影子平常不太喜歡上上下下的山路，但就連牠都能輕鬆跟上。路旁有時會出現積雪，我小心地讓牠避開，以免羅蘭察覺牠沒有留下腳印。

接著我們來到一處隘口，那裡的景色實在太過震撼，羅斯猛然停下腳步的動作有點滑稽。我也不由自主注視兩座山峰間形狀有如脊椎的鞍部，位在我們正前方的山峰高聳險峻，氣勢磅礴。毫無遮蔽的山地上大風呼嘯，只有岩石與灌木做為單薄的阻礙，但它們也彷彿隨時會被風吹跑。有些地方寬度不足三英尺，相當難走，狂風不斷吹襲更添艱辛。

「我說過了——山上這裡很冷。」羅蘭必須用吼的我們才能聽見。「那裡就是她留下最後一塊布條的地方——白色的。」

我看著他指出的地方，有疊成圓錐形的石堆——我猜應該是用以紀念德葛雷最後綁布條的地點——然後視線往前望向德葛雷前進的路途。地形陡峭，一路狹窄難行，往上通往嶙峋山峰，山頂覆著一層冰雪。以前在威爾斯山區進行田野調查時我也曾經數次險些失足，白雪、高海拔加上對環境不熟悉，這樣的狀況有多危險，我比誰都清楚。

從羅斯失望的表情能看出他接受了羅蘭的說法，我原本也會做出同樣的結論，判斷德葛雷確實墜落山坡身亡，我們尋找樞紐的計畫也將隨之告終。

然而，背包裡的精靈腳動個不停。

我偷偷將背包從一邊肩膀取下，用一隻手臂擋住羅蘭的視線。我觀察四周的地形，前方盡是一望無際的宏偉山峰，景色令人嘆爲觀止。我萬分艱難地轉身，左方是直直往下的懸崖峭壁，光看一眼就令人頭暈——萬一往那個方向滾落，將會有很長一段時間可以思考落地之後的慘狀。不過右側的坡度還算和緩，通往位在高海拔谷地中的高山湖。背風面的山坡上有一小片森林，幾乎全都是堅毅的松樹。

「我們搜索過山谷。」羅蘭發現我在觀察地貌，開口道：「沒有她的蹤跡。白布條表示她繼續往山峰走了。」

「她會不會臨時改變心意？」我提出。「也可能不小心綁錯布條？光線不佳的時候，黃色看起來很像白色。山谷位在北方，對吧？」

羅蘭抱持懷疑。「如果是這樣，爲什麼她沒有再綁其他布條？」

「各種原因都有可能。」羅斯尋思。「說不定她才剛改變心意，就意外走進了精靈之門。搞不好是天氣或高度讓她混淆方向。」

我自有想法，但沒有說出來。基本上，雖然這個布條標示系統極具巧思，但從一開始我就覺得這個指路的辦法絕對靠不住，因爲無論布條是否泡過鹽水，只要精靈想搗亂，絕對還是有辦法。

我告訴羅蘭想去觀察一下山谷，他指了一條路，比我自己原本想選的路好走多了。這時我勸他先回家，因爲我們很可能會在山谷耽擱許久，大概會站著不動、拚命寫筆記，他在旁邊恐怕會很無聊；我也向他保證我們可以自己找到回家的路。羅蘭相當配合地答應了——我猜他應該知道我另有打算，不過他似乎也不太在乎學者的陰謀詭計。他很好心地告訴我們他會像留下麵包屑那樣沿路綁布條，萬一我們回程時發現沒那麼容易找到路也還有個參考，等到晚上去哈斯家用餐時再將布條還他就好。

我和羅斯走下山谷之後，發現實際面積比起從上面看要大得多，將近一英里寬，到處都是洞穴和縫隙，很可能藏著精靈之門。之前我們沒有來過山谷調查，因爲那時我們是從東北方過來，那裡的地形太陡峭無法走下，因此只能放棄。進行田野調查時當地居民擁有的知識有多重要，由此可見一斑。

我告訴羅斯精靈腳接近山谷時的反應——它在我的背包裡不停亂動——以及我認為德葛雷雖然綁了布條，但不見得真正指出她的去向。他平靜地點頭，讓我感到十分詫異。他之前說了那麼多小心眼的話，現在卻如此順從我的領導，實在出乎我的意料。

「我們先大致觀察一下，這樣才來得及在暮色降臨之前回家。為了安全起見，調查時必須假設附近的門是羊仙在使用，為此隨時提高警覺。艾蜜莉，你的斗篷。」

看來他也沒那麼服氣。儘管如此，我決定不計較，畢竟他的想法與我不謀而合。我將借來的厚重斗篷反穿，但沒有把底下的那件反過來。在寒光島的時候，溫德爾不顧我的意願擅自修改過我的斗篷，現在每當我想要反過來穿，斗篷就會糾結起來胡亂拍打，彷彿我害它覺得很不舒服，因此心情惡劣。

那座高山湖沒什麼特別之處，湖水藍綠而美麗，但周圍的森林卻顯得很奇怪。地面堆積的松針當中冒出一叢叢蘑菇和陌生的白色小花，株形像燈籠，合攏的花瓣有如小白球。樹木高大健康，位在這種高海拔地帶的植物群難得能長得這麼好——說真的，這些樹太粗壯，有種營養過盛的感覺。

「找到了。」我輕聲說。羅斯蹙眉，科學家最不喜歡驟下結論，但這片森林一眼就能看出被精靈動過手腳，即使與樞紐無關也一樣。我從背包取出精靈腳，放在苔蘚與青草上。

假使我期待那隻腳像兔子一樣亂跳，那麼一定會失望，因為那隻腳一動也不動，連之前的動靜也消失了。但我和羅斯都是專業人士，於是我們耐心等候，雖然留意觀察，但並未全神貫注盯著。精靈腳慢慢動了起來。它沒有跳躍、沒有走動，但感覺得出來與先前相比，此刻的位置變遠了，然而移動的距離太小，我可以輕易說服自己只是想像。我和羅斯一靠近，那隻腳便繼續緩緩移動。我們完全無法察覺任何動作，感覺就好像並非精靈腳移動，而是大地拉長，增加了我們與那隻腳之間的距離。

一開始，精靈腳似乎想去森林，但後來又轉向湖，接著又轉向森林。

「說不定它迷路了。」我原本只是想開玩笑，但我隨即領悟到精靈腳無論是否知道自己身在何處，都沒有比較可笑或不可笑。

「我覺得不太對勁。」羅斯說。「艾蜜莉，把它收起來。乾脆放走更好。」

「因為這隻腳我們才找到這片森林。」我指出。

「但這片森林又是**什麼**？在此出沒的精靈是什麼種類？除非你能回答這些問題，否則沒什麼好自滿的。」

我從羅斯輕蔑的語氣聽出他又在重提之前的爭論，忍不住反駁道：「意思是我們膽敢走進這個地方，就是害自己身陷險境？我們要找的可是兇惡精靈經常使用的門，容我提醒你，這道門通往惡名昭彰的狼之森，怎麼可能有安全的路？」

「我的意思不是那樣。」羅斯說。「艾蜜莉，你也很清楚，儘管許多欠缺責任感的學者提出華而不實的論證，但利用精靈法寶解決精靈謎團的效果即使在最佳狀態下也令人質疑。你鄙視當地居民信賴布條的習慣，認為精靈很可能搗亂的想法相當正確，然而現在你卻如此信賴一隻精靈腳。」

「這兩件事不能相提並論。」我激動地辯駁。「難道欠缺責任感這樣的批判也能用在嘉百麗．古德和馬賽爾．札拉身上嗎？他們兩個都主張在調查所知極少的精靈時，使用精靈法寶很有幫助。古德的精靈提燈帶她找到矮妖的寶藏，老天——在此之前歷史上只有兩次這樣的發現！我們這個圈子需要新生代學者的創新思考，否則我們對精靈的了解永遠無法更進一步。」

「古德的精靈提燈遲早會害她墜落懸崖。我們**需要**的是回歸經過無數嘗試與考驗的樹靈學研究方法，以歷久不衰的田野調查與口述歷史爲中心。其他方法都是僞科學。」

我們就這樣唇槍舌戰了許久，直到影子開始哀鳴。一開始我不予理會，老實說，我樂在其中。其實我經常希望能和羅斯進行這樣的辯論，只是我一直無法鼓起勇氣當面反駁他。當我終於轉過身，這才發現使影子不安的並非那隻精靈腳——我早已將精靈腳收回背包內。牠在嗅聞的東西是骨頭。

確切地說，是顱骨。屬於人類，一部分埋在湖邊的沙地裡。

「我的天！」我說。「這該不會是德葛雷吧？」

「如果是，像這樣出現未免也太戲劇化。」羅斯跪下檢查顱骨。「她是出了名的愛作秀，對吧？但不可能是，這是男性顱骨。我的畢業論文涉及骨骼學，研究威爾斯尋水獸留下的人類殘骸。這片沙地散落著不少骨骸——嗯！有意思。」

「我們應該仔細觀察一下那些洞穴。」我走向一處高起的地面，那裡的岩石上滿是孔洞——那塊地位於泉水旁，一直飄出奇怪的縷縷白霧。這讓我想到和溫德爾一起去察看農舍下方的小湖時所看到的霧氣。

「阿爾卑斯山區許多關於矮人的故事都說他們會在洞穴多的地帶建造泥磚屋。」

「我先記錄一下這裡的狀況。」

我焦急地等候，看著羅斯緩緩沿著湖岸踱步，彎腰檢查骨骸。這裡確實有不少骨骸，不過愈接近洞穴密度愈高。

「我相信這些骨骼來自兩個人類。」羅斯終於開口。「都是男性，還有幾隻豬和至少四頭羊。也許是聖列索村民奉獻的供品，再加上倒楣的健行客？」

「好吧。」我回應道，這些資訊確實有用。「或許是暴格幹的？要不要檢查一下北岸？」

「還是不要比較好。」羅斯的語氣很冷靜，一邊將筆記本收進口袋。「我之所以在這裡拖拖拉拉，主要是爲了避免被誤會是在逃跑。有東西在監視我們，說不定隨時會發動攻擊。」

我默默消化這個消息——在任何時候這都不是好事，但此刻我們身在某種精靈收藏的大量骨骼當中，更是令人膽戰心驚。「他們在哪裡？」

「當然是我們身後。我們要慢慢遠離洞穴——要非常慢。說不定離開泉水，他們就不能施展魔法了。」

「你怎麼會發現？」即使我早已提高警覺，卻沒有聽見任何動靜。

「我的懷錶。以前我遇過一個住在錶匠工坊的家居棕精靈，我幫了他一個忙，於是他對我的懷錶下了魔咒，只要附近出現暴格或類似的邪惡精靈，指針就會停止走動。」

他言行不一的舉動實在令人髮指。「你滔滔不絕訓斥我不該使用精靈法寶……」

「艾蜜莉，現在沒有時間說這些。」

我看向影子。牠正忙著咬起一根豬骨，因爲玩得太開心，完全沒察覺不對勁。不過大狗感受到我的不安，於是倏然靜止，牠依然叼著骨頭，一條口水掛在嘴邊。

影子猛然衝出去——不是往我們身後，而是撲向躲在洞穴中偷看我們的小紅狐。

「別管了。」我對影子說。但牠還是繼續吠叫——牠只有在最危急的時候才會發出這種不自然的如雷斷吼，聲音粗糙沙啞，有如人類死前發出的咯咯喉音，讓人從骨頭深處感覺到地底的寒意。紅狐躲回洞穴中與陰影融爲一體，但我已經察覺異狀，一股有如牙痛的感受讓我繃緊神經。

「艾蜜莉。」羅斯輕聲說。

我轉過身。幾隻小型狐精坐在岸邊的一節枯木上——雖然貌似狐狸，但絕對是精靈沒錯，我之前在農舍外面瞥見的那隻也是。我不禁對自己感到非常惱火，竟然沒有早點發現。即使近距離觀察，狐精依然在各方面都很像狐狸，只有一點不一樣：他們的臉很像人類嬰兒，眼睛太大，小嘴有如玫瑰花蕾。他們乍看之下很像幼童穿上狐狸裝，但口中的牙齒細小銳利，閃著令人不安的光澤，濕潤眼眸全黑。這些精靈在草原跳進跳出，到處都是狐狸穴，加上動作飛快，很難判斷究竟有幾隻，只能看出數量應該不少。

魔法開始籠罩，強大的魔力讓我感到頭暈——當精靈對你投以大量魔咒時偶爾會產生這種感覺，令人非常迷亂的體驗。恢復正常之後，我仔細確認自己的狀態，發現我似乎沒有受到魔法影響。

羅斯就沒那麼幸運了。他以驚人的動作在草原上狂奔，但這種精靈是群居型，他們就像多數同類一樣熱愛追逐。或許是反穿斗篷眞的有幫助，羅斯在衝出十幾碼之後恢復神智，氣喘吁吁地放慢速度停下來。他大喊：「艾蜜莉！」

「繼續跑！」我對他高聲吼叫，因爲我同時領悟到兩件事：一、這種小型精靈看到可以吃的東西絕不會放過；二、我身上似乎有能夠抵禦他們的力量——我強烈懷疑與我的斗篷有關，溫德爾修改的時候很可能不只讓線條變美、增加下襬的愚蠢飄逸感，還動了其他手腳。

羅斯似乎也做出同樣的結論，因爲剛才他還在關心我的安危，現在則拋下擔憂專注保命。他的斗篷上有很多口袋——我猜應該是他自己縫的——他從其中幾個掏出鹽開始狂撒。我希望他能繼續跑，一旦跑出這群精靈自行劃分的領土，他們有極大的機率會就此放過他；不過，這種類型的精靈喜愛追逐，所以逃跑的獵物反而會激起他們的食慾——這個問題就留待日後再慢慢辯論吧。希望我們還保得住命討論這些。

「影子。」我一聲令下，大狗便朝著精靈奔去。但他們似乎毫不在意，影子一接近，他們立刻躲進看不見的狐穴，然後又從別的地方冒出來。

影子成功捉到一隻，咬著不停來回甩動，最後那隻精靈的脖子斷裂，發出溺水般的咕咕聲響。羅斯用鹽在地面畫圈，但還沒來得及完成，已經有幾隻精靈衝進去將他拽倒在地。他放聲尖叫。

我衝上山坡，連自己也不清楚想做什麼——吟誦破力咒？撒鹽？——總之我得**想辦法**，因爲羅斯的叫聲實在太過淒厲，我從來沒有聽過這麼慘烈的尖叫，也希望以後都不會再聽到。那群精靈猛然散開，對著我尖聲哭叫，那種叫聲怎麼聽都像人類幼兒要不到零食亂發脾氣的哀號。

他們的反應令我不解。我出於純粹的直覺反應回望身後，因爲既然他們如此畏懼，說不定我背後有什麼更恐怖的東西。這時我才發現身上的斗篷變大了——難以置信、毫無道理——現在有如可怕的長影拖在我身後。斗篷有如蠶絲般隨風飄動，彷彿沒有固定的邊緣，隨著面積變大而愈加虛幻，最遠處的下襬幾乎只是一抹灰霧。老天！先是我的鉛筆，現在連斗篷都被他搞成這樣。

然而，我沒時間沉溺於震驚之中。既然精靈好像很怕我的斗篷——我承認，我不怪他們，因爲我的本能也尖叫著要我脫掉這個恐怖的東西，就像甩掉蜘蛛那樣——我收攏變長的部分，觸感眞的很像蜘蛛網，輕柔又帶著黏性，然後朝他們拋出去。我的動作很笨拙，但達成了我想要的效果。狐精紛紛竄逃，因爲歡樂遊戲以如此驚駭的方式被打斷而絕望啜泣。有幾隻被斗篷蒙住，立刻像火焰熄滅一樣消失。影子一路將精靈趕進森林裡，意氣風發地大聲咆哮——我相信牠說服自己那群精靈終於感受牠的本質多麼值得敬畏——然後高舉著尾巴小跑步歸來。

與此同時，羅斯血流如注，從他咬緊牙關、冷汗直流的模樣判斷，顯然正在忍受劇痛。他身上的傷勢當中，最令人擔憂的是左耳，只剩下一小塊皮連在頭上，大量鮮血沿著臉和頸部流淌。我用小刀割破圍巾，盡可能幫他包紮，但他站不起來，我也背不動他。

「影子？」我說。

牠當然懂我的意思——牠永遠都懂。我不完全理解我們之間的連結，因爲我沒聽說過其他狗靈認人類爲主人，影子是特例。大狗立即解除僞裝，體型變得非常巨大，只有熊堪爲比擬，巨大腳掌也冒出尖銳利爪。我將羅斯掛在牠背上，以最快的速度返回農舍。

九月二十七日

過去幾天我沒時間寫日誌。羅斯的傷勢反反覆覆，確定他逐漸平安恢復之前，我沒心情提筆。

那天我和影子順利回到農舍，很幸運地沒有在路上遇到村民，也就不必費心解釋爲何會出現黑魔犬[13]。雅瑞艾德妮看到羅斯的慘狀嚇得不輕，一下子憂傷含淚、一下子慌張地胡言亂語，擔心傷害他的精靈會不會跟來。我問她溫德爾在哪裡，許久之後她才終於能夠回答，說出他去餐館了。

「快去叫他回來！快點！」我對她大吼，可憐的孩子飛奔出門，連斗篷都沒穿。

溫德爾抵達的時候，我並沒有立刻察覺。羅斯恢復意識了——雖然這點讓我稍微放心，但以他的狀態而言反而更嚇人——他在我笨拙地檢查傷口時不停呻吟，並且試圖推開我。我終於能移開視線時，發現溫德爾靠著門框，雙手抱胸看著我忙碌，我無法解讀他的表情。

「你偏偏選在這時候跑去喝酒。」我惱火地說，但其實突然湧現的安心感讓我差點哭出來。「快過來。耳朵看起來最嚴重，不過你仔細看就會發現，其實是他身體側邊的傷……你看。」

溫德爾用略帶疑惑的表情看我，與他眼前血腥的場面完全搭不上。「你要我做什麼？」

「我不知道！我怎麼會知道？」我對著他大吼，怎樣都停不下來。我的雙手、斗篷上全都是羅斯的血。「治療他！」

他似乎終於明白我為何如此慌亂，語氣變得柔和。「艾蜜莉，這不是我會做的事……」

「對，你早就告誡過我了！」我怒吼。「今天是我和羅斯太大意。你說的沒錯，泛精靈很危險，是我錯了。難道我要重複三次你才會滿意？」

我好像快要崩潰了。我不確定是不是因為羅斯——雖然現在疏遠了，但我們畢竟共事將近十年，儘管我們意見不合，但我一直對他抱持著不甚情願的敬重。即使討厭他，**不敬重**羅斯這件事依然太荒唐，感覺就像是對著莊嚴的古老高塔揮拳。而且，我從不曾親身經歷如此殘暴的意外，以往都是聽別人描述，然後忠實記錄下來。我緊緊抓住依然握在手中的染血繃帶。

溫德爾握住我的拳頭，將我攬進懷中。這個舉動令我相當意外——並非因為動作本身，而是我竟然如此輕易就將頭靠在他肩上。這種狀態使我莫名不安，我不由得退開——事態緊急，我們也不能太放鬆。

「你要我做什麼？」他輕聲問。

「拜託你治療他。」這時我終於明白他的意思，於是我再重複一次，達成請求三次的條件。

溫德爾站到羅斯身邊，他再度失去了意識。傷口的失血量如此驚人，感覺就像沒有包紮過，我不禁懷疑狐精的牙齒是否有毒。

13 歐洲各地都有黑魔犬的傳說，阿爾卑斯山區也不例外。

「你能救他吧？」我質問道。

「噢，當然可以。」他雖然這麼說，但語氣有種太過隨意的感覺，讓我後頸發毛。

「你剛才怎麼說來著？這不是你會做的事……」我再次質問，因爲我突然害怕起來，腦中塞滿各種與精靈交易結果下場悽慘的故事——實在太多了。該不會讓溫德爾治療，反而會對羅斯造成駭人的傷害？

「沒事的。」他安撫我。「是我表達得不好——我只是想說，我**通常不會**做治療這種事。不過呢，既然沒有我不擅長的魔法，那麼治療應該也只是小事一樁。小艾，對不起害你緊張了，我都不知道原來你這麼重視他！」

我花了一點時間消化。「也就是說……你毫無概念？」

就在這時羅斯動了一下，發出痛苦呻吟。他睜開眼睛，看見溫德爾站在床邊低頭望著他沉思，表情頓時充滿驚恐。

「不要。」羅斯沙啞地說。「不要他……」

「親愛的菲理士，難道你想失血過多死去？」溫德爾說。「更別說你會把這麼乾淨的地板弄得全都是血。希望你知道，全世界最難從各種表面清除的東西就是血。總之，不治療你一定會死，讓我治療則不一定會死，我不懂爲什麼你寧願選前者。」

「艾蜜莉，阻止他。」羅斯注視著我，聲音變得更加微弱。「不可以讓這個傢伙——邪惡之地生出邪惡精靈——無論他打算做什麼，都只會……」

「艾蜜莉把你當朋友，算你走運。」溫德爾陰鬱地說道。「你對我的國度毫無了解，假使你說不出好話，就麻煩你不要提起我的家鄉。」

「我不要受你恩惠。」羅斯吶喊。「我不要……」

「菲理士，說真的，這件事和你一點關係也沒有。」溫德爾說。「晚安。」最後那句話帶著魔力──我感覺到空氣嗡鳴，羅斯瞬間昏睡，有如腦袋挨了一棒。

「嗯。」溫德爾抬起羅斯的下巴觀察。「我很久沒有這麼做了。不過以他的狀況，確實需要好好睡一覺，對吧？看吧，我並非對於人類健康一無所知。雅瑞艾德妮，請你去拿剪刀和幾塊乾淨的布過來。」

雅瑞艾德妮急忙依言照做。她回來時，溫德爾露出溫暖的笑容道謝。「好了，親愛的，你先坐下吧。一回來就看到這種場面，你一定嚇壞了吧？」

「如果有我能幫忙的地方，我比較想幫忙。」雅瑞艾德妮稍稍挺直身體。

「眞勇敢。」他隨手點了點雅瑞艾德妮披在肩上的圍巾尾端。「你知道嗎？要是他有這條圍巾，那些邪惡小怪物絕不敢動他一根汗毛。」

溫德爾剪開羅斯的襯衫，清洗每道傷口。羅斯的刺青一直是眾人關注的話題，大家做了那麼多想入非非的揣測，事實上只延伸到手肘而已。我默默記下此事，這絕對會讓劍橋八卦圈深深失望。

「應該只要好好清洗一下就沒問題了。」溫德爾嘀咕，似乎在自言自語。「看吧！一洗毒就掉了。」

雅瑞艾德妮全程跟在溫德爾身邊，只要他一聲令下，她就去幫忙拿布、換水。那孩子眼中的驚恐已然消失，取而代之的是堅定，每當溫德爾給予稱讚，她的意志便更加強烈，而他經常予以稱讚，就算只是水溫很舒適這種小事也一樣。

一開始溫德爾有點迷惘。他清洗著傷口，然後用指尖戳了戳其中一道，傷口突然湧出玫瑰花瓣。

「不是那個。」他急忙說道，將同樣的動作反過來再做一次，成功止住了花瓣泉湧。「當然，我只是確認一下。」

「溫德爾。」我想說點什麼，但最後只能無能爲力地愣愣看著。我好像什麼都做不了，只能站在旁邊。一部分原因是感到驚奇——我的手渴望拿起筆和筆記本——但更多的是震驚，我很害怕。

「啊！我知道了。」溫德爾說。一瞬間，我好像看到一道銀光閃過羅斯癱軟的身體，那光芒就像細小的縫衣針閃爍。羅斯在睡夢中呻吟，身體似乎沒有那麼緊繃了。

雅瑞艾德妮發出像噎到的聲音。「老天。」我也忍不住低喃。羅斯的傷口確實癒合了沒錯，但留下非常詭異的疤痕，純銀，而且成幾何排列，彷彿一排交錯的縫線。他的耳朵最爲嚇人——大概是因爲傷勢過重，現在一半變成銀質，但最大的問題在於溫德爾裝反了。

「這個有點糟。」他滿懷歉意地說。「不過呢，天曉得，說不定很方便？而且反正可以戴帽子。」

「會不會有……副作用？」我說。

「噢，八成會。」溫德爾的語氣毫不在意，而且似乎感到無比自滿。「我無法準確預測。我猜他應該會更容易受到一些精靈魔法影響，也會對另外一些免疫。不過他的傷治療好了，這就是你要求我做的事，不是嗎？」

「對。」我忽然覺得好想坐下。幾秒之後，我才意識到我已經坐下了。就像在火車上那回一樣，我再次經歷了這樣的時刻，深刻且苦惱地意識到我跨出了自己熟悉的世界。我眼前的世界潛伏著各種危險，有著利刃與深雪，儘管我具備豐富知識，依舊是個凡人女子，沒有半點魔法可以給我指引。

你能了解風嗎？羅斯這麼問過我，那時我還嗤之以鼻！現在想起這句話，我不由得一陣顫慄。

「小艾，還有一件事。」溫德爾說。「你的斗篷。」

我回過神，發現他在觀察我的衣服，神情流露痛苦。「我的斗篷？」

「對。麻煩一下？」

我默默解開斗篷遞給他。他用拇指和食指捏著領子，鼻子皺起，讓我忍不住發出微弱抗議。「沒有**那麼**髒吧？」

溫德爾沒有回答，只是走進院子，開始用力抖我的斗篷。我和雅瑞艾德妮也跟著出去。

「溫德爾？」我疑惑地問。

「一下子就好。」他如此回應，一點解釋也沒給。他將斗篷用力往臺階側邊甩，彷彿那是一張沾滿灰塵的地毯，接著整件斗篷便動了起來。雅瑞艾德妮驚呼一聲往後跳，撞上了我。

「好了。」溫德爾滿意地說。他最後再抖幾下，忽然跌出一隻精靈。事實上，正是一隻狐精。

「Snáhaí（穿洞者），鬼鬼祟祟的壞傢伙。」溫德爾說道，對著狐精的方向抬腳作勢要踢。狐精尖叫起來，哭喊著逃往山腰，溫德爾回頭看向斗篷，用愛爾蘭語輕聲咒罵。他再次用力一抖，又跌出了另一隻狐精。

第二隻跟在同伴身後逃跑，叫得更大聲。「現在我們對他們有恩了。因爲我放他們走，所以啦——你隨時可以去討人情，懂了嗎？你老愛說我沒有遠見，現在就證明我有。老天，我討厭傷患的臭味！這個地方需要好好通風。」

他轉身回屋裡，幾秒後我們聽見大力開窗的聲音。

✦✦✦

隔天早上，我一大早就醒了。壁爐的火只剩閃爍餘燼，我的脖子陣陣抽痛。昨晚我決定在客廳的扶手椅窩一個晚上，方便留意羅斯的狀況——我們三人都沒有力氣扛他到樓上臥房，所以他睡在餐桌上，身上蓋著一件毯子。

我睡不著，開始在腦中一一檢視這一天發生的事，特別是我們遇見的那種兇惡群居型精靈。最後我乾脆起身，拿出記載了精靈百科二版要加上的附錄與更新內容的筆記本，希望能在今年交給出版社。我很快便沉浸在工作中，描寫我們在湖邊遇到的邪惡小型精靈，因爲他們的出現，我可能必須改寫高山群居型精靈的條目——之前關於狐精的紀錄都是在其他地方，這一帶從來沒有他們出沒的紀錄。以客觀角度來看，這其實是令人興奮的重大發現，絕對可以寫出一篇優質論文，想必能讓我獲邀參加柏林精靈學院的年度研討會——雖然規模比不上國際靈俗會，但同樣極具學術地位，因爲他們以嚴格挑選與會學者而聞名。

寫到這裡，我突然意識到這種行爲有多冷血。我熱切地夢想獲得學術上的傲人成就，完全沒想到其中一則修改內容涉及的受害者就躺在旁邊，滿身怪異傷口，但當下我一點也不覺得良心不安。

寫完筆記之後，我的心思回到地圖書草稿上。我取出幾篇探討德國精靈領域的學術文章，想用來與一本中世紀德國精靈故事集交叉比對，書中有張簡略的地圖指出德國境內五個精靈王國的可能位置。然而，我猛然從思緒中抽離，因爲不知從何時開始，對面的椅子上憑空出現了一個人。儘管我很驚訝，但思緒被打斷也令我惱怒，於是我把未竟的段落寫完之後才抬頭。

「寒意會直接穿透你。」那個人對我說。可想而知，出現的是跟蹤我的那個神祕人，他的口袋總是塞滿布條，現在也一樣。火光在他臉上投下影子，他似乎比第一次見面時年輕，但比第二次老一點。「在那種高度，風勢大到連靈魂都會被吹走。你有沒有看到它的影子？」

「拜託不要再打啞謎了，這樣眞的很煩。」我闔上筆記本。

他用一種奇異的眼神看著我——流露迷惘，幾乎像個小孩。接著他的表情又變得陰森，他煞有介事地說：「即使小徑崩塌，也不能離開。」

「哪一條小徑？」我詢問道。「會遇到頭髮有灰的鬼魂那條？還是另外一條？倘若我們無法理解對方的意思，我實在不明白你來找我有何意義。至少可以報上你的名字吧？」

「我的名字。」他重複道，眼神中的迷茫退去了一些，似乎能清楚地看見我了。「我有名字嗎？」

「這起點未免也太糟糕。」我說。「不過或許我能幫忙：你是布蘭・艾孔教授，任教於劍橋大學。一八六二年，你到這片山區尋找丹妮兒・德葛雷，結果自己也失蹤了。你出生於一八一七年，地點是慕尼黑。你的父親是有埃及血統的德國外交官，母親是學者，也是寒光島女王的遠親。一八二〇年，你們全家移居倫敦，你就讀一間只有權貴能入學的寄宿公學，校名是柯林伍公學。一八四一年，你取得劍橋大學樹靈學博士學位——教授，這些是否有助於讓你想起過去？」

艾孔沒有肯定也沒有否定。但我能看出在我訴說那些話語的同時，他一點一滴找回自己，使我明白我的假設正確無誤。我說完的時候，他的神智似乎接近恢復正常，也不再死命抓著布條。

「她出來了嗎？」他輕聲說。「丹妮逃出來了嗎？」

我好像應該用比較委婉的方式回答，但我想不出來該怎麼說。「丹妮兒．德葛雷始終下落不明。」

他注視著火堆，我很好奇他是否能感覺到溫暖。儘管他**看似**身在此處，但我有種莫名的篤定，只要我一移開視線，他就會消失。我和泛精靈相處時也有這種感覺，他們總是隨心所欲地踏入地景消失；因此我知道，即使他坐在這座壁爐旁，事實上依然受困於精靈界。

「我一直盼望她最終能逃出幻境。」他使用的是早年對精靈界的稱呼。「即使我將永無止境地徘徊於精靈領域邊境尋覓她，只要想到她會在凡界的某處慢慢變老，我就多少能感到安慰。懷德教授，你要知道，我成年之後的人生都在追逐丹妮，只是方式不同。」

「你受困的精靈領域是什麼屬性？」

「我剛才也說了，那裡是邊境。有一天我不小心走進霧中——那是一道門，流浪一陣子之後，我發現一棟小房子，裡面有幾個棕精靈坐在一起喝茶。他們嘲笑我，也不肯告訴我該怎麼走才能離開，我試著尋找來時路，卻怎樣也無法脫離。從此，我就在數個領域交疊的邊境地帶流浪——時間早已失去意義。有時我會遇到泛精靈，每次我都會向他們打聽丹妮的消息，但他們只是嘲笑我、戲弄我，往往使我更加迷失。不過多數時候只有我一個人身在那片有如日夜交疊的詭異地帶。」

我點點頭。去年在寒光島逃離精靈市集之後我也有過類似的遭遇。凡人特別難以在精靈界邊境找到方向；那種地方好比激流的邊緣，隨處都有無數渦流與漩渦，毫無頭緒闖進去的人絕對會受困。

他似乎回過神了。「今年是哪一年？」

我告訴他，他鄭重地點頭。「你怎麼會知道我的名字？」我問。

「有時候我會出現在你身邊，只是你看不見。我聽見你和別人交談。」

這件事讓我不太舒服，但學術上的著迷很快就占了上風。他受困其中的精靈領域真是神奇！究竟爲什麼會通往我這裡？「爲什麼你想找我？」

「我並不想。我也不願意一直被拉來你的周遭，我寧願把時間用來尋覓丹妮。」

「嗯。」事情愈來愈有意思了！我的頭腦興奮地快速轉動，努力想解開這個謎團。儘管如此，我依然保持專注。「樞紐在哪裡？」

他重重嘆了一口氣。「我也不知道，不過丹妮知道在哪。」

「她找到了。」我喃喃說道。他嚴肅地點頭。

「貿易通道理論是她的執念。儘管學術界抗拒這個理論，但她決心要證明各個精靈領域全都相通。」他停頓下來，一股暖意點亮他的臉。「你大概會以爲她是因爲在學術界受到嘲笑，心懷怨恨才如此執著，但其實完全無關。丹妮從來不在乎別人對她的看法。她的動機是科學。」

「那麼她找到了樞紐。後來呢？」

「後來呢？眞是個好問題！她在寄給我的最後一封信中說，她打算花幾天時間躲在安全的遠處觀察樞紐與住在其中的精靈，然後就啓程回家。」

「她會不會獨自進入了樞紐？或是受困於其中的縫隙？」

「丹妮很清楚不可以走進那種門，一定是發生了其他意外。這片山區到處都是精靈之門，沒人知道通往何處，也沒人知道門的另一邊有著怎樣的精靈。」

「確實。」我打量他。「既然知道這些事，你還來這裡尋找她，眞的很勇敢。」

「你嘴上說**勇敢**，但我聽得出你眞正的意思。不過，就算全世界都認爲我是傻子，我也不在乎。我會持續尋覓她，直到人生盡頭，甚至可能在生命結束之後繼續找下去——說不定我已經是半個幽靈了。你說過我已經失蹤半個世紀了——有時感覺時間更長，有時又彷彿才過了短短幾天。我還有精力與生命可以繼續尋找。」他突然往前傾身。「你想找樞紐，或許理由與她相同。懷德教授，你要找到丹妮，她會帶你去到那裡。」

我蹙起眉頭。「我要怎麼找到她？」

「你足智多謀。」他說。「而且還有那個精靈幫忙——對，我看到他了。說不定你能讓她重獲自由。」

呃，這要我怎麼回答？他的語氣帶著不顧一切的焦急。我注視著他，而他用力按住我的手——他的皮膚如此冰冷粗糙，觸感有如岩石表面，讓我忍不住驚呼。面對這樣的懇求該如何回應？他不是爲了自己，而是求我救德葛雷脫離精靈界，即使他得繼續在這片山區徬徨追逐她的影子，很可能永無止境，他也甘之如飴。

「答應我你會嘗試。」他哀求。「我徹底辜負了她，答應我，你不會讓她在絕望與孤獨中再度過半個世紀。給我這個小小的盼望吧。」

我張嘴想回答，但就在這時，雅瑞艾德妮的房門猛然打開，她穿著便鞋下樓，發出很大的聲響。「我聽見你大喊。」她揮舞圍巾，彷彿那是短棍，顯然以為我亟需她扮演笨拙的英雄。我急忙回頭看向艾孔，但已經太遲——他消失了，我注視著空蕩蕩的椅子。

十月二日

連日狂風暴雨使得我們這一週幾乎都只能在村子裡活動。今天早上風雨終於停了，我們得以回山谷繼續調查，可惜沒有什麼新發現，只在一棵樹上找到一道棕精靈的家門。我們很慶幸狐精沒有出現——茱莉雅．哈斯告訴我們，當地稱之爲「狐矮人」。這片山谷範圍太大，無法在一天之內完成調查，尤其不久前才下過暴雨，導致地面一片泥濘。

可想而知，我早已將艾孔來訪的經過鉅細靡遺告訴溫德爾。一開始他沒什麼意願幫忙找德葛雷，宣稱不靠她幫忙，我們自己也能找到樞紐。然而，當我描述艾孔耗費數十年尋覓戀人的經過，他的想法改變了。

「多麼淒美的故事。」他喟嘆，眼睛蒙上霧氣。「他似乎因爲這件事痛徹心扉。嗯，我們當然要把德葛雷從精靈界救出來，也要救艾孔。可是怎麼救？他從來不會出現在我面前，德葛雷更是到現在都下落不明。」

「前提是她沒有變成那座山脊下的一堆枯骨。」我說，惡劣氣候害我心情慘澹。「不過艾孔的建議很有道理，只要找到德葛雷，就能找到樞紐。我們跟隨她最後走過的路徑去到狐矮人居住的山谷時，那隻精靈腳也受到吸引。說不定德葛雷和樞紐都能在那裡找到。」

午夜訪客的破門嘗試仍舊持續，無論我們獻上什麼供品都無法平息，就連茱莉雅．哈斯做的炸蘋果也完全無效——那是一種當地的美食，蘋果切成圈之後裹麵糊油炸，最後再沾上糖。每天早上，門外的食物都會消失不見，不知是被吃掉或被施法變走；然而，每天晚上農

舍的門也都會留下新的可怕刮痕，彷彿遭到大型利爪攻擊。

今天早上的狀況特別令人膽戰心驚。我下樓後發現門板不只有刮痕，甚至還凹陷，門鎖卡住門框的地方變形。

「說不定晚上精靈還沒來，供奉的食物先被動物吃掉了。」我告訴雅瑞艾德妮我的想法。「所以他們才會這麼生氣，以爲我們是吝嗇的住客。」

雅瑞艾德妮點點頭，似乎想說什麼，但最後選擇閉嘴繼續吃早餐。

我勉強忍住嘆息。我和姪女的關係似乎每況愈下。剛才她還在和溫德爾熱烈爭論村中餐館的供品，顯然有很多想法，而且不怕說出來，但是對我就不一樣了。昨晚她嚇跑艾孔之後，我大發脾氣對她怒吼。隔天早上我道歉了，但用詞恐怕太過冷淡生硬。問題是，她那樣不顧一切衝過來實在是太傻了——她到底怎麼會以爲我需要她的救助？我原本可以對艾孔提出更多問題。

然而，姪女對我的冷淡態度加上惡劣天氣，使得我的心情更加低落——把事情搞得一團糟，卻又不知道該如何善後，這完全是我會做的事。

上週我們幾乎每天都去村子的餐館打發時間，溫德爾自是歡天喜地，但我只覺得無可奈何。餐館位在聖列索的一處制高點——山勢從教堂開始走下坡，復又隆起形成頂端平坦的小丘，丘頂長著兩棵發育不良的雲杉，而餐館正好坐落在兩棵樹中間。這間餐館是一棟木造建築，家戶必備的窗臺花架這裡也有，其中種滿色彩繽紛的花朵，一旁附設一間小店鋪，販售基本生活用品和觀光客喜歡的小飾品（在健行季節，偶爾會有觀光客造訪聖列索）。由於位處高點，四周的景色美不勝收，不過山丘上時刻颳著狂風，圍巾和外套要是隨手掛在椅子上，很可能會被吹到民宅的屋頂上方，甚至一路飛到附近的山峰。餐館的桌椅全都用釘子固定在木製露臺上。當地人似乎不太介意狂風，風勢再大也一樣在戶外用餐。

我對溫德爾提起這件事，主要是想讚賞鄉村居民的堅毅，沒想到他竟然回答：「這裡的村民幾乎全都有精靈血統。」語氣彷彿這件事再正常不過，他揭露這類祕密的時候都是這種態度。

「我的老天！」我驚呼。「你確定？不，不用回答，你當然確定。有多少？」

「大部分都只有一點。羅蘭・哈斯的曾祖父母當中很可能有一個泛精靈。」他拉妥圍巾，蹙眉看著某種東西——很可能是風。「我以前在類似的村落也看過這種現象，同樣是藏在偏遠地帶的聚落，凡人與精靈比鄰而居。我在南法見過兩次，在保加利亞的森林見過一次。」

「我完全不知道！」我心中滿是好奇。「像這樣的人會繼承特殊能力嗎？」

「噢，這我就不知道了。」他輕描淡寫地說。「我只發現無論生活環境多惡劣，那些人的日子都過得格外舒適，除此之外就沒什麼特別的了——你絕對想不到凡人血統會對精靈的魔力造成多大的破壞，即使是只有一半凡人血統的精靈，要施展最基本的偽裝魔法都很勉強。如果人類血統更濃，一般而言就不會有魔力。不過這種村落的凡人有一個共通之處：他們比一般人更願意保護精靈，雖然方法往往很傻。即使黑化妖每晚去畜舍作亂，偷走這些人飼養的牲口，他們依然不願意趕走黑化妖。無論如何，和這類人在一起的時候要多當心。」

「拉芬斯維克的村民也有類似的精靈血統嗎？」

「老天，沒有。大部分連一滴精靈血都沒有，不然他們怎麼會那麼理性又溫和？」

「我現在才發現原來你這麼有自知之明。」我語帶調侃，但老實說我很驚訝。

「艾蜜莉，我當然看得出來其他精靈的缺點。」我的驚訝又被他的回答徹底澆熄。

可想而知，我們選擇坐在**室內**。餐館內部氣氛溫馨、光線明亮，天花板用了許多巨大的橡木樑，想必是爲了抵抗狂風而設的固定機制。至於牆上的裝飾，基本上就是這種地方最常見的掛飾：各種狩獵紀念品。其中以雄鹿角數量最多，地板上還鋪著巨大的棕熊毛皮。不過牆上的掛勾也掛著幾樣樂器——豎琴、齊特琴，以及一種形狀特殊的手風琴。聖列索的居民熱愛音樂，幾乎每個人都會彈奏樂器，最少也能唱歌不走音。或許這也是精靈血統的證明，但也可能只是因爲地處偏遠，加上大半年都是冬季，所以格外需要娛樂。

餐館老闆熱情地歡迎我們，他名叫埃伯哈．佛洛姆。載我們上山的車夫彼德．瓦吉納介紹我們認識，愛絲翠．哈斯也在一旁幫腔。她和雅瑞艾德妮如今已經是手帕交了，才短短幾天就混得這麼熟，我實在不懂她們是怎麼辦到的。溫德爾喜孜孜地在巨大的壁爐旁入座，和埃伯哈聊得很愉快，那裡正是餐館的中心位置，因此他們也成爲室內所有顧客的注目焦點。村民和我的關係並沒有變得熱絡，因爲我不擅聊天又總是問東問西，但溫德爾和雅瑞艾德妮憑藉個人魅力贏得村民喜愛，羅斯也深受敬重，因此村民願意連帶接受我，就像忍受酒裡摻一點水那樣。

令我欣喜的是，村民都很樂意分享他們所知道的精靈故事，似乎頗以當地精靈爲榮。從這些故事中，我得到兩個結論：

一、在聖列索一帶經常有人看到艾孔和德葛雷。

在阿爾卑斯山這一區，許多學者都曾記錄下有人目擊布蘭．艾孔的證詞。在多數案例中，他只是一個陰暗的人形，詢問路過的人有沒有見到德葛雷，有時甚至只是遠方的一道聲音呼喊著她的名字。但最令我驚訝的是幾位村民也曾見過德葛雷。

大約四十年前，埃伯哈曾到附近山谷中的亞德勒沃森林尋找走失的獵犬。他剛離開步道就遇見一個奇怪的蘇格蘭女子，頭髮是鮮豔的綠色[14]，一身厚重衣物更適合積雪山巒，而非森林漫步的裝束。她身上帶著許多布條——這種做法在亞德勒沃很罕見，因為這裡的居民通常不會如此提防精靈——另外還有一支動物的角。埃伯哈問她是否需要幫助，她便要求他通知劍橋大學的布蘭．艾孔她在這裡。錯愕的埃伯哈告訴她，幾年前艾孔在尋找她的過程中自己也失蹤了，她隨即破口大罵，轉身衝進森林，一邊怒吼著：「難道所有大小事都得由我來做？我幫他收鞋子、提醒他梳頭，現在還得設法把我自己**和他**救出精靈界。」

茱莉雅．哈斯已故的婆婆十多年前也曾遇過德葛雷。這回德葛雷似乎比較年輕——四十歲左右，差不多是她失蹤時的年齡。這表示德葛雷像艾孔一樣，不只迷失於空間，也迷失在時間之中。等到我們將她救出精靈界——假如真能辦到的話——她會落在什麼年齡，我們只能猜測。這一次，德葛雷只是問哈斯太太去村子的路，沒有提及她的處境，然後便消失在哈斯太太所指的方向。

另外還有三位村民表示這些年曾經見過德葛雷，全都是隔著一段距離。奇怪的是，她似乎將注意力全放在隨身攜帶的那支角上，即使察覺有村民經過，也不願和他們交談，只顧著將那支角舉在身前，彷彿那是照亮她苦難之路的提燈。

相對而言，村民歷年來目擊艾孔的次數頻繁許多。恩斯特．葛拉夫便記錄到超過兩百次，其中八十五次是第一手陳述[15]。很有意思的是，葛拉夫沒有提及任何目擊德葛雷的故事，甚至連簡略帶過都沒有，而我讀到的其他學者文獻中也沒有。我大概猜得到原因：村民不喜歡提到他們。大部分的村民相信德葛雷之所以發生意外是出於人爲疏失，而非精靈搗蛋，根本不會去思考她受困於精靈界的可能性。溫德爾相信這是因爲村民對精靈有強烈的認同感；比起易怒的艾孔，德葛雷更有魅力，因此要承認艾孔是受到精靈捉弄而失蹤比較容易，換作德葛雷就比較難，再加上目擊德葛雷的事件相對罕有，因此很容易被忽略。我們之所以能誘導那幾位見過她出沒的村民說出實情，完全得歸功於溫德爾迷倒眾生的魅力。

相較於德葛雷，艾孔比較不願意和村民交談，葛拉夫只記錄到一次對話，當事人是一名牧羊女，艾孔似乎誤以爲她是德葛雷。發現自己弄錯之後，艾孔便對倒楣的牧羊女惡言相向，罵她太愚蠢，竟然獨自闖入這片到處是精靈的危險地帶，罵完之後他就氣呼呼地衝回霧中。我找那位牧羊女談過，她名叫珠莉·魏森道，到現在已經過了三十年，想起當時的遭遇她依然相當害怕。也難怪人們想起艾孔時總是沒好話，與德葛雷的待遇截然不同。

14 丹妮兒·德葛雷的外型非常有特色，單憑敘述也不會誤認。為她寫傳記的馬修·瓊西表示，她的頭髮之所以是綠色，很可能是精靈詛咒所致，或許是霍布搞的鬼。德葛雷在學術生涯早期曾對霍布進行深入研究，這種淘氣的精靈會對惹怒他們的人進行毀容報復。德葛雷本身從不曾解釋髮色的來由，甚至宣稱非常喜歡這種顏色，因為「在時尚這把大傘之下，所有東西都能與之產生激烈碰撞」。

15 《當精靈學家成為民間傳說：艾孔與德葛雷之謎》，第三版，一九〇〇年。

二、尋找樹形羊仙遠比我們預期中的更危險——也更重要。

幸好目擊樹形羊仙的紀錄大多發生在狐精居住的山谷附近，當地人通常稱該地爲綠眼，那座湖也是同名。

當地人對樹形羊仙的看法比其他精靈更糟——雖然同樣不說壞話，但村民勸我們要不惜代價避免接觸那種精靈。樹形羊仙與這一帶山區的傳說緊密交織，儘管少有村民願意說這種精靈的名字，但這裡的人認爲他們服侍惡名昭彰的長角聖誕妖怪坎卜斯，因此稱之爲「小坎卜斯」或「坎卜斯獵犬」。據說坎卜斯喜歡綁架兒童，只會在聖誕節發動攻擊，但坎卜斯獵犬卻不分時間。

很少有人目擊羊仙，少數目擊者也因爲迷信而不肯仔細描述過程，無論溫德爾發動多強的魅力攻勢都沒用。埃伯哈的一個兒子說：「他們不喜歡被看見。」這就是我所得到最長的敘述了。

十月四日

這是我第三次嘗試寫下發生何事——火堆已經快熄滅了，只剩下餘燼。這次我是否能記下所有經過？還是會再次陷入驚駭，頭腦一片空白，任由墨水滴在紙上？

昨天我一早便起床整理筆記。我發現自己很享受黎明前坐在窗邊的感覺，欣賞繁星逝去、朝霞灑落山谷，被月色映出幽幽微光的山頭白雪恢復原貌，而影子仍然在我腳邊打瞌睡。這個時間的農舍感覺格外舒適，時鐘滴答走動，壁爐的火堆劈啪燃燒，與窗外的曠野形成強烈對比。

工作的同時，我經常偷瞄大門，希望能將破壞門板的兇手逮個正著，但我沒有傻到打算單獨面對他們，而且我也會害怕。我沒聽見大門附近有動靜，但外面風很大，門窗隨之震動，可能掩蓋了許多聲響。

我蓋上筆蓋，張望農舍室內。可想而知，現在屋內之溫馨愜意，好比熊的冬眠窩，只是這隻熊顯然有潔癖。溫德爾派雅瑞艾德妮去村裡的商店，在她的口袋裡塞滿了錢，天知道究竟多少——商店老闆會對我們那麼友善，這點應該也是原因之一——他要她買一堆沒用的東西：染成亮藍色的羊毛地毯，這似乎是聖列索的時尚家居必備單品；畫上音符的花瓶、野花香氛蠟燭，以及五花八門的小裝飾，包括一臺縮小版的當地特色手風琴，雕工非常精細。雖然跑腿無關學術，雅瑞艾德妮卻似乎樂在其中，在她回來之後，他們兩人一起誇張地稱讚所有東西，溫德爾按照自己的喜好布置，我的姪女則熱烈捧場。我決定默默忍受這種折磨，畢個家的氛圍。

愈來愈舒適，雖然最近這幾天溫德爾好像沒做什麼，但或許光是夜精靈的存在便足以改變一定地表示一定是爐灶小矮人來過，農舍的環境才會如此舒適。隨著時間過去，農舍明顯變得弄的，屋內變得比先前更加明亮，所以閱讀時眼睛不會太累。前幾天茱莉雅送來早餐時，堅竟錢是他的，他愛怎麼花我管不著。這些改變帶來的效果其實很不錯，不知道溫德爾是怎麼

我放下工作去幫影子擦藥膏，現在我每天都會替牠的腳趾和腿部關節上藥。最近幾個月我經常爲老狗的健康擔心，雖然牠平時步伐就很笨重，但現在更顯得僵硬，尤其是在寒冷的日子。我幫影子擦藥的時候牠把頭放在我的膝蓋上，閉起眼睛休息。

我起床約半個小時後，羅斯也下樓了，動作很小心。他的情況似乎好多了——幸好他的疤大多留在衣服蓋住的地方。儘管如此，他在後半生都必須向其他學者與一般人說明爲什麼他的一隻耳朵反過來，而且有奇特的銀疤。樹靈學家向來以身上時常出現詭異傷勢而聞名——我的斷指、萊托勒的石手肘——不過我想不出比這個更怪異的傷。

最後，我不得不親自去叫溫德爾起床——最近他睡覺的時數愈來愈長，我很擔心，因爲這可能也是中毒導致的。他明知道我擔心卻幫不上半點忙，只會重複說他不知道中毒的症狀有哪些、他這輩子第一次中毒當然不會知道，而且還是在他生日當天。

半個上午過去了，我們終於出發，在一小時後抵達綠眼谷。天氣和煦，很適合健行，不過風勢依然強勁，呼嘯風聲使得我們無法交談，偶爾甚至會將隊伍中比較輕的人推出步道——也就是我和雅瑞艾德妮。影子的深色長毛同樣被風吹得亂七八糟，但行動全然不受狂風影響，畢竟牠在任何氣候中都能怡然自得，是令人相當羨慕的特質。

山谷中風景如畫，優美小湖倒映插天山峰，令人心曠神怡——由於先前花了太多時間在這裡做調查，我幾乎有種回到家的感覺。不過羅斯應該沒有同感，所以我沒有說出來。

「往哪邊走？」羅斯問。重回山谷並未使他表現出畏懼，我不禁提醒自己，在他數十年的學術生涯中想必也接觸過形形色色的精靈並留下不少黑暗記憶，這次受傷也只是其中一段插曲。

「我們應該再去森林搜查一次。」我嚴肅地說。「我依然認爲樞紐在那裡的機率最高。」

溫德爾懷疑地咕噥。「如果眞的有，我早該感應到了，小艾。」

我沒有回應，他也沒有繼續說下去——我們之前已經爭論過了。雖然他自認對精靈之門有高度敏銳的感應能力，但我懷疑可能是他太過自信。精靈本能是一回事，證據是另一回事，而證據指向山谷的這一部分。看來要到最後才能知道誰是對的。

進入森林前我們先分組，不過依然保持在能看見彼此的距離。這次我沒有費事將精靈腳拿出來——很遺憾，這隻腳一再證明自己只是無用的負擔。好吧，或許說它**無用**措辭太嚴厲了，畢竟精靈腳確實帶領我們來到綠眼谷，但似乎無法將範圍縮小到有幫助的程度。就好像明明身爲導遊，卻對當地只有淺薄的認識，來來回回遊蕩，自信滿滿往一個方向出發，然後又倒回來嘗試另一個方向。

當然，最大的問題在於精靈之門的本質。

倘若精靈之門的外型眞的像一扇門，由木材或石頭製作，具備門把、門框和相關特徵，那麼尋找的過程也不會如此艱難——只要搜尋鄉間，打開遇到的每扇門探頭進去看，直到找到正確的那扇門即可。然而，倘若門可能藏在山壁的任何一個縫隙中、霧氣的任何一個漣漪裡，那要怎麼找？

除此之外，精靈之門會移動，而地形本身也是常見的障礙。綠眼谷的地貌如此複雜，山坡陡峭難行、山峰雲霧繚繞，想要徹底搜遍所有地方近乎不可能。

「啊。」溫德爾突然出聲。「這條路本身就是一道門，你們在這裡等。」

於是我們停下腳步等候，努力在陡坡上站穩，忍受強風吹來的塵土與霧氣撲打頭臉。只見溫德爾沿著小徑慢慢往上走，突然間消失在地景之中，毫無預警。每次他這麼做我都覺得頭昏腦脹，很難精確形容這種混亂的感受。這就好比看著一個人繞過轉角消失，只是這次沒有轉角，什麼都沒有。影子不快地叫了一聲，邁開腳步像是想跟上。雅瑞艾德妮搖晃一陣之後重重坐下——在不穩定的碎石坡上這樣做很不明智，她立刻整個人往下滑。羅斯不得不拉住她的圍巾，以防她繼續滑落。

溫德爾重新出現，就像他消失時一樣令人不適。「什麼都沒有。」他說。「那道門通往幾個棕精靈的家，但早就荒廢了。」

我們離開小徑，沿著一排杯形的紅色野花往前走，此前我從未見過這種花。這時，我們突然看見鑲在小山洞中的精靈之門——一扇**真正的門**，因爲精靈實在太反覆無常，就連他們的無常本身也充滿反覆。

這扇門只有大約兩英尺高，彩繪融入山景，棕灰色碎石堆中添上幾抹綠，感覺就像看著靜止水面映出的倒影。唯一漏餡的只有門把，很難以人類的詞彙形容，頂多只能說像是裝在冰塊裡的霧。

「感覺像是棕精靈的家。」溫德爾說。「不過我還是確認一下好了。」

他推開門，走進陰暗的內部，轉眼就不見蹤影——我弄不懂他是怎麼進去的。那扇門似乎在一瞬間變大以容納他，但我還來不及搞懂其中的機制，轉眼間他又衝了出來，門也縮回原本尺寸。幾個小小的瓷杯和杯碟跟在他身後飛出，感覺像人偶用的，其中一個砸中他的肩膀碎裂。緊接著，一名矮小的精靈跑了出來，他的身高勉強到我的膝蓋，身上穿的衣服好像是雪做的浴袍，頭上戴著白色睡帽，從頭到腳包得密不通風，我只能看到一雙黑色大眼。精靈揮舞著平底鍋大吼大叫——至少我是如此認為——但他的聲音實在太小，我只能聽見一兩個字。那是一種精靈方言，我聽不懂，不過即使標準精靈語與精靈方言的咒罵用詞有所不同，情緒依然十分明確。

「老天！」羅斯跳開以免遭受池魚之殃。

「我不……搞什麼鬼……拜託你**住手**。」溫德爾叫嚷起來，舉起手臂抵擋攻擊。「好啦、好啦，我應該先敲門才對，可是你真的有必要這樣嗎？」

精靈不斷尖聲咆哮，然後將平底鍋扔向溫德爾的頭——他躲過了——這才回到屋內用力甩門。

我和羅斯彼此互望。雅瑞艾德妮愣愣地看向溫德爾又看向那扇門，雙手緊抓住圍巾。「可惡的冬精靈。」溫德爾一邊咒罵，一邊用手掃掉斗篷上的瓷器碎片。

「**冬**精靈？」我重複。

「四季的守衛——至少他們自命爲守衛。」他酸溜溜地說。「說眞的，我覺得這只是浪漫化的藉口，其實他們就是喜歡到處用霜和風欺負人。現在好像還不到他起床的時間，結果被我吵醒了。」

我從未聽過這個分類，不過最近太常遇到驚奇的事，我已經麻木了。我沒有繼續追問，只是將這件事寫下來。和精靈一起工作恐怕會讓我的頭腦變成堆滿學術寶藏的閣樓，難以記起有哪些藏品。

一片移動迅速的厚重雲層籠罩山谷，邊緣的細絲如手指般伸向我們棲身的山腰，讓人難以看清返回森林的小路。下山時，羅斯因為疲憊而面色蒼白，雅瑞艾德妮則滑倒兩次，臀部著地往下滑了幾英尺。

「你懂我的意思了吧？」溫德爾說，一開始我以為他是在抱怨路難走，但並非如此，他只是在堅持歧視泛精靈的自大偏見。「從那種生物身上怎麼可能問出有用的消息？他們全都是沒用又壞脾氣的小惡魔。」

「這種缺點絕對只限泛精靈才會有，是吧？」我本想繼續說下去，但我踩到一顆石頭，踉蹌了幾步。

溫德爾抓住我的手協助我站穩，然後將我猛往左拉。

「霧裡有一道門。」他解釋。「才剛逃離那個亂發脾氣的傢伙，現在我沒心情去調查。」

「你只是想牽手吧？」我嘀咕，但我不介意。

「這樣做太欠缺紳士風度。」

「你本來就不是紳士。」

「事實上，很多精靈都很紳士，反而是很多凡人男性毫無紳士精神。」

森林中雲霧太濃重，掩住了四周的聲音。我瞥見動靜——一個精靈蹲在樹後面看著我們，嚇得我往後一跳。雖然我只瞥見一眼，精靈就消失在樹林裡，但他簡直是噩夢裡的怪物。

那個精靈的怪異模樣讓我想起灰光妖，那是除了溫德爾之外，我唯一見過來自狼之森的精靈，而且他的頭上好像——有長角？我很想追上去，但溫德爾打斷了我的思緒。

「艾蜜莉。」溫德爾專注地看著天空，現在遍布滾滾烏雲，陽光只能從雲層的破口探出頭來，非常微弱。「我們該回去了。」

我愣了一下。溫德爾用的是精靈語，當我們不希望旁人知道談話內容的時候就會用精靈語交談，但是必須壓低音量，因爲精靈語是種奇特的語言，有著人類語言欠缺的音樂性。精靈語具有許多奇妙的特質，其中一項就是方言通常會用到該地區最普遍使用的凡人語言。因此溫德爾的精靈語挾帶著一些愛爾蘭語詞彙。我的精靈語很流利，但我不懂愛爾蘭語，因此有時不得不要求他解釋。

「拜託不要告訴我你已經累了。」我回答。羅斯瞪著我們——老一輩的學者認爲沒必要熟習精靈語，因此很少有人特地去學。雅瑞艾德妮正在學，但她差不多只是初學者的程度——她大概可以用精靈語詢問圖書館或火車站在哪裡，前提是精靈界有那種東西，不過從她眉頭糾結的表情判斷，她沒有聽懂我們交談的內容。

「雲看起來不太妙。」溫德爾說。「不要告訴其他人，編個藉口就好。」

我花了一點時間才搞清楚他的意思，想通之後，我緩緩吸一口氣讓自己保持鎮定。有些精靈會受到人類的恐懼吸引，一如鮮血吸引鯊魚。溫德爾相信附近有這類精靈，因此希望避免引起其他人的恐慌。不過我猜不出雲有什麼問題。

「我們回去吧。」我對羅斯與雅瑞艾德妮說。「快變天了。要是暴風雪提早來到，我們會受困在山上。」

剛才千辛萬苦才走下來山腰，所以他們兩個都沒意見，我們迅速回到山稜上。可惜當我們抵達的時候，雲層已經變得更黑，形狀也變得更怪，有如布料撕裂的邊緣。我感覺到雲霧碰到臉，不由得打起哆嗦，因爲觸感潮濕又粗糙，一點也不像雲。我不時會看到類似馬頭的輪廓，但每次馬的嘴都張開到極限，最後裂開。影子像平常一樣守在我身邊，開始發出低吼。

「怎麼可能？」我喃喃說道。

溫德爾看我一眼。「小艾，看來你猜出來了。你當然會猜到。」

「拜託你們解釋一下。」羅斯焦急地說。

我們在山稜上停下腳步，雲霧在我們四周盤旋。「逃也沒用了。」我說。「鬼獵人[16]即將來訪。」

我的語氣平靜得很不自然，感覺像在對學生講課。面對險惡精靈時我經常如此，只是這次我表面沉著，內心卻感覺到洶湧的恐懼。

羅斯呆望著我。「你瘋了嗎？鬼獵人可是愛爾蘭精靈。沒錯，他們會在愛爾蘭恣意橫行，但怎麼可能跑來歐陸？」

「是的。」我依然保持詭異的平靜語氣。這種怪物是被派來殺害溫德爾的。「確實十分異常，但徵兆很明顯。」

「我們還有多少時間？」雅瑞艾德妮著急地問。她死命抓著圍巾，手指因使勁而發白。

「在故事中，鬼獵人需要幾分鐘的時間從雲霧化成人形。」我說。

「幾分鐘。」她無力地說。

溫德爾低聲喃喃自語，不斷來回踱步。他從口袋掏出一枝鉛筆，用力搖晃一陣之後化爲劍。接著他持劍一次又一次劈砍雲層，羅斯與雅瑞艾德妮不得不後退幾步，遠離他身邊。

我抓住他的手臂搖晃。「溫德爾！鬼獵人怎麼可能出現在這裡？他們用了樞紐嗎？」

「什麼？」他疑惑地說，彷彿我的聲音跨越很長一段距離才傳入他耳中。「不是，他們不需要樞紐。這些年鬼獵人很少到處跑了，但他們的獵場包括英格蘭、法國，以及很大一部分的德國。他們會追蹤我來到這裡也不奇怪。」

我搖搖頭。「可是你的繼母怎麼有辦法雇用他們？鬼獵人很少參與暗殺任務。」

「我親愛的繼母最擅長收買人心，她很清楚對方渴望什麼，而且會親手奉上。她非常善於解讀心思，在這方面我父親望塵莫及。或許她答應讓他們在野木沼澤狩獵，我們最上等的豬都養在那裡，也可能……」

我抓著溫德爾的手臂將他往後拖，因爲雲霧已凝結成人形——一個滿臉風霜的蒼老精靈，大概四英尺高，他騎在一匹碩大的戰馬上，馬的體格補足騎士的身高劣勢還綽綽有餘。老騎士的打扮華麗到滑稽的程度——輪狀皺領、裝飾羽毛的高帽、好幾碼長的絲質披風——乍看之下或許引人發噱，然而穿著這套衣服的精靈惡名昭彰，學者稱之爲死神化身。他是我至今見過最醜惡的精靈——這點可不容易達成——他的臉龐浮腫，而且滿是縱橫交錯的可怕

16 愛爾蘭傳奇中經常出現的角色，往往被描述為騎著怪物雲馬的老人。雖然原因不明，但在這個世代目擊的次數愈來愈少、間隔愈來愈久，因此逐漸不為人知。然而，在愛爾蘭東南部依然保留相關習俗，每當颳起狂風，厚重烏雲在天空集結，形成如馬頭一般狹長有鬃毛的形狀，當地人便會躲在家中。根據鬼獵人出沒頻繁的時代留下的傳說，他們最喜歡的獵物是鹿，但興致來的時候也會獵捕人類。

疤痕，看起來彷彿經常和野狗摔角。

戰馬衝刺而來——牠的動作有如一陣風，馬蹄幾乎沒有碰到地面。溫德爾猛然將我推開，我絆到石頭，滾落山坡幾碼。我停下來的時候，戰馬的頭只剩一半——我敢保證，這樣比整個馬頭不見更可怕，因爲溫德爾只是一劍從馬的頭頂砍穿到脖子，沒有拔出來，就這麼讓劍卡在血肉模糊的傷口中。現在馬頭以恐怖的姿態胡亂甩動，有如被扔在碼頭上的魚。戰馬邁步奔過他身邊，馬背上的精靈騎士放聲怒吼，直到被坐騎甩落——算他倒楣，剛好掉在溫德爾面前。溫德爾使出行雲流水的招式，用另一把劍砍掉精靈的頭。

戰馬蹣跚墜落懸崖，騎士的頭也緊跟著滾落，我聽見羅斯嘔吐的聲音。儘管頭昏眼花，我還是站了起來，及時趕到雅瑞艾德妮身邊將她撲到一旁，因爲另一個鬼獵人出現在她身後。鬼獵人的戰馬小跑步經過我身邊的同時，劍尖從我的頭頂揮過，我聽見**咻**一聲，很可能削掉了幾撮頭髮。我手忙腳亂地站起來，尋找溫德爾身在何處，但他突然出現在我身邊。

「數量太多。」他抓住我的手。「我必須送你們去別的地方，你們對鬼獵人來說太礙事了。」

「影子！」我大喊，但大狗來回衝刺，對著一片雲霧撕咬咆哮，沒有聽見我的聲音。

「別管了。」溫德爾說。「他們不會攻擊狗靈。」

「我**絕不會**拋下牠。」我怒吼，但溫德爾沒有在聽。他整個人籠罩在一種駭人的冷靜中，之前我在寒光島野地也見過這種狀態，當時他殺光了一整群暴格，而且是徒手將他們撕成兩半。我抓住雅瑞艾德妮的手臂，羅斯則抓住我的肩膀——他的反應依然如此迅速，但我暗暗希望他能不要那麼用力地抓著我。

接著溫德爾做了一件我只從遠處觀察過的事：他踏入山景中，將我一起拉進去。

我會盡可能描述這次的體驗，因爲我絕對會爲此寫篇論文。這篇論文肯定能爲我贏來各大學術會議的邀請函，我想參加哪一場都沒問題，不過我也察覺到，當我們逃離那些從雲中湧出的殺手時，我完全沒有想到學術會議，至少不是當下我最在意的事。

感謝老天，踏入山景並不像是一頭栽進堅實的物體，比較像是走進黑暗隧道，內部有如山巒中心一般寒冷，令我不禁倒抽一口氣。溫德爾眞的拖著我們穿過了整座山嗎？或者他只是創造出一條穿過精靈界的暫時性便道？

我還來不及整理好思緒，突然腳下一滑，踩上潮濕且長滿青苔的岩地。我用力咳嗽，試圖清除喉嚨裡結冰似的感受。

「這是什麼地方？」雅瑞艾德妮問。

我也不知道答案。我們闖進了一片沼澤地，四周高山環繞，投下冰冷陰影。這是一片渺無人煙的荒地，阿爾卑斯山峭壁崢嶸，眼前的冰冷沼澤不知有多深；我看不到可以休息的地方，也沒有離開的道路。水淺處長著我至今見過最漂亮的一片野花，白花伴著由淺到深的各色紫花，空氣中飄散甜美香氣。我發現自己因爲這片野花的存在而感到憤懣，我知道這樣很不合理，但感覺就好比摔倒之後還被人嘲笑。

「你原本要帶我們去哪裡？」風勢大太，我得用吼的問溫德爾，同時努力在泥濘中跋涉。

「我們的農舍！」他說完之後隨即吐出一連串咒罵，彎下腰用一手按住頭。

眼看溫德爾就要一頭栽進冰冷沼澤中，我蹣跚趕過去及時拉住他，然後扶他到其中一塊浮出水面的生苔大石上坐下。

「可惡的毒。」他沙啞地說。

「怎麼回事？」我焦急地詢問。溫德爾感覺好像不完全**存在**——他的輪廓變得模糊，我彷彿正企圖抓住無形的風。於是我更用力地抓住他，伸出一隻手臂環抱。我看過他這個樣子，是在寒光島我不小心用斧頭誤傷他那次。

溫德爾往天空望去。一開始我還以為他是嫌我瞎操心想翻白眼，但很快我就看到滾滾烏雲從附近的隘口湧入，朝著沼澤地撲來。

溫德爾勉強站起身，再次抓住我的手。我差點來不及抓住雅瑞艾德妮——幸好她還抓著羅斯，他瞠目結舌地呆站著，彷彿整個人結冰——下一秒溫德爾再次拖著我們踏入地景。

這次的體驗比上次更糟。先是感覺到一陣陰濕的寒意和腳下的黏滑，然後我們便出現在一個村子的廣場上。

我們依然在阿爾卑斯山區，這是我唯一確定的事。山峰與鞍部高聳入雲，山壁參差，彷彿出自技藝不精的雕刻學徒之手，但這裡絕對不是聖列索。首先，由帶著暖意的微風可以判斷出這座村子海拔比較低；而且在瓦片屋頂後方隱約可以看到一個遼闊的藍色大湖，聖列索附近沒有這麼大的湖。廣場上有間餐廳，許多村民坐在露天座位，一臉驚愕地看著我們。

「這是什麼地方？」羅斯大喊。「我的天啊！難道是班恩斯？距離整整五十英里呢！」

「跑錯村子了。」溫德爾喃喃說道。他坐在石板地上，一條腿屈起，前額靠在膝蓋上。

「我需要……」他思考了一下。「我需要高海拔，鬼獵人討厭雪。」

「以你現在的狀態，搞不好會把我們帶去湖底！」我高聲抗議。「我們必須在這裡先找個地方住下，等你情況好起來再離開。」

「艾蜜莉，」羅斯氣急敗壞地駁斥，「我們不能讓鬼獵人來這裡突襲一個**村莊**。」

「來這裡？」我重複。「你在說什麼傻話？假使這裡**真的是**班恩斯，距離應該夠遠，鬼獵人追蹤不到我們，至少沒這麼快。」

「別傻了。」羅斯反駁。「鬼獵人非常善於追蹤獵物，他們一定很快就會發現我們逃跑了。我們必須立刻離開，我不在乎去哪裡——如果真的沒地方可去，那還不如回沼澤。至少我們不會連累別人。」

「溫德爾現在的狀況沒辦法帶我們去任何地方！」

我們就這樣大吵了一陣子——一旁開始有人圍觀，兩位村民以緩慢的動作接近，彷彿我們是受傷的野獸，他們想幫忙，但不確定我們會不會傷人。溫德爾完全沒有注意到周遭情況——他就這麼坐在地上，頭靠著膝蓋深呼吸，儘管廣場上相當溫暖，他卻全身顫抖。

「班柏比教授！」雅瑞艾德妮大喊。話音未落，溫德爾已經奮力站起來抓住我的手，拉著我走向廣場中央那幾棵橡樹，我領悟到我們一定是從那裡出來的。與此同時，他將我整個人轉了半圈，我這才看到雅瑞艾德妮剛才驚呼的原因，雖然我已經猜到了——一片詭異的雲從大湖的方向接近，起伏飄動的模樣有如一千匹馬的鬃毛。

在我們再次踏出地景後，羅斯立刻放聲尖叫。我們站在一片冰天雪地的嚴峻山稜上，距離峰頂不遠。這座山極爲陡峭，有如狹窄崎嶇的通天之路。地面感覺有好幾英里遠，狂風呼嘯，吹來冰晶。我心中有個聲音冷眼旁觀道：也好，至少我們在雲的上方。

「雅瑞艾德妮！」我大喊，抓住姪女的手。她站在稜線上最狹窄的地方，寬度差不多等於鞋子的長度，要是我沒有抓住，她一定會被狂風掃落。

溫德爾蹲坐在山壁的凹洞裡，一手遮住眼睛，對於我們身處的艱難環境毫無覺察，我終於明白發生了什麼事：毒藥使他體內的魔力凝結，每次使用魔法他都會感到疼痛。

我跪在他身邊，一手環住他的肩膀。「有什麼我能幫忙的嗎？」

「有。」他輕聲說道。「答應嫁給我。」

「老天。」既然還能逗我，看來他的狀況也沒那麼差，我鬆了一口氣。「不然我乾脆就在這裡拒絕你好了。失戀或許有助於轉移心思，讓你忘記毒藥的影響。」

「小艾，只有你會認爲失戀是**轉移心思**的好辦法。要是我求婚的對象是書櫃，說不定能得到更有同情心的回答。」

他突然定住，我的眼角餘光看見了——下方的山谷湧出烏雲。他強迫自己抬起頭，喪氣似的往外伸出一隻手。我們上方的山壁裂開，發出轟然巨響，岩石與冰往四面八方落下。我轉過頭，發現一秒前只有岩石與冰雪的峰頂現在出現了一座城堡。

那是座有點歪斜的小小城堡——兩座塔樓的形狀與大小都不一致，擁有數量驚人的窗戶，卻看不見任何一扇門。城堡的石牆上長滿青苔與長春藤，與四周只有狂風與冰雪的荒蕪環境形成強烈對比，有如肅穆的守靈會場中出現一位珠光寶氣的華麗悼客。

「你造了一座城堡。」我無力地說。

「一座可恨的城堡。」我原本以爲他只是嫌棄不夠好看，沒想到他接著又說：「不要離開大廳，千萬不要爬上塔樓——裡面有虛無深淵，相信我，你不會想遇到住在虛無深淵裡的那種精靈。」他搖搖晃晃站起來，然後推我一把。「快進去！」

羅斯不需要催促，他已經以驚人的速度朝城堡奔去，看來死亡近在眼前能瞬間改善人的靈活度。雅瑞艾德妮像風車一樣揮動雙臂，讓人看了就緊張，於是羅斯一把抓住她，一路拖著她跑。此時溫德爾拍拍我的口袋，取出另一枝鉛筆。我不知道他之前用的那把劍去哪裡了，八成是路上隨手丟了，現在已經埋在某座山的深處。

「溫德爾。」我叫住他，因爲我確信一定能想出更好的辦法，不必殺出一條血路。他連站直都很勉強了，而且不停伸手抹眼睛，好像想要抹去遮擋的東西。

「菲理士！」溫德爾一喊，羅斯立刻目光兇惡地跑回來，一把抓住我的手臂。他拽著我走向那座荒謬的城堡，我不禁氣憤地怒吼，因爲他們兩個都讓我很生氣，但最讓我火大的還是溫德爾。然而掙扎只會害我們一起跌下山坡，我只能勉強自己忍受被拖進城堡的命運。溫德爾拿著我的鉛筆——現在變成一把彎刀——大步往前走，準備迎戰下方逐漸聚集的噩夢烏雲。

✦✦✦

由於城堡的外觀很荒謬，我以爲內部也一樣，沒想到格局很簡單：大廳一側有一座壁爐，另一側則是一道樓梯，二樓與三樓都是臥房，像貝殼一樣潔白，但幾乎什麼都沒有，每個房間的壁爐都燃著火。稱之爲城堡似乎不太正確，比較像城堡的門樓，基本上只有一個石造中央大廳加上兩邊各一座塔樓。那兩座塔樓令人十分不安，我們不敢進去勘查——除此之外，這座城堡最怪的地方是好像無法確定大小。有時候我感覺像置身在廣闊的宴會廳，有時候又像待在狹小的鄉村酒館。

我們必須爬窗戶進去。窗戶沒有玻璃，但進去之後卻沒有風。

溫德爾沿著山腰蜿蜒的道路往前衝——那條路絕對是他自己變出來的——去到夾在兩道峭壁之間的草原，準備迎戰鬼獵人。我不確定這是不是精靈不成文的習俗，也可能是鬼獵人的習慣，總之一個看似領袖的騎士——他的坐騎比別人大、臉上的疤比別人多——上前要求和溫德爾對決。溫德爾依然保持那種冷靜疏離的態度，兩招就俐落挖出戰馬的心臟，伴隨著令人反胃的大量血液將之甩向馬背上的騎士，瞬間將他砸落馬鞍。

看到這一幕，剩下的騎士決定拋棄榮譽感群起圍攻，但這時他們的戰馬早已嚇破膽，只要溫德爾一接近就非常明智地選擇閃躲，有些甚至甩下騎士。溫德爾遇到落馬的騎士絕不手軟，以各種駭人的方式殺害，有時甚至乾脆不用劍。羅斯全程都驚恐地呆站著旁觀，而我早就看過溫德爾大開殺戒的模樣，他殺到第三或第四個鬼獵人的時候，我已經不想看了，轉身拉著雅瑞艾德妮去壁爐邊。我依然因爲憤怒而全身發抖。他寧願拿自己的命去賭，也不願意花一點時間思考其他脫身方法，是吧？

這座城堡顯然是溫德爾隨手變出來的，思考的時間絕對不超過一秒。裡面完全沒有食物——或許這樣也好，我不確定凡人吃了用精靈魔法變出的食物會不會中毒——不過呢，這裡當然會有一大壺熱巧克力，放在火堆上微微冒泡。我從後方的窗戶爬出去，準備挖雪融成水。城堡北側比較安全，我稍微欣賞了一下眼前荒謬的景色。從這裡可以看見遠方的聖列索，藏在綿延群峰之間，水道縱橫交錯。希望村民不會介意遠處的風景多了一個莫名其妙的東西。

不久後羅斯說：「他來了。」我立刻從窗戶爬回去。溫德爾沿著小徑走上來，速度非常緩慢。我和雅瑞艾德妮跑過去扶他——他似乎又丟了一把劍，我心中的一個角落（就是剛才一邊逃離殺手一邊想著學術會議的那個）不禁懷疑到最後我會不會一枝鉛筆也不剩，而且我知道聖列索的商店沒有賣鉛筆。

我們回到城堡，羅斯完全沒有做任何安頓溫德爾的準備，畢竟他才剛目睹溫德爾在狂怒中屠戮敵人，想必也很難關心他的健康狀況。於是我和雅瑞艾德妮在爐火邊鋪了幾條毯子當床，扶溫德爾過去躺下，他立刻就睡著了。樓上的臥房全都有一模一樣的詭異四柱大床，或許我們該扶他上去才對，但我不喜歡這座城堡——好吧，我承認，以研究的觀點而言我愛死了——但其他部分我一點都不喜歡。這座城堡忽大忽小，而且氣氛陰森，感覺就是精靈常會變出來的那種鬼地方，凡人進去之後會像掉進沙發縫的硬幣一樣消失無蹤。

我整夜守在溫德爾身邊。這是我第一次如此擔心溫德爾——並非因爲他看起來好像隨時會消失，而是因爲他的斗篷沾到血，但他竟然沒有抱怨。我躺在他身邊，不確定究竟有沒有入睡，但我還記得看著他入睡時，心中不斷擔憂他會在無意中從凡界溜走，落入精靈界或兩界之間的某處，而我再也無法將他找回來。

還有一件事更加深我的恐懼：我拉開他的襯衫，再次看到之前的閃動鳥影，只是現在顏色更深了。我一手按住他的胸口，最初什麼都感覺不到，但其中一隻鳥似乎跳往比較接近我的地方，我開始感覺到他的皮膚底下有輕微的敲擊，就像鳥翅拍打著籠子欄杆。我收回手，腦中的記憶又開始忽隱忽現——這個令人不安的畫面讓我想起以前讀過的一個故事，但它終究還是一閃而過。

我們在城堡待到隔天將近中午，靠著融雪與熱巧克力支撐，幸好我們喝了之後並沒有產生想要跳舞的瘋狂衝動。溫德爾終於醒來，他似乎好轉了一些，但依然全身無力、不斷顫抖，就像發高燒那樣。他再次帶我們踏入地景，目標是我們寄宿的聖列索農舍。然而魔法再度出錯，我們出現在一片高山草原上。幸虧距離不算遠，我們還可以走路回去，只是得花去一整個白天。感謝老天，影子平安回到農舍找我，牠站在路上迎接我們，因爲終於安心而顯得太過熱情，舔遍了我臉上的每個角落。

現在我得擱筆了——我正在溫德爾的臥房，坐在他床邊的椅子上，靠著蠟燭照明書寫。時間很晚了，他睡了很久；確實，他的狀況沒有惡化，但也沒有改善。我知道即使我上床去睡也一定睡不著，還不如待在他身邊，說不定他夜裡會醒來說些有用的事（今天一整天他只是不停抱怨自己有多討厭高山，不時穿插一句「我的生日耶！」）。我打算幫他修補斗篷——絕對會弄得慘不忍睹，但是一想到他好起來之後氣呼呼的樣子，我就忍不住期待——就等他好起來。

✦ ✦ ✦

我找到那個故事了。

我沒有帶那本書，但羅斯有，那個故事收錄在舊版的《拜德曼故事集》中，我竟然沒有立刻想起來，令我很意外——或許也沒什麼好意外的。很可能我只是不願意記起。

故事的主角是愛爾蘭一個精靈王國的公主，她和敵國的宮廷精靈私奔了。她的背叛使得國王怒不可遏，他找到他們，將年輕的男精靈誘引出來，用鐵矛刺穿他的胸口，將他丟在無人的山丘上等死。幸好他的新娘及時發現奄奄一息的他，爲他拔出鐵矛。他們結婚之後過了幾年平安幸福的生活，然而，公主在丈夫熟睡時發現奇怪的現象：他的胸口似乎關著六隻宛如陰影的黑鳥，不斷以翅膀拍擊他的皮膚，好像企圖逃出去。她愈來愈常看到那些黑鳥，甚至在白天也會出現，與此同時，她的丈夫開始生重病。公主終於明白，在她拔出鐵矛的時候有一小塊碎片殘留，從那之後碎片便不停往丈夫的心臟移動。有一天，他倒下了，一群渡鴉從他口中飛出，第六隻也是最後一隻黑鳥叼著她丈夫的心臟。公主緊緊抱住丈夫，讓他在懷中嚥下最後一口氣。傷心欲絕的公主投水自盡，那群黑鳥則帶著戰利品飛回公主父親的宮廷，他將那顆心放在宮廷中展示，警告其他女兒不要步上公主的後塵。這個故事很陰暗，過去說這個故事是爲了滿足那個時代的道德情感。

拜德曼以邏輯分析其中的符號，與其他幾個愛爾蘭故事交叉對比，他的結論我無從反駁。那群陰影般的黑鳥顯然就是死亡預兆。

十月五日

縫補好斗篷之後，我試著在溫德爾床邊的椅子上睡一下，但最後只是斷斷續續地打盹。我一直覺得農舍的牆壁比之前更逼近，無論如何都無法擺脫這種感受。我開始意識到自己的愚蠢，竟然以爲逃來這裡就能平安無事，以爲只要離開劍橋就能逃出精靈女王的手掌心。十多個鬼獵人在刺殺任務中喪生，但她不會就此罷手——她會繼續派殺手過來。溫德爾現在的身體狀況無法自保，我們還有多少時間？

黎明前一個小時左右，我放棄睡眠，將所有零散的腦力集中起來思考眼前的問題。毒藥當然是最急需解決的，比下一波殺手更要緊，因爲即使殺手沒來，以溫德爾的現況我們不可能找到樞紐——即使找到了又有何用？他根本沒辦法推翻繼母。

二十分鐘過後，我想出了幾個主意，全都沒什麼太大希望。不過其中一個感覺可行性特別高。

我探向溫德爾的手——他喃喃低語，但我聽不清他在說什麼，可能是甜言蜜語，也可能是又在抱怨——然後離開他身邊。

影子跟著我站起身，尾隨我回到臥房。我換了一套衣服，穿上斗篷，將幾樣物品塞進背包。這次我不打算帶上精靈腳，就讓它乖乖待在床底下的鹽圈裡吧，就算眞的逃跑我也不管了。我躡手躡腳下樓，伸手握住門把。

我猛然停下腳步。我**好像**聽到某種聲音——是什麼呢？風聲？樹枝發出的嘎嘎聲響？超自然的輕盈腳步落在臺階上？殘暴野獸的爪子落在森林地面？

我突然驚覺自己有多白痴。村民警告過我們不要在天黑之後外出，耳提面命不下十多次。再過二十分鐘就天亮了，何苦冒險面對慘死的可能？

於是我靜靜等候。影子坐在門邊，注視著門把，喉嚨發出低吼——這還真是一點都不讓人緊張呢！我等著門把轉動，目睹一整批恐怖的暴格殺進農舍。但門把沒動，一切都很寧靜。

灑落地板的灰色光束染上色彩，我立刻起身打開大門。只有鳥鳴與秋季晨光迎接我，外面沒有別人。但門上又多了一條長長的刮痕，比之前的更深。

關上門之後我觸摸外側的門把，強忍驚呼。金屬門把是溫熱的，就好像有人剛剛放開。

我的第一個本能反應就是想回到屋內然後重重關上門，但研究精靈的人都已學會壓抑本能，即使再明智也不能聽從。

我只花十分鐘便抵達農舍下方的湖，接著花五分鐘走向那池飄著霧氣的詭異泉水。然後我做了一件從沒做過的事，很可能是我學術生涯中最不智的冒險：全心全意信賴溫德爾。

我用力敲敲泉眼旁的石頭。這麼做感覺很荒唐，但我假裝不在意，這是與精靈打交道時的重要守則。

什麼都沒有發生，風吹過湖面造成漣漪與波浪，除此之外沒有任何動靜。影子打了個噴嚏。河岸上照不到陽光的地方很冷，我不禁裹緊斗篷。我更用力地敲那顆石頭，希望自己傳達出煩躁而不是焦急。

終於，一隻狐精從洞穴中探出頭。他頭頂的毛往上豎起，一隻大耳朵下垂，身上裹著一條毯子，感覺像是由鳥類築巢的材料製作而成，主要是枯草與獸毛。其形象與行為之間的差異十分驚人。羅斯就是差點被這樣的野獸活生生吃掉。

那隻狐精板起小臉瞪我。「什麼事？」

他的聲音帶著微微震動，像是貓的呼嚕，也像狗的低吼，但除此之外真的很像阿坡細小的童音。我努力放下疑惑，對他說：「我是來討人情的。我的朋友饒恕了你的同類，沒有殺死他們，因此我們有恩於……」

「你吵醒我了。」精靈抱怨。

我本能地張嘴想道歉，但又強迫自己吞回去。「那又怎樣？」最後我說。「你們吃了我的同伴。」

「只吃到一點點。」狐精辯駁。「我們不知道你們和貴族有關係。你們一個是味道很酸的老頭、一個是臭臉的矮小女人，他有什麼理由要和你們來往？」

「貴族的作風就是這麼怪。」我說。

「嗯哼！」狐精說。他似乎很滿意我的回答。「**沒錯**。你要我做什麼？」

我伸手從連身裙領子下面拉出一條項鍊，我幾乎每天都配戴著，藏在看不見的地方——銀鍊上掛著盤成線圈的骨頭，阿坡說過這是鑰匙。

「我需要去找一位朋友。」我說。「有沒有路通往這個地方？」

狐精搶走我手中的墜子——他的小手形狀很像人類，尖端長著黑色利爪。他小心避開銀鍊，嗅嗅骨頭之後說：「冬之地！我在那裡有朋友，好久沒有去探望他們了，真好玩！」

我因為太過驚訝而無法立刻回應。當然，我希望能得到正面答覆，但我沒想到他會這麼說。「那裡會……很遠嗎？」

「只要在冬之地，哪裡都不遠。」狐精悠哉回答。我伸出手，他將鑰匙歸還，然後躍過泉水——影子不由得緊張起來，急忙擋在我面前，但狐精閃過了牠。

我急忙趕上。「意思是——**你的**領域、這片山地——也是冬之地的一部分？」

狐精大笑。「凡人好笨喔！」根據經驗，我知道這是很多精靈表達「沒錯」的方法。

可想而知，我有一大堆問題想問——這可是個重大發現，一定要寫進我的地圖書！是否有精靈通道連接所有冰雪領域？溫暖地帶之間也有同樣的通道嗎？還是說，這種通道是阿爾卑斯山特有的，因爲這裡精靈也格外眾多？

狐精的動作太快，我只能拚命追上那一抹尾巴的影子，跑得上氣不接下氣，影子則小跑步跟在我身邊。精靈鑽進了山壁上的裂縫——顯然是一道精靈之門，因爲入口處長著一大片蘑菇，有如迎賓地墊。我深吸一口氣跟上。

下一刻，我失去平衡跪倒，雙手摸上白雪，左手臂到手肘處都埋在雪中。我用力拔出左手，張望著四周。

我們似乎來到冰川下方的一片弧形冰雪山地——我認爲這裡是精靈界，因爲冰川邊緣參差的冰錐間藏著兩棟石造小屋，煙囪冒出裊裊炊煙。其中一棟的院子裡種了一棵蘋果樹，蘋果上覆著一層冰。冰錐本身有如一片閃耀的樹林，狐精從中間穿過，往冰川深處奔去。

「動作快！」狐精大喊。

我加快腳步——這麼做其實違抗了我的理智判斷，但和精靈往來時幾乎每次都是這樣，而莽撞地跑進難以想像的冰錐森林絕非我在學術生涯中做過最違背理智的行爲。冰錐森林發出叮叮咚咚的聲響，我們匆匆跑過的身影在倒影中扭曲變形。遠處隱約傳來音樂。

我不知道我們何時穿過了第二道門，也不確定是否眞的有門，可能只是一條長長的小徑，時空在其中收縮進陰影深處。我快步追上精靈，拿出「鑰匙」在身前舉起，彷彿那是一盞提燈——有何不可？儘管我覺得自己有點傻，但顯然這是正確的做法，因爲不久之後，我踏進了卡薩森林，看到熟悉的溫泉。

我蹣跚往前走了幾步，感覺暈頭轉向。不只是因爲光線改變——寒光島此時尙未破曉——而是**一切**都改變了。空氣變得溫暖、潮濕，帶著海鹽的鹹味與溫泉令人熟悉的硫磺味。一時間，腳下的地面感覺搖搖晃晃，也可以說是缺乏實質，就好像我還沒有完全**身在此處**。不過那種感覺很快就消失了，我靜靜站著環顧四周，感覺有些呆愣，心跳非常劇烈。影子沒有這種困擾，牠滿足地伸個懶腰，然後趴在溫泉畔暖熱水霧使青草碧綠的地方，這是以前我們來拜訪阿坡的時候牠最喜歡待的位置。

我立刻就看見阿坡。他正在清理一棵漂亮白楊樹周圍的落葉，那棵樹是他的家。比起其他白楊，這棵樹的樹皮更亮白、樹洞更深幽，沿著樹幹南側生長的苔蘚又厚又軟，開出層疊的繁複紫花；樹葉則包含由淺到深的各種綠調，葉脈金黃。一言以蔽之，這是卡薩森林最美的一棵樹，雖說是溫德爾變出來的，但阿坡顯然認眞善盡身爲美麗大樹主人的責任。他做了一個花架，緊靠著樹幹，上面爬滿野玫瑰藤蔓，還在地上挖了小洞爲樹根施肥。阿坡自己也有所改變，比我剛認識他的時候帥氣很多。以前他的衣服是破爛烏鴉皮，現在他一身華麗斗篷，用我送他的熊皮製作，看得出來非常精心維護，沒有半點泥土，光澤耀眼。

「嗨！」阿坡發現了我，跟我打招呼。他似乎很高興見到我，但並不感到驚訝，一雙黑眼閃耀光彩，彷彿距離上次見面只過了一兩天。事實上，我和溫德爾來寒光島參加莉莉婭與瑪格麗特的婚禮已經是好幾個月前的事了。「你來拿麵包嗎？」

當然不是，但我聽見自己說：「請給我一點，謝謝。」

他一臉滿意，衝進白楊樹居，招手要狐精跟著進去，彷彿他在這裡也沒什麼特別。我好像也該幫狐精取個名字才對。我的腦中冒出各種稱號，全都非常適合生性兇殘的小野獸，但我突然想起綠眼谷裡的雪鈴花——就叫他雪鈴好了。

我脫掉靴子坐在溫泉邊緣，雙腳泡在溫暖的泉水中。暈頭轉向的感覺消失了，但我依然有種奇怪的感覺，好像一頭撞進結實的東西裡。回到這裡感覺很怪。我幾乎相信如果沿著小徑回到那棟屋頂披著綠草的小屋，一定會看到壁爐裡的火燒得正旺；溫德爾把腳抬起來假裝工作，莉莉婭來教我砍柴。我不能說對這裡的印象全然是好的，我知道每次回來都非常冒險。莉莉婭最新的一封信中表示，因爲夏季到來，冰雪之王與他的宮殿遷移到北方山地，但考量到他的魔力與影響力，所在地點並不重要。萬一他發現自己遭到愚弄而相信凡人未婚妻喪生，他的怒火絕對會撼動山巒。這並非出於他有多爲我傷懷，而是所有精靈貴族都討厭被愚弄。

我很想沿著森林小徑走去村子，造訪莉莉婭與瑪格麗特的小屋，這份渴望如此強烈，讓我感到很訝異。我多想和她們傾訴最近發生的所有事！但這樣做太危險，更重要的是我沒有時間。

我翻開筆記本匆匆寫了一封信。我承認，內容相當凌亂，只是簡單描述上次通信之後發生的所有事，並且爲無法親自去探望她們道歉。我將那封信放在溫泉旁莉莉婭平常爲阿坡獻上禮物的地方，用一塊石頭壓住。她和其他村民得知冬季時阿坡幫了我多大的忙，之後便經常來探望他。寫信給朋友這個單純的行爲帶給我安慰，我想像莉莉婭發現這封信時會有多驚訝，不禁露出微笑——反正也確實輪到我寫信了。

阿坡再次現身，打斷了我的思緒。他遞給我一條完美的麵包，上面點綴著海鹽和我不認識的香草，有點類似迷迭香。雪鈴也出來了，他手中抱著一個甜麵包，一屁股坐在溫泉邊開始大吃，吃相令人難以直視，麵包屑到處亂飛。若非不久前才看到他和同伴把我的同事當晚餐，或許我還能忍受，不會像現在這樣一直打哆嗦。他吃東西的時候嘴張得非常大。

我剝下一小塊麵包，阿坡則靠在我的腿上，述說他爲家中做了哪些修繕。他花了很長的時間表達對溫德爾的感謝，也花了很長的時間述說他得到的讚賞。根據阿坡的說法，形形色色的精靈絡繹不絕，特地前來欣賞，華美的大樹使得他們讚嘆不已。

「我不介意。」他說。「因爲母親總是說：『小傢伙，客人是禮物。』但我懷疑當客人**這麼多**的時候還是禮物嗎？他們不分日夜跑來，有時候眞的很吵，害我的夫人無法整夜安眠。不過我不希望冒犯他們。昨晚來了三個很好心的山怪，我幫他們烤了麵包，他們說一定要待到月亮升起，欣賞月光照耀我家美麗的樹枝，否則無法安心休息，於是我陪他們一起坐著等月亮出來。山怪告訴我很多照顧樹木的祕訣，都是從鳥兒那裡聽說的。他們說爲了表揚我的樹，要送我一群馴服的烏鴉幫忙吃掉討厭的毛蟲。很棒吧？現在我有很多朋友了，母親一定會很欣慰。她總是說：『小傢伙，你太害羞了。你一定要盡力多交朋友，因爲體型小很難獨自生存。』」

阿坡終於停下來換氣，我決定利用這個機會開口。他說話時本來就會不停變換主題，所以就算突然提出全然無關的問題，他也不會感到困擾。「我是怎麼來到這裡的？」

阿坡看著我，眨眨過大的黑眼睛。「你有鑰匙。」

「也就是說……鑰匙能創造出門？還是能讓其他的門改變方向通往寒光島？」

「其他的門？」看來我讓他陷入困惑了。他用一隻尖細手指點點那個盤起的骨頭線圈。「要找到我，只需要這個就夠了。」

我將墜子放在掌心翻轉了幾次，終於恍然大悟。

「鑰匙**就是**門。」我喃喃說道。「但怎麼可能？」

「我的家只需要一道門，在那裡，你看到了吧？」阿坡再次激動起來，因爲話題又回到他心愛的樹居。「原本在旁邊有第二道門，用骨頭做的，很容易就可以拆下來摺疊。我聽從夫人的建議，在那裡裝了一扇窗。早上她很喜歡坐在那裡曬太陽。」

我握住那卷骨頭線圈的力道過大，不得不強迫自己鬆開。**阿坡給了我他家的門**。這種做法非常合乎邏輯，但也非常不可思議。儘管如此，我還是不得不暫停下來揉揉眼睛，同時深刻感受到自己最近嚴重睡眠不足。

「這裡是精靈界？」

阿坡錯愕地愣了一下，然後說：「是的。」顯然他以爲我早就知道了。「但也不是。這裡是邊境，精靈界和**你的世界**融合之處。」

我緩緩點頭，想起雪鈴帶我走的那條路，經過精靈住宅、穿過冰川。「那麼，要使用你的門，我必須身在精靈界？」

「你必須在冬之地。」阿坡說。「夏之地太濕熱了，在那裡門會解體。」

「可是……」我停下來搖搖頭。我依然不確定自己是否眞的弄懂了，不過以目前而言，阿坡送我的這份禮物如何運作無關緊要。我將鑰匙戴回脖子上。

「像你們這樣的種族很了解連通各個領域的門，遠勝過貴族，對吧？」

阿坡猛點頭。「貴族不喜歡造訪其他領域，他們有自己的宮廷和僕役，但其他領域很適合躲藏、交朋友。卡薩森林裡沒有門——我沒有欺騙王子。」他急忙說。「但是在山裡，確實有。」

我點點頭——我的猜測得到證實。如此一來就說得通了，溫德爾和他的繼母只知道幾道通往他們王國的後門，但羊仙卻在多個領域與國家之間來去自如，正是因爲如此。很可能其他國家也有通往狼之森的門，同樣只有泛精靈在使用，他們的藏身處太卑微，精靈界的貴族不會留意。換言之，這是因爲傲慢與特權而產生的無知，他們從來不必在乎自家後院以外的天地。

我也察覺到，溫德爾詢問這裡是否有精靈之門時，阿坡肯定對他有所隱瞞。「你沒有告訴溫德爾山裡有門。」我指出這個事實。

阿坡神情驚恐，尖細的手指抓住我的斗篷下襬，彷彿在苦苦哀求。「這裡沒有門通往夏之地！這裡沒有，他、他知道了也沒用。我不是刻意……他偉大又善良，一定會寬恕……」

「沒關係。」我安撫他。「他沒有生你的氣。」

阿坡全身顫抖，茫然地摳著我的斗篷。「母親總是說：『小傢伙，要和那些貴族保持距離。』我盡力了！他來這裡問那些事的時候，我只希望他快點離開。可是王子爲我變出了這麼漂亮的樹，貴族並非全都那麼可怕，對吧？」

「當然囉。」我安撫他。「更何況，溫德爾近期無法過來這裡。他生病了，病得很嚴重。」

阿坡搖搖頭。「眞不幸！看來他有仇敵，每個貴族都有仇敵。眞慶幸我是小個子。」

這次輪到我吃驚了，阿坡竟然如此準確地猜出溫德爾重病的原因——說得也是，還有什麼原因能讓精靈王生病？

「我來是想請你幫忙。」我說。「幾個月之前，你幫我們做了可以在雪地裡保暖的蛋糕。你能不能做出可以幫助溫德爾的東西？我要求的不是解藥——我知道你對貴族用的毒藥也無能爲力。不過，有沒有辦法緩解症狀或恢復體力？」

阿坡的臉上閃過各種情緒，驚恐再次出現，但也有讚嘆與無法壓抑的歡喜。「他希望這樣？」他用氣音說。「他想成爲……我們的**家伴**？」

我沒有想到事情會變成如此，但現在回想起來，我能理解阿坡爲何會如此猜測。儘管阿坡選擇把家建造在遠離人類聚落的森林，但他畢竟是家居棕精靈，這類精靈往往會在人類家人生病時給予看護，這是他們的天性。然而這樣的看護只限家中成員。要求他以這種方式協助溫德爾極爲異常，除非……

「當然囉。」我撒謊，幾乎可以預見溫德爾得知時翻白眼的樣子。

阿坡雙手交握摀著嘴。「噢！」他輕聲說。「眞希望母親能看到現在的我！」

他回到樹居中，裡面傳來乒乒乓乓的聲響。我在影子身邊坐下等候，順便用溫泉幫牠洗腳掌。雪鈴吃完麵包了——現在他的小臉上到處是鮮奶油，至少比鮮血好——他死死盯著我。

「你想洗臉嗎？」我問，主要是爲了讓他不要再看著我。

「我不喜歡蒸氣。」他抱怨，但還是過來我身邊，將一手泡進水中。當蒸氣飄近時，他急忙跳開。

我覺得實在荒唐極了，乾脆掬起一捧泉水幫雪鈴清洗雙手——或者該說兩隻前爪——和雙腳——還有兩隻後爪。然後我撿了一片彎葉充當碗，盛水幫他洗臉。他用雙手搓揉耳朵幾下，動作很像貓，接著他做了一件令我驚訝又慌張的事：他跳到我的腿上，身體蜷成球，尾巴蓋住鼻子，就這樣睡下了。

要是叫醒雪鈴，他可能會咬我的膝蓋；要是讓他繼續睡，他也可能會在睡夢中撓我。就在我忙著計算哪一種結果發生的機率較高時，阿坡匆匆忙忙從樹居出來，一隻手臂挾著籃子。

「希望這些能幫助王子。」他興奮地掀起蓋布給我看裡面的東西。「以前只要我生病，母親都會做這個給我吃，這種糕點能緩解頭痛、胃痛，以及其他各種不適。」

我看了看籃子裡的東西。那是一種小蛋糕，大致呈三角形，感覺很像鬆軟的司康，只是它們是冰的，而且氣味像是——該怎麼形容呢，某種溫暖、甜美、清新的東西——可能是樹汁？

「謝謝。」我道謝，吞嚥了一下以免哽咽。那一刻我好像快哭了，但我控制好情緒，一部分是因爲我不想害小傢伙擔心，他正看著我，黑眸閃耀期盼光彩。「我和溫德爾能有像你這麼聰明的家伙，我們引以爲榮。可以再幫我做一件事嗎？」

阿坡抬頭挺胸。「儘管吩咐。」

「剛才你說很多不同領域的精靈會來造訪。」我以此開頭。

阿坡點頭。「很多流浪客，愛流浪的精靈。我無法理解，不過說不定他們的樹不像我家這麼舒適。」

「這些精靈會和其他種族的精靈聊天，也可能自成一群交談。」我說。「麻煩你留意一下是否有訪客知道溫德爾的宮廷近況如何。」

「噢，好。」阿坡似乎如釋重負。「這個很簡單，山怪可能會知道——山怪很愛聊八卦。不過他們已經離開了。」

「嗯，假使你又見到他們，或是其他同樣愛聊八卦的精靈，可以幫我問問嗎？」

阿坡承諾會幫忙打聽。這項新任務似乎使他興奮不已，但也有一絲恐懼，我安撫他，保證溫德爾會十分感激，並且再次重申溫德爾近期無法前來拜訪。阿坡回到他的樹居，選了三片葉子，希望我能帶給溫德爾看，讓他知道樹很健康，他非常用心照料。我將葉子收進口袋，然後提心吊膽地搖醒狐精，他果然企圖咬我的手，要不是我早預料到這個小壞蛋會咬人，我的拇指就會變成他的點心。接著我們回到聖列索。我們走到阿坡樹居的側邊，一轉眼就重新出現在冰川上，但並非原來的那片，因為我之前看到的房屋院子裡有蘋果樹，這裡的沒有。然後我們似乎穿過另一道門，再來我就發現自己站在農舍下方的湖邊，雪鈴不見蹤影。

我重讀了一次這段內容，實在很不合理，但怎麼可能合理呢？

十月六日

昨天溫德爾幾乎睡了一整天，只有下午短暫醒來，我就這麼坐在他的床邊寫日誌。我遞給他一塊阿坡做的蛋糕，一開始他不屑一顧。

「有股硫磺味。」他嘀咕道，一邊想拉起毯子重新蓋住頭，但我抓住他的手。

他仔細察看之後說：「魔法司康？」雖然蓋了很多層毯子，他依然全身發抖，不過至少他的實體穩固多了。

「差不多。」

他吃了一個之後又躺下，似乎立刻睡著了。我沉沉坐回椅子上，哽著喉頭嘆氣。我以爲自己沒那麼傻，不會期待奇蹟式的瞬間康復——顯然我心裡多少懷抱著希望。

我伸出顫抖的雙手掀開毯子，解開他的襯衫。至少現在沒有羽翼顫動，但我並未就此安心。

我將落在他臉上的頭髮往後撥。他的頭髮非常柔軟——事實上，柔軟到誇張的程度，不像人類的頭髮，比較像兔子的絨毛或蒲公英的種子——我發現我停不下來。他喃喃說了什麼，緊鎖的眉頭鬆開。

那一天剩下的時間我都在聖列索訪談村民，雅瑞艾德妮與羅斯則再次前往綠眼谷調查。我努力讓自己保持忙碌，卻無法集中注意力聆聽村民講述德葛雷和羊仙的事。接近傍晚時我回到家，發現溫德爾還在睡、還在發抖，不禁覺得受到黑暗籠罩。我對影子喃喃說話，牠便走到溫德爾身邊趴下——影子巨大的身體能爲他保暖。我漫無目的地走進臥房，看見床底下的精靈腳露出了腳趾。鹽圈已遭到破壞，我只能立即修補。果然沒錯——我**確實**聽到這隻該死的腳在夜裡亂動，它想去什麼地方？還是單純的騷動？

我走下樓，發現筆記與素描依然堆在餐桌上。我已經好幾天沒有認眞寫我的地圖書了——有時我甚至徹底忘記這件事。我寫精靈百科的時候從來不會這樣，時時刻刻都想著寫書的工作。我無法解釋現在的情況。

我呆站片刻，一手抓住桌緣。我必須離開農舍——離開這個乾淨到可笑、地上鋪著舒適地毯、到處擺著傻氣飾品的地方。

「艾蜜莉。」羅斯喚道，他坐在爐火邊，正在寫日誌。光是這樣就讓我難以忍受。

「我需要透透氣。」這完全是胡說八道，我才剛從外面進來。他和雅瑞艾德妮都沒有阻止，於是我穿上斗篷、拎起背包，衝出門踏入暮色。

我先去了湖邊，沒有別的原因，單純因爲那是熟悉的地方。到處不見雪鈴的蹤影，我也沒有暗暗觀察永遠飄在泉水上的霧氣。通往狐精領域的那道門夜晚會關閉嗎？這些小型精靈是否也會害怕天黑之後在山區出沒的怪物？

我不覺得冷，但我止不住打顫。我在那裡呆坐，直到天色墨黑，繁星從雲層縫隙探出頭。村子的方向隱約傳來手風琴走調的樂音——肯定是村民在練習演奏曲目，但風吹亂了節奏與旋律，讓聲音變得詭異。我察覺遠處有動物在嗥叫，無所畏懼的心情瞬間縮水。沒錯，我有溫德爾的斗篷——但眞的無論發生什麼危險都能保護我嗎？

呼嘯聲更接近了。仔細一聽，並不是動物的聲音——是人類。儘管被風吹散，但我依然聽懂了那個人在說什麼，我的呼吸在喉嚨裡凝結。

「教授？」我的聲音哽咽。「艾孔教授？」

喊叫聲短暫停頓，然後又繼續吶喊，現在更接近了。「丹妮！」

我站起來走向湖岸，接著又越過山腰隆起處。「丹妮！」那個聲音尖銳地高喊，讓我不禁瑟縮了一下，克制想摀住耳朵的衝動。我從來沒有聽過如此淒厲的呼喊，那是連續高喊好幾個小時都沒有休息的聲音。

一個色彩明亮的東西在草叢中顫動，吸引了我的視線。是一塊深藍色的布條，一頭邊緣呈鋸齒狀。布條綁在樹根上，結打得很鬆，隨時會被風吹走——看得出是幾分鐘前才綁上的。

「丹妮！」那個聲音再次呼喚。我將布條收進口袋。

我跟隨呼喊聲走下一道山坡，沿路撿拾布條。沒過多久我便停下腳步——我很清楚不能追逐幽魂進入荒野，儘管我非常希望能再次與艾孔交談，但我不確定他目前的心智狀態是否能夠認出我。我依然能看見遠方的農舍，窗戶透出的火光照亮黑夜。

我出於習慣用力握住口袋裡的硬幣。雖然沒看到附近有精靈之門，但我也沒那麼傻，不會輕易放下戒備。我很清楚，村民之所以天黑之後不出門，部分原因正是太容易誤闖精靈界——當夜色降臨，白天關閉的門也隨之開啓。

「艾孔教授？」我大喊道。風吹過草叢，我依然能聽見湖水拍岸的輕柔聲響。

「丹妮！」那個聲音再次呼喊。我們之間的距離更遠了，他移動的速度比我快。真的是艾孔嗎？還是刻印在風中的某種回音？

我的左手邊有動靜。星光映出一道身影，沿著岩壁自然形成的石階往下移動。是人類，不是艾孔。

緊緊裹著一件有兜帽的斗篷，圍巾在風中飄揚。儘管衣物厚重，依然能看出身形非常嬌小，

「老天。」我喃喃說道，感到左右爲難，但之前我也面對過這樣的難題。我再次回頭看了農舍一眼——假使繼續前進，大約在五十碼的距離內還能看見。我依然能聽見村子傳來的微弱音樂。我有硬幣、斗篷，也曾經靠臨機應變逃出十多個精靈領域，算得上經驗豐富。

於是我追了上去。

那道身影繼續移動，不斷往下走。終於，路徑轉而上行，盡頭是一座懸崖。那人停下腳步，似乎在觀察環境。幾朵雲從下方飄過。

我停下腳步。我即將到達自己設下的界線，再往前走就會因爲地形而看不見農舍。

「教授？」我大喊。儘管我們的距離很近，絕對能聽見對方的聲音，但那道身影沒有回頭。「德葛雷教授？」

沒有回應。說不定是我弄錯了，不無可能，但我不認爲眞是如此。

「我是從劍橋大學來的。」我說，希望熟悉的英國地名能引起她的反應。「我們在找樞紐。你已經發現所在地點了，對吧？」

此時，她的兜帽動了動，彷彿往我的方向看過來——但也可能只是被風吹動。毫無預警，她忽然跨出懸崖。

「不！」我忍不住大叫。她下墜時，兜帽往後飛開。我瞥見一張滿是皺紋的臉，以及波浪綠髮。

我覺得自己彷彿也同時跳下懸崖，有種暈眩的失重感。我不顧一切奔跑，在崎嶇的山地

上跌跌撞撞。途中摔倒一回，手掌根擦傷，但我在感覺到疼痛之前便爬起來繼續狂奔。懸崖上空無一人，下方的山谷太暗，什麼都看不見。寒風呼嘯，吹動我的頭髮與斗篷。這裡簡直像世界盡頭。

「德葛雷教授！」我高喊，隨後不斷來回走動，大聲呼喚她的名字。最後我強迫自己停止，雙手用力按住眼睛。我告訴自己無法確定剛才看到的究竟是不是眞人——說不定並非德葛雷，而是她留下的殘影。也許是精靈製造的幻象。

「可惡。」我咒罵著轉過身。我擔心的事還是發生了，濃霧開始湧入身後的山地。儘管如此，我並未感到慌亂。我經歷過類似的狀況，所以知道與其在濃霧中摸索亂走，等霧散去之後更有機會找到路。但濃霧只是不停往高處蔓延，最後籠罩整座懸崖。

唉，怎麼看都不可能是自然現象——至少可以刪除這個選項了。要判斷一點也不難，因爲當我沿來路往回走，發現剛才和德葛雷一起走下來的天然石階消失了。

我掉頭望向懸崖，卻發現懸崖不復存在。現在變成一道山稜，陡峭山路通往一座樺樹森林。

「這下可好。」我嘀咕。都是我自己不好，但我無法生自己的氣。既然看到了德葛雷，我說什麼都必須盡力追上，雖然最後只是白費力氣。現在最重要的是脫離困境。

我觀察著四周的山勢。左方的草地隱約有踩踏痕跡，一條小徑以和緩的弧度繞過山腰。右方的地形最爲險峻，到處是大石塊與難走的山稜，於是我往那個方向走。所有故事都清楚指出這一點：精靈會以舒適幻象引誘迷路的人深入荒野，好比遠方疑似農舍爐火的亮光、看似許多人走過的平坦小徑。正確的道路——能讓人回歸文明世界的路——絕對是最崎嶇、看似無法行走的那條。

我奮力走了一段時間，濃霧開始消散。我漸漸覺得景色熟悉，發現腳下其實是聖列索下方不遠處的一處狹窄平臺。偏偏就在這時，我絆到岩石，整個人翻滾墜落溝壑，極其幸運地落在一片有如地毯的厚厚苔蘚上。當暈眩感終於消散，濃霧也再次逼近，使我再度迷失。與之前的差別只在於，現在我的一隻腳踝痛得要命。

我試著動了動，痛得皺起臉來。應該沒有骨折——還可以承重，只是把體重壓上去會痛，走得愈久，疼痛愈劇烈。

我跛著腳咬牙繼續走，突然來到一片峭壁前——因為太過突然，我差點撞上。我仰頭，瞇眼望向濃霧深處——岩壁的裂口中是不是有一條小路？從我站的地方看過去形勢相當險惡，縫隙中滿是冰霜，很可能永遠不會融化。

若依循我走來的那條山路左轉，前方會是平緩向上的坡道，甚至能聽見不遠處傳來瀑布的轟然水聲。我很想繼續往前走，確認那是不是自己熟悉的瀑布，說不定可以用來當作地標。但是太誘人了，我知道最好不要這麼做。

好走的那條路上濃霧散開，露出前方的山景。大部分的人都會立刻衝過去，想弄清楚自己身在哪裡，但濃霧飄移的方式顯得很不自然，我無法信任。我猜測那裡應該有精靈之門，天曉得會通往什麼地方？從濃霧開口看到的山地感覺很熟悉，但也不太對勁。不知為何，感覺太過陰森，最近的那座山上有太多洞窟，洞中有光點閃爍。濃霧再次飄移，我眼前出現一座繁花似錦的玫瑰園。花朵碩大而茁壯，但花園本身卻雜草叢生、氣氛荒涼，花架則被玫瑰叢吞沒，有些已經倒了。一陣微風吹過，最靠近我的玫瑰隨之轉向，但我總覺得是那朵花自己轉過頭來看我。

我不禁打起顫來。這道門絕非棕精靈樸素的家門，我絕對不會往那裡走。

於是，我忍痛拖著身體慢慢爬上峭壁上的小徑。這條小徑非常陡峭，但有許多突出的大石塊疊成踏階。才沒走幾步我就摔倒了，膝蓋重重撞上岩石，已經受傷的腳踝又扭到一次。我的視線也變得模糊，必須停下來休息。

不過，正如我所預期的，這條路愈往上走愈輕鬆，險惡地形只是假象。終於，我爬到最上方，可以看清整片地景。

我的胃開始痙攣，暈眩感又回來了。我沒看到任何熟悉的地標。濃霧在地景中飄動，而霧氣散去之後，我走來的那條峭壁小徑已然消失，彷彿神明用拇指抹去。在我眼前出現一條寬敞平坦的道路，穿過一座平緩山谷。如果往右順著山稜走，遠方可以看見溫暖亮光，可能是幾棟農舍形成的聚落。

我坐在一片虎耳草上，將頭靠上膝蓋。我決定在此靜候五分鐘，希望濃霧會再次籠罩，地形也會重新變化。只要繼續走，最終一定能找到回歸凡界的路，我之前也曾成功逃脫過。

我盡量不去想艾孔和德葛雷對自己說過多少次同樣的話。

「艾蜜莉！」

這句呼喊從遠方飄到我的耳中，因為風吹而有些變調。但那個聲音絕對是他沒錯。

「溫德爾！」我猛然站起來大喊。「這裡！」

「艾蜜莉？」這次感覺更遠。「你到底跑去哪裡了？」

我在原地打轉，想找出聲音傳來的方向。突然間，飄動的濃霧中亮起燈光。光線很微弱，而且不停搖晃——彷彿鬼火。

「溫德爾？」我的安心感被恐懼蓋過。也許艾孔與德葛雷就是因此而萬劫不復？他們是否除了睡眠以外的時間都在濃霧中迷途，不停追逐回音與幻象？遠方提著燈的會不會是暴格？那道聲音會不會只是我的願望所捏造，只要一靠近就會消失，害我更加迷失？我離開溫德爾身邊時，他仍失去意識、全身顫抖。他出來找我的機率能有多高？

「艾蜜莉！」溫德爾的聲音再次高喊。「討厭的霧——這又是什麼？**另一道門**？這個鬼地方簡直是見鬼的兔子洞。」接著是一串咒罵。

「你在哪裡？」我大喊。濃霧中看不見人影，他的聲音感覺既遠又近。

燈光晃動。「親愛的，你能看見光嗎？」

我還沒想清楚要不要移動，身體已經擅自跑起來了。愚蠢、愚蠢、愚蠢，我想著。不過我的心思似乎與雙腳徹底分離，我的腳迅速接近那道光，從岩石與土丘上躍過。倘若**真是**溫德爾，我不想浪費時間站在原地對濃霧大吼大叫；假使是精靈的惡作劇，我絕對會徒手勒死那傢伙。

「艾蜜莉？」他的聲音感覺比較接近了，我確信自己沒聽錯。這時濃霧散開，我看見他的身影——熟悉的斗篷、熟悉的金髮——站在半坡上環顧山地。一團小小的光懸在他攤開的掌心上隨風搖曳。

看到我朝他奔去，他的臉龐綻放笑容。他一手捧著光，所以只能張開一條手臂，但他低估了我擁抱的力道，我們一起往後倒在草地上。

「艾蜜莉？」他茫然地說道。「一定是哪裡弄錯了。我八成不小心召喚出丹妮兒・德葛雷，我的艾蜜莉絕不會如此熱情示愛。」

我笑了一聲——但很快就笑不出來了。我想起剛才目睹的那一幕，這句揶揄來得不是時候。我閉上眼睛，彷彿這麼做能阻擋腦海中的殘像——德葛雷墜落時飛揚的綠髮，只一瞬間便消失無蹤。

「你用魔法沒問題嗎？」我將他的手拉過來觀察那團光。

「這不算什麼。」他隨手滅掉光，用手撐起身體。「你知道嗎？我感覺好多了。你在蛋糕裡加了什麼東西，對吧？你到底是在哪裡學烘焙的？我一直以爲你對廚房過敏——至少對打掃廚房過敏。」

「蛋糕不是我做的，這份功勞不屬於我。」我簡短告訴他阿坡送我家門的事，以及我前往寒光島的經過。沒想到他得知自己成爲阿坡的家人時，竟然感到十分欣喜。

「你說得沒錯。」他說。「他確實是個可愛的小傢伙，對吧？哈，不用問也知道他想要什麼回禮。等我恢復健康，我會召喚出一整片雄偉的白楊樹林，讓他和子子孫孫居住，說不定他可以打造自己的宮廷，成爲棕精靈之王呢。」

「我相信最好的禮物應該是你再也不出現在寒光島。」我回答。「阿坡似乎比較喜歡在遠處景仰你。我們還在精靈界嗎？」

「嗯？噢，不是。剛才你其實沒有進入精靈界，只是在邊境而已。這片山地有太多領域，很多重疊在一起，凡人一旦誤闖，就可能會跑去離家好幾個世界的地方——眞麻煩！」

我環顧這片野地。「我對這裡毫無印象。」

「你飄盪到離村子超過一英里的地方。回去的路程會很辛苦，因爲全都是上坡。」

我不敢相信自己竟然走了那麼遠。「難怪艾孔會爲了找丹妮而迷失。」

「在這種地方永無止境地迷途實在太慘了！」溫德爾哀嘆。「全都是上上下下、上上下下，沒完沒了，而且到處都藏著討厭的冰川。他會發瘋一點也不奇怪。」

他繼續數落山路有多難走，我已經懶得指出至少景色非常壯觀——我知道這樣的讚美只會讓他更不服氣，開始滔滔不絕述說青翠丘陵與和煦森林有多美妙，一年四季都飄著細雨與薄霧。

我看了一眼坡度陡峭的山地。我們正在山腰上一處有遮蔽的凹陷，而外頭狂風肆虐，發出嗚嗚呼號。我揉揉腳踝，痛得皺起臉來。

「你受傷了。」溫德爾嘖了一聲，將我的腳拉過去放在他的腿上檢查。「你怎麼不說？」

「因爲我怕你會把我的腳縫反。小傷而已。」

「今晚還是留在這裡過夜好了。」他說。「天亮之後會比較好走。」

「這裡？」我愣愣重複。他在開玩笑嗎？「或許你可以像童謠說的那樣，窩進草地裡以苔蘚爲被[17]，但我沒辦法。」

他伸出一隻手。「小艾，斗篷給我。」

我嘆了口氣，因爲我能猜到接下來會發生什麼事。我解開斗篷鈕釦遞給他。他抖了抖我

---

17 「石塊當枕，古國王枯骨做床，苔蘚泥土為被，草地深處，精靈之子酣眠，夢迴隱密未知曠野。」——引自〈精靈安眠〉，約於十八世紀發源自肯特郡的童謠。

的斗篷，然後放手讓風吹走，只見斗篷在風中扭轉，最後神奇地變成帳篷，巧妙藏在山地中。帳篷的外觀非常平凡，與普通帳篷毫無二致，唯一的差別在於顏色黑如午夜，一如我的斗篷。

「你究竟對我可憐的斗篷施了多少種魔法？」我抱怨道。

「數都數不清。」他自滿地說，伸手將帳篷皺起的地方拉平。「就是那麼多。」

我翻了個白眼。「我早該想到。」

「不然我們也可以繼續走。」

「不了。」我急忙說道，決定是時候接受眼前的現實。「帳篷很完美。」

我鑽進帳篷，發現裡面意外地舒適，原本凹凸不平的地面變得平坦而柔軟，彷彿鋪了一層軟墊。不久之後溫德爾也進來了，他再次召喚出光團，放手讓光團漂浮在我們上方。我將帳篷的門片合攏以防風，扣上一排銀鈕釦固定——也就是我斗篷上的鈕釦。

溫德爾東摸西摸一陣——我看不出他到底在做什麼——然後從一道褶襉中取出幾條毯子。

我忍不住笑出來。「你還藏了什麼？有紅酒嗎？」

「恐怕沒有。」他沒有聽出我在開玩笑，因爲他正忙著將毯子摺成完美的三角形。或許我不該感到訝異，畢竟我向來抓不到調情的訣竅。他開始將摺好的毯子組成兩個睡墊，我乾脆將他手中的布料一把全搶過來扔在地上。

「小艾，你在做什麼？會弄皺的……」

「我們之間已經有太多複雜的問題了。」我回應道。「考慮要嫁給你這件事永遠會讓我膽戰心驚。要不怕也難吧？畢竟和你結婚之後我會成爲夢魘之境的王后。不過呢，我希望至少能先解決這方面的事。」

「哪方面……？」

我以務實的態度吻他。他慢慢退開，這才終於明白爲何我想在帳篷過夜，以及我剛才開的紅酒玩笑。

「你知道，」他露出笑容，「農舍會舒適很多。」

「農舍人太多了，我不喜歡。」我說道。「而且羅斯本來就意見一大堆，我不想再給他一個用眼神譴責我的理由。還是你想等？」

做爲回答，他回吻我——比我剛才那個吻纏綿許多，我得承認，技巧也更加純熟。我原本以爲他吻完之後會往後躺，但他沒有，而是沿著我的頸子一路往下吻，引起我一陣輕顫。

「如果你願意，可以從脫掉你的衣服開始。」我說。「澄清一下，這只是建議，不是命令。」

「噢，小艾。」他貼著我的頸子發出輕柔笑聲。我的雙手埋在他的髮絲間，他的金髮現在被我弄得亂糟糟，這讓我感到荒唐的歡喜。

「對不起。」我開始感到尷尬。「我好像不該說話。」

「爲什麼？」他稍稍後退，帶著疑惑的笑容端詳我。「我喜歡你說話的方式。事實上，我喜歡你的一切。到現在你還不清楚嗎？」

我感覺到笑意如氣泡般從體內湧出，但我板起臉來假裝嚴肅作爲掩飾。「不太清楚喔。」

他的笑容變了，一手沿著我的頸側往下撫觸。「看來得用行動證明了。」

十月六日，深夜

我從不曾在田野調查時半途而廢，可想而知，我當然不想離開——畢竟我們就快找到樞紐了。不過或許離開才是上策——我們可以先找個地方躲起來，或許可以去義大利，等溫德爾康復、不再受毒藥所苦，然後再去俄羅斯重新展開尋找樞紐的研究？

我在胡言亂語。老實說，我不知所措。但我們不能坐以待斃，村民隨時可能拿著火把上門來算帳。

我好像應該從頭說起。

今天早上我比溫德爾更早醒來。我從來不知道在這種狀況下該怎麼辦——我猜想，浪漫的做法應該是靜靜欣賞他的睡顏，但浪漫向來不是我的強項，於是我打開帳篷門片，讓破曉前的晨光照進來，在亂七八糟的衣物堆中隨手拿起一件穿上——是溫德爾的毛衣——然後提筆寫日誌。不久之後他動了動，輕聲笑了起來。

「有些女人睡覺時會打呼、說夢話，但這還是我第一次被鉛筆奮力寫字的聲音吵醒。」

「不然你去跟那些女人求婚啊。」我說。「只是，你恐怕很難找到像我這麼能夠容忍精靈殺手和怪異追尋的人了。」

他嬉鬧地將頭靠在我肩上看我寫字，而我竟然不介意，連我自己都感到意外。他唯一的評論是：「只有你才會連日記都寫註腳。」

「你到底什麼時候才要回答我的問題？」

他輕輕動了一下，頭髮搔過我的頸子。「什麼問題？」

「明知故問。」我說。「當然是那天在你辦公室開會之後你就一直逃避的問題。爲什麼你的繼母會選在這個時候派人殺你？我以爲她不能殺你。」

「她不是不能殺我，而是不能讓她的王位永遠穩固，必須留下一條能打倒她的路。兩者並不相同。」

「是嗎？」我闔上日誌抬頭看他。「假使你不打算推翻她，還有誰會？除了你還有其他人角逐王位？」

他迴避我的視線，撥弄毯子鬆脫的線頭。「她認定殺死我的話，**你**會爲我報仇。」

我嗆到。「我——**什麼？**」

「對不起，小艾。」他的表情看起來眞的很懊惱。「我不清楚她是怎麼發現的，但她知道了我冬季時向你求婚的事。」

「怎麼會？」

「我猜應該有間諜，而我們經常談起那件事。」

我重重嘆氣，想起我們的那些玩笑。

「我早該想到。」他說。「她總是特別關注自己所愛的人。」

聽到這句話，我輕輕笑了一聲。「所以她愛你，是嗎？」

他一臉錯愕，似乎不認爲繼母的行爲有任何矛盾之處。「當然了，我從七歲開始便由她養育。我對她的記憶比對生母還多。」

「所以說就是這樣？」我問。「她以爲我們訂婚了，於是派殺手來要你的命，因爲她瘋狂的精靈邏輯認定，假使她殺死你，我會用畢生之力爲你報仇。」

「一般都是這樣，你不也知道那些故事嗎？」

我當然知道了——蒂爾潔與河王、貝宮公主[18]。「如果我們當中她只需要一個活著就好，那麼她大可以殺**我**。」我指出。「如此一來你就只能靠自己了。你已經證明了靠自己行不通，你花了那麼多時間找門，結果卻一無所獲。」

「對，呃，不知道爲什麼她比較怕我，而不是怕你。她不知道你是厲害的狠角色。」

「沒有厲害到足以推翻精靈女王的程度，我保證。」

他親吻我。「小艾，不必擔心。我不打算英年早逝，假使我眞的有個三長兩短，我在此禁止你爲我復仇。」

這句話讓我產生莫名的罪惡感——我知道這樣很荒謬。或許他並非蓄意讓我們陷入這種險境，但無論如何，全都是因爲他莫名其妙求婚才會搞成這樣。「你休想禁止我做任何事。」我說。「倘若她傷害你，我**絕對**會還以顏色，只可惜我沒有魔法，心有餘而力不足。」

「這麼做有什麼意義？」他聳肩。「很多精靈沉迷於復仇，我實在不懂爲什麼，大概是因爲祖母的血統所致。夜精靈或許不太有耐性，但他們不會浪費生命尋求復仇，畢竟打理家務是再實際不過的工作，而復仇毫無實際意義。說眞的，小艾……假使我被殺死，我允許你用這個題目寫一篇論文。我知道比起復仇，這樣做你會更有滿足感。」

他用手指纏捲我的頭髮。我放棄爭辯並且放下日誌——只是暫時而已。

✦ ✦ ✦

稍晚，溫德爾從我的枕頭底下拉出被壓住的布條。「你掉了這個。」他將布條交給我。這塊布條是綠色的——艾孔綁的布條，我在昨晚拆下放進口袋裡。另外還有一條藍色的纏在毯子裡，尾端有些磨損。我一起捏在手裡握緊。

「艾孔。」我低喃著，猛然坐起身。「可以用布條找到他，對吧？」

他用手肘遮住眼睛，輕聲笑了起來。晨光凝聚在他的鎖骨中央，讓他的頭髮更顯金黃。「唉，我知道想要親暱依偎是種奢望。」他說。「但我原本以爲至少可以賴床。」

「你不想找到你的門嗎？」

「不想。」他將手伸向我。「此時此刻，我可以眞心地說，我只想和你一起待在這裡。反正他們兩個已經在這片山區流浪五十年了，多等一兩個小時也死不了。」

我瞥他一眼，視線不由自主流連在他散落的髮絲與肩膀的線條上。嗯，我也不介意多等一下。

他似乎察覺我的想法，微笑著牽起我的手。「我讓你失望了嗎？」

「沒有。」我說——語氣有點太堅決，我頓時臉頰發熱。這顯然是我的失誤——他的表

18 蒂爾潔是愛爾蘭女王，她的精靈丈夫慘遭自己的兄弟殺害，於是她派遣軍隊殺進精靈界為夫報仇。貝宮公主的故事很可能源自於法國，改編自〈公主與鹽王座〉。或許是法文的鹽（sel）被誤譯為英文的貝殼（shell），但故事梗概大致相同：一位海中國度的精靈公主與島嶼王國的凡人王子訂婚，之後未婚夫卻遭到殺害。她窮盡畢生之力為未婚夫報仇，即使離開大海之後她注定會慢慢死去，但她依然堅持到親自手刃最後一個謀害未婚夫的共犯之後才香消玉殞。

情變得非常不懷好意。

「總之不會比利奧波德老兄更令你失望。」他說。

「我不懂，爲什麼你要把他扯進來？」

「還不是因爲你太常提起他。」

「我一共只在你面前提起他三次。」我抗辯道。

「眞的？」他似乎眞的很驚訝。「我敢發誓至少有十幾次。」

「更別說那時候我根本不知道你對我有興趣。」我說。

「少來，你早就知道了。」

幸好旁邊有好幾個枕頭，數量多到誇張，我隨手拿起一個朝他的臉揮過去。

他大笑著吻我。我暫時忘卻了一切，不過當他退開時，眼前的大好良機又再次搶占我的注意力。

「你可以用布條追蹤艾孔嗎？」我再次問道。

「應該不行，我又不是獵犬。」

我挫敗地哀嘆一聲。「昨晚他眞的很接近了，他和德葛雷兩人都是。我眞的好想和他們其中一個談談。」

「怎麼談？」他說。「確實，艾孔之前來找過你——但我們不知道他是怎麼做到的，每次都是他主動現身。他們兩個都受困於精靈界深處，德葛雷比艾孔更嚴重。」

我不禁蹙眉。「你怎麼知道？」

但他只是搖頭端詳布條。「你知道嗎？**說不定**行得通——我拿著布條的時候能感應到艾孔，就好像布條是綁住他的繫繩，他在另一端揮舞手臂。」

「看來你果眞是獵犬。」

「搞不好……他說的那些毫無道理的指引，你還記得嗎？」

「眞的有用？」我錯愕地問。「我以爲他只是在胡言亂語。」

儘管如此，我還是說給溫德爾聽。我們穿好衣服，過程中溫德爾不停抱怨。我跟著他走出去，納悶地看著帳篷，不知道要怎麼將它變回我熟悉的舊斗篷。我捏住帳篷的部分尖頂，它便開始縮小，在布料窸窣的聲響中變回原本的模樣。我不禁看呆了，很想進一步確認檢查，就像孩童想檢查魔術師的袖子尋找祕密口袋那樣，但溫德爾已經邁步出發了。我披上斗篷，加快腳步追上。

「艾孔給的那些指示應該沒用吧？」我說。「我們怎麼知道他的兄弟死在哪裡？他又在哪裡看見鬼魂？」

「噢，那些應該與艾孔本人無關。」溫德爾回答。「感覺像是暴格的伎倆，他們最喜歡用毫無意義的指示愚弄凡人，要是能把凡人逼瘋更好。對暴格而言只是遊戲，他們就是那種可悲的生物，沒有其他事可做。我認爲只要找到暴格，就能找到艾孔。」

「當然了。」我低聲說。艾孔說個不停的那些內容並非給我指引的預言——他只是在重複暴格給他的指示，誤以爲眞的能有所幫助。

溫德爾停下腳步望著布條，然後一臉苦惱地環顧山地。「我眞的不知道我在做什麼。」他承認。「但我找到了一條暴格的過道，那些討厭的小怪物經常從這裡經過。」

他繼續往前走。不過，除去幾叢散落的枯草之外，我其實看不出這裡有路——即使我經驗豐富，依然很難發現。我們走到一片開滿野花的草地，絲絲霧氣悄然飄動。溫德爾握住我的手，帶我沿著邊緣繞過。

「討厭的兔子洞！」他嘀咕。

「那是門嗎？」我熱切地問。既然現在我不必再擔心迷路，研究精靈之門的熱情又回來了。「通往哪裡？」

他只是陰沉地搖搖頭。「你該慶幸昨晚沒有往這個方向瞎闖。」

來到下一個上坡時，他停下腳步，瞇眼看向手中的布條，然後又望向理論上是暴格過道的地方。「感覺就像拿著兩個故障的羅盤航海，各自指著相反的方向。」他抱怨道。

我嘆了口氣。「不然還是回頭吧。」

「我沒說不可能找到，只是過程有點煩。走吧。」

他再次牽起我的手，帶著我向左走，而我完全看不出這麼做有何必要。明明幾碼之外就有一條更好走的路，他卻偏要帶我穿過一片沼澤，最後他堅持要轉往旁邊，從兩棵靠得很近的橡樹中間擠過去。這種惱人的瞻前顧後恐怕會耗上好幾個小時，我正準備認命接受，他卻突然停下腳步，將布條隨手一扔。

「溫德爾！」我驚呼。然後我轉往他投注視線的方向，艾孔就在那裡。

布蘭．艾孔教授站在一塊孤伶伶的大岩石上，一手遮著眼睛觀察前方。他依然穿著同一件厚重斗篷，口袋裡的布條滿出袋緣，年齡大約四十多歲。就在我們眼前，他舉起雙手圈著嘴大喊：「丹妮！」

「哇！」我不禁目瞪口呆。「我還以為要花更長的時間。」

溫德爾用難以置信的眼神看著我。「我們已經走了**至少**半個小時，空著肚子的時候半個小時就很久了。」

艾孔轉身打量我們。他爬下大岩石，而我們也朝他走去。他的表情很困惑，幾乎到了害怕的程度，我一度甚至擔心他會逃跑。我自問，這個版本的艾孔能有多清醒？

「你……」他開口，注視著我。「我記得你，對吧？」

「應該吧。」溫德爾說。「這幾週你一直在糾纏她，對她叨唸讓人聽不懂的話。」

「你打算怎麼做？」我說。

「他受困在精靈界，那我當然要把他拉出來了。」

於是溫德爾就那麼做了。我無法適切描述經過，因爲我沒有看見。他對艾孔伸出手——艾孔蹙眉握住——然後往前拉。但我確實**感覺**到了——一種突然其來的空間轉移，有如墜落。青草顫慄，一瞬間，萬物靜止。

接著世界恢復正常，我們三個站在一座小山丘上，乍看之下就是和剛才相同的地點，但我知道現在我們身在凡界，一起踏出了精靈界。艾孔驚奇地望著溫德爾。

我以爲他會問今年是哪一年，或者問這裡是什麼地方，以某種跡象表現出他意識到經過這麼長一段時間自己終於自由。但他只是來回看著我們兩個，然後說：「我必須找到丹妮。她還在這裡，我知道。」

「教授，」我緩緩說道，「我們一起找她。」

✦ ✦ ✦

我們回到農舍去找雅瑞艾德妮和羅斯——當然還有影子。大狗顯然安心下來，激動到無法自已，撲到我身上一陣狂舔。我的腳踝還是會痛，但已是可以容忍的抽痛。

艾孔在小農舍中極具存在感，在我介紹完他的身分之後，雅瑞艾德妮與羅斯好一陣子驚訝得說不出話來。艾孔幾乎沒有看向他們，只是蹙眉環顧農舍內部——我領悟到這是因為半個世紀前他也曾經寄宿此處。雅瑞艾德妮匆忙站起來，作勢要讓位給艾孔，但我懷疑她只是單純想要遠離對方。她有這種反應也難怪，畢竟艾孔身上有種屬於幻境的詭祕，彷彿露水般依附著他，部分原因或許是儘管他在山區徘徊數十年，卻幾乎沒有一絲疲態。

「沒有早餐？」這是溫德爾回來後說的第一句話，一邊還揉捏著眉心。

「茱莉雅還沒來。」雅瑞艾德妮說。「你沒事吧？」

他揮揮手打發她。我開口道：「艾孔教授，你曾經告訴我和溫德爾，你大概知道德葛雷誤入精靈界的地點。我建議你現在就帶我們去，讓溫德爾試著找出她的行蹤。」

「還眞把我當獵犬了。」溫德爾嘀咕。

「艾蜜莉，你不覺得這樣太操之過急嗎？」羅斯語帶譴責。

「不覺得。」我沒好氣地說。「我們必須盡快找到樞紐，而德葛雷知道位置。鬼獵人隨時可能會再發動攻擊，也可能會有新一批殺手。無論如何，必須盡快制止溫德爾的繼母。」

「哼，**我**就覺得這樣太操之過急。」羅斯說。「愈是危險，我們愈應該講究**條理與策略**。德葛雷很可能遭到羊仙綁架，萬一我們遇上了該怎麼辦？那種精靈非常兇惡——這也難怪，畢竟他們生活在那種地方。」他隱晦地朝溫德爾的方向比了比。

「我恐怕無法反駁。」溫德爾說。「我的王國確實有一些原生種族相當可怕。算你運氣好，我是生性平和的那種。」

「可不是嗎？你簡直是溫文爾雅的典範。」我語帶嘲諷，羅斯則一臉驚愕地看著溫德爾。溫德爾沒有聽出我的挖苦，也沒有看到羅斯的表情。我一直搞不清楚，他究竟是完全沒有察覺自己有大開殺戒的狠辣傾向，還是他單純將之視作一種平凡無奇的生活現實。

羅斯轉向艾孔。「你怎麼會出現在艾蜜莉面前？一次在劍橋、一次在火車上，你和她之間有什麼關連？」

不等艾孔回答，我搶先說：「他不知道。」我和溫德爾已經問過他了。「他甚至不知道自己離開了阿爾卑斯山，只知道他和我說過話。」

「嗯！」羅斯說。「不過你們之間**一定**有什麼關連。說不定是精靈法寶？因此製造出一個錨點、一道門？」

他似乎在自言自語。我說：「羅斯博士，如果你想留在這裡思考理論，請自便。我們要去找德葛雷了。」

他怒瞪著我。「**艾蜜莉**，我們不能有勇無謀地跟著這個人亂跑。我以前就說過了，我會堅持重複到你聽進去爲止：你太過信賴精靈，這種錯誤非常危險。」

「布蘭・艾孔不是精靈。」

「他在精靈領域流浪了**整整五十年**。」羅斯憤慨地駁斥。「天曉得精靈在他身上用了什麼魔咒？他很可能會把我們帶去暴格的陷阱裡。」

「我沒有中魔咒。」艾孔冷冷地說。「而且我人就在這裡。」

我不由得閉上眼，心想：這就是為什麼我喜歡獨自工作。要是只有我和溫德爾，我們老早就出發了。「菲理士，我已經下定決心了。這是我的學術考察，不是你的——我以爲我們已經弄清楚這一點了。」

他抬頭挺胸，將身高拔到最高——只比我高一吋。「你這麼死腦筋又不聽勸，這種個性非常不利於學術研究。」

「那你呢？你已經超過十年沒有創新發想了。」我回敬道。「你害怕精靈，害怕新的研究方式，害怕有任何東西會擾亂你在劍橋安穩舒適的日常，以致於變得毫無建樹。」

艾孔用力拍桌子。「你們吵了半天，這些到底和丹妮有什麼關係？」

影子開始嗥叫。牠往前撲向溫德爾，幸好雅瑞艾德妮及時抓住牠的項圈。「牠怎麼了？」她大喊。

「影子。」我上前一步。

「先讓我喝杯咖啡，否則我哪裡都不去。」溫德爾鄭重宣布，然後便癱倒在地。

✦✦✦

我原本以爲艾孔會帶我們到荒野，沒想到他竟然帶我們去了村子。天空開始飄雨，然而翻騰的烏雲似乎對於下一步猶豫未決，每隔幾分鐘便散開一次，讓明亮陽光灑落鄉間。不過風勢依然猛烈，將我紮好的頭髮吹散，挾帶著松果與紅黃落葉從我們面前呼嘯而過。

我不想留下溫德爾自己出門，但還能怎麼辦？將艾孔拉出精靈界所耗費的魔力顯然使得他體內的毒素加快發作，我們帶他上樓回房間躺下時，他幾乎完全失去意識。他的臥室下起雨淋濕我們，地板則出現大片苔蘚，還點綴著幾朵雛菊。鳥影掠過地板，但我們沒看見飛鳥。我解開溫德爾的襯衫，發現他的胸口也浮現鳥影。我不敢丟下他出門，但也不敢留在他身邊。於是我們決定讓雅瑞艾德妮留下來照顧他，其餘的人去尋覓德葛雷，畢竟只有她知道如何前往溫德爾的國度。

找到門之後呢？我將這個問題推至一旁。溫德爾一定會康復，我必須想出解決辦法。

之前羅斯才大力反對這個主意，沒想到他竟然堅持要一起去。我非常驚訝，但他說什麼都不肯放棄。

「我不會讓你獨自盲目投入這次的搜索。」他說。這個決定顯然出自他自視過高的傲慢，我爲此深感不悅，但仍不免因爲之前對他的批評而感到難爲情。羅斯絕非懦夫，暗指他缺乏膽識是我器量太小。事實上，我們能得到這個機會都是多虧了他的建議，是他提出要取得艾孔的布條。我在心底多少希望能緩和兩人之間劍拔弩張的對立態勢，但是我們沒有時間了。天候很快就會惡化，溫德爾隨時可能會因爲重病而失去生命，我們必須**採取行動**。

當我們站在滿是苔蘚的潮濕臥房看著溫德爾熟睡時，羅斯指出：「我們等於是要在沒有精靈襄助的狀況下找出德葛雷的下落。」聞言，我緩緩吁了口氣。

「不是全然沒有。」我拿出從樹靈學博物館借來的項圈。我和溫德爾力戰灰光妖感覺已經是好久以前的事了，但其實才相隔短短幾週而已。

我爲影子戴上項圈，一開始幾乎看不出任何影響。以前牠也戴過項圈，一般的和精靈製造的都有。但我們出發時，牠笨重的腳步變得更爲優雅，也經常停下腳步到處嗅聞。

「那個項圈有什麼功用？」羅斯問。

「這是小哥布林製造的。」我說。「他們有時會飼養狗靈當看門犬。由相關傳說判斷，這種項圈有助於讓影子移動速度更快、感官更靈敏。」

羅斯搖頭，但我感覺得出來他已經沒有精力說教了。這樣正好，我想著，因爲他自己也很依賴精靈法寶。除了那只懷錶，我發現他還有一雙家居棕精靈修改過的靴子，能保護他的雙腳不受環境與碎石侵害。影子的項圈能保護我們，更能保護大狗本身。因爲牠年紀不小了，我希望在帶忠誠的大狗冒險時多少爲牠提供一點防護。

我們走到教堂後面的高地時，艾孔停下了腳步。「我們來這裡做什麼？」我不禁發問。一位路過的農婦對我們頷首，我記不起她的名字，但她是哈斯家眾多親戚之一。她一臉好奇地打量艾孔，似乎沒有發現他就是在當地傳說中占據重要地位的幽魂。

「我相信她就是在這裡消失的。」艾孔如此表明。布蘭·艾孔惜言如金，一般來說我相當欣賞這種特質，但他已經來到了每次開口都過於簡潔的程度。我也無法判斷他的神智是否正常——這可不是好事。他不會胡言亂語或失控暴怒，對話時也能理性回應，然而他是如此執著於尋覓德葛雷，近乎不顧一切；而且，對於自己終於獲救、不必再孤獨地受困於精靈界這件事，他幾乎沒有表示過感激——說眞的，他好像甚至沒有意識到。感覺就好像受困的那段時光改變了他，如今他只是一個有生命的傳說，只能在他的故事框架中徬徨躑躅。

我環顧四周，停下腳步揉揉僵硬的腳踝。山丘背光處長著一排參差不齊的樹木，大多已經或即將枯死，遮擋住一部分的教堂，下方人工開拓的小徑則長滿尖利的蕁麻。這一切都營造出生人勿近的氣氛，我立刻振奮起來，心中湧現一股強烈的預感。這裡一定有什麼，我很確定。

「我們之前推測德葛雷消失在綠眼谷。」我告訴艾孔。「她最後留下的布條出現在俯瞰山谷的斷崖上。」

「對，村民都這麼認爲，以爲她墜落山崖了。樞紐確實是在綠眼谷，但她並非在那裡失蹤。」

他再次沉默，我不由得催促道：「爲什麼？」

「我相信她在失蹤前一晚去了綠眼谷。我認爲那天晚上她被迫逃離山谷，因此沒有機會綁布條。追逐她的那些怪物在這裡追上她，就在這片高地上將她拖進精靈之門。」

「你怎麼知道？」

他帶我們走向山丘頂端的一片紅菽草，接著往前一指，說道：「綠眼谷就在那裡。」

「啊。」我輕聲說。就在距離不遠處，那片陰森的樹林和藍綠湖泊在忽明忽暗的陽光下閃爍。只要進入山區，我的方向感就會亂掉——我這才察覺其實村子北端離綠眼谷很近，因爲教堂後面這條路太過陡峭，所以才開闢出平常我們走的那條遠路。我們得手腳並用才能往下走，有時甚至得順著岩壁垂直下降。

「丹妮會爬山？」我問。

「丹妮會爬山。」他肯定道，默默以她爲榮的表情爲他增添幾分人味，但很快又轉爲憂心忡忡。

羅斯開口：「你應該有發現她往這裡來的證據吧？否則一切都只是毫無意義的猜測。」

「當然有，教授。」艾孔回答。「我們這個年代的學者或許沒有你們使用的新穎研究方法，但也沒有你們所想的那麼沒用。」

他從口袋拿出一條項鍊，鍊墜是一把鑰匙。

我隨即一把搶過來。「這把鑰匙通往哪裡？」

他的臉上浮現若有似無的笑容。「懷德教授，請冷靜，這只是普通的凡人鑰匙。這是丹妮的，是我們在劍橋同居的公寓鑰匙。」他停頓了一下。「但已經是很久以前的事了。丹妮失蹤之後不久，一位牧羊人碰巧發現了鑰匙。我認爲她應該是故意扔出來的，好讓我知道她被抓走的地點。」

「發現鑰匙的確切地點在哪裡？」我已經開始觀察四周的山地。

他搖頭。「牧羊人想不起來，只記得是在這片山坡上。」

「你沒有找到門？」我追問，我們身後的教堂同時響起鐘聲。

「沒有。我搜遍了這座山丘和鄰近地帶，但只找到一道通往普通棕精靈住家的門。有天晚上，我在回農舍的路上被濃霧籠罩，然後我就迷失了。」

「可以理解，畢竟這片山地有太多精靈領域互相重疊。」羅斯說。我覺得他是在刻意討好，因爲艾孔似乎不太喜歡他。但艾孔好像沒有察覺他的企圖。

「影子。」我輕聲呼喚，大狗來到我身邊。我們一起徹底搜索這片山丘，我一下子就找到通往棕精靈住家的門——是山丘上的一個洞窟，外面長了很多金黃毛莨，在苜蓿叢中非常顯眼。過了大約一個小時，我才找到**另一道門**。

「那裡。」我說。此時大雨如注，我們全身濕透發抖，就連艾孔也一樣。

羅斯一路上不停唉聲嘆氣、喃喃自語，這時他過來我身邊，雙手抱胸站著。「有東西嗎？

我什麼都沒看見。」

「那兩塊石頭。」我說。「你有沒有發現好像標示出一條路？」

「艾蜜莉，」羅斯抹去眼鏡上的雨水，「這片山丘上到處都有這樣的石頭。我建議先去教堂躲雨，等風雨過去再說。」

「有些精靈之門只有下雨時才會顯現。」我說。我小心翼翼伸手，從兩塊石頭中間捧起一把土，然後讓土從指縫間落下。灰土紛飛，一點濕氣也沒有，彷彿完全沒有淋到雨。

艾孔也摸了摸那些土，彷彿除非親自驗證，否則不敢相信。接著他轉身注視著我，視線停留太久，讓我很不自在。

「我在這裡找了好幾天。」他終於開口。「懷德教授，你的直覺不輸丹妮。」

我聳聳肩，不當一回事。「這道門可能不會讓我們進入，我建議先由我帶影子去看看門的另一邊是什麼樣的空間。我不會走太遠——我們需要溫德爾。」

其實我心中早已暗暗打定主意，只是沒有說出來——說不定我會遇到綁走德葛雷的精靈，我會嘗試和他們談條件，讓他們釋放她。我有過和精靈交涉的經驗，成功的機率超過其他學者。剛才我靈光一閃，想到找獄卒應該比找囚犯有用，尤其這個囚犯行蹤飄忽如鬼魅。

「絕對不可以。」羅斯義正辭嚴地說。他的一頭白髮亂七八糟地黏在頭頂，讓他感覺更加衰老，顯得有點落魄。「我們甚至不確定進入這道門之後是否能找到德葛雷。」

「這裡的精靈領域層層疊疊、互相糾結，本來就是座迷宮。」我回答。「不只如此，德葛雷與艾孔同時還迷失於**時間**當中。雖然我在懸崖上見到了年老的德葛雷，不代表這道門裡就不存在比較年輕的她。事實上，我認為可能性非常高。」

「胡說。」羅斯嘀咕，伸手抹了下側臉。

「有這麼難理解嗎？」我挫敗地說。羅斯的整個學術生涯都在研究精靈，他早該習慣這種悖論才對。

羅斯沒有回答，只是輕聲笑了一下。他跪下檢查那道門。「艾蜜莉，感覺我好像一直跟在你身後一步之處。或許現在也該這樣，我不能讓你獨自去冒險。」

「你只會礙事。」我說，現在沒有時間講究禮貌了。

「嗨？」有個聲音說。「你們需要幫忙嗎？」

我轉身看到之前遇到的年長農婦——我依然想不起她叫什麼名字。教堂後面有一條小徑通往這裡，她站在半坡處瞇眼看著我們。

「我們沒事，愛涅絲。」羅斯高聲回答。

「眞是夠了。」我嘀咕。另一位村民出現在她身後——我猜是愛涅絲的丈夫，他頭髮花白，身材瘦小，駝背得非常嚴重。他們用德語商量，不時對我們投以擔憂的眼神。

「你們知道吧？天就快黑了，待在外面很傻。」愛涅絲大聲對我們說。

「是，我們知道。」羅斯回答。「我們在做研究。」

「什麼？」

「研究！」

對方一臉茫然，一時陷入沉默。「我的英語不好。」愛涅絲說。「快去室內！大白痴！」

「我們必須擺脫他們。」我咬牙說道。

羅斯用德語重複一次剛才的回答，愛涅絲則再次和丈夫商量。可能是羅斯終於說服了他們，也可能是他們覺得外國人堅持找死的話也沒辦法，總之他們轉身回教堂去了。

「愛涅絲說得很對。」羅斯悻悻然說。「天快黑了，我不太想遇上那些抓門的怪物。」

「那你回去吧。」我惱火地說。我受夠了，不想再聽別人的意見。我的直覺從來不曾帶我走錯路——假使只有我一個人，早就帶著影子走進精靈之門了。

「那是什麼？」艾孔輕聲說。

我轉身。在逐漸黯淡的光線中，我只能勉強看出一道身影——很瘦，身高像小孩，頭頂有東西。

一對角。

羅斯慌忙舉起提燈，光線掃過一張宛如骷髏的臉，瞬間出現又消失。那張臉有雙明亮的凸眼睛，長口鼻不像我看過的任何動物。一對扭曲的角有如枯骨——將這種角比做年輪的學者想必擁有詩人的靈魂，因爲角的模樣令人毛骨悚然，彷彿病態滋長的怪物。

「我的天！」我蹣跚後退一步。事情發生得太快，我只捕捉到一閃而過的殘影：影子往前衝去，項圈讓牠找回了年老骨頭無法負擔的靈活。

「影子，不要！」我尖叫，但大狗不聽我的命令。牠一瞬間就撲倒了羊仙，接下來只聽見牙齒撕咬與帶著吐血聲的喘息，最後是一片死寂。影子再次從黑暗中出現，牠的體型變成平常的兩倍，外露的犬齒四周染血。

羅斯驚呼一聲往後倒，但他身後出現好幾隻羊仙——我無法完全確定。那種精靈似乎喜歡躲在暗處，這樣也好，至少不用看到他們恐怖的模樣，缺點是提燈的光總是在出乎意料時照亮他們的臉，有如細線卡在生鏽的釘子上。我感覺到魔法流過全身，是羊仙施展的魔咒，幸好很弱，輕易就能甩開——弱到即使沒有斗篷我應該也能承受。

我不希望在綠眼谷遭遇狐精的事件再次重演，於是拉著羅斯逃離羊仙，但他卻不肯走，彷彿被什麼東西附身了。他成功甩開我，邁著搖搖晃晃的步伐朝羊仙大步走去，動作有如牽線人偶。

我罵了一句髒話。對我毫無影響的魔咒，羅斯卻毫無招架之力。我伸腳絆倒他，終於阻止他投向怪物的懷抱，他落地時發出長長哀嚎。

羊仙牽著一群狗——身體很小，嘴卻很大。我之所以稱之為「狗」，只是因為沒有其他詞語可以形容——其實那種動物的樣子比較像巨型老鼠，身形有如駝背的矮小人類。那種鬼東西沒有半點正常之處，我內心有個部分太想躲開，以致於強迫我轉移視線。影子看到那群狗，仰頭發出淒厲嗥叫，使我眼前突然出現黑暗隧道與扭動蠕蟲，於是我用力握住口袋中的硬幣，強迫自己數到五。那群精靈狗行動一致，同時掙脫主人，幾隻羊仙企圖拉住自己的狗，立刻遭到咆哮狂咬。一隻羊仙的腿差點被咬斷。

「影子！」我一把抱住大狗的脖子，想要抓住項圈，牠則來回用力甩頭想要掙脫。現在牠的體型變得更大了，肩膀幾乎與我的齊高，但整副身軀瘦得嚇人，皮膚底下可以清楚看見骨頭。比起沒有偽裝的自然狀態，現在的牠更像黑魔犬。我痛罵自己，竟然幫牠戴上那種項圈。

「影子……」我再次企圖阻止牠，聲音帶著哽咽，但牠完全不理我。

一隻羊仙抓住了羅斯的斗篷，正拖著他橫越山丘。斗篷緊勒住羅斯的頸子，他卻毫無反應，一動也不動的樣子相當詭異。艾孔也被一小群羊仙包圍，揮舞著斷掉的樹枝抵抗。其他羊仙則安靜地追狗——這就是這種精靈最駭人的特徵，他們做什麼都安靜無聲。我好不容易才強迫影子坐下，急忙去追羅斯，突然間卻出現點點火光，閃爍著照亮整片山丘。

「是我們的好鄰居！」一個聲音用德語說。

「把燈調亮！」另一個聲音說。「讓他們知道這兩位是我們的客人，把供品丟出去！」

愛涅絲和她丈夫回來了——我勉強能辨識出他們兩人的身影，他們高舉提燈，步履維艱地爬下山丘。儘管我們態度惡劣，他們還是發自善心而奮勇號召了一群村民，特地來拯救這群白痴學者——這幾個人竟然不顧他們的警告，惹上了當地最兇惡的精靈。我發出一聲壓抑的喉音，半是啜泣、半是大笑。

「快回去！」艾孔對村民大喊。羊仙為了搶村民拋過去的「供品」而放開了羅斯，他立刻手腳並用、氣喘吁吁地爬起來。我以為供品會是帶血的大塊生肉，沒想到他們扔的竟然是蔬菜——主要是胡蘿蔔和洋蔥，這一幕實在太滑稽。

怎麼會這樣？在我的記憶中，這一段僅有模糊的嘈雜聲響與動作。那時候我好像在狂笑——沒錯，狂笑。這些夢魘般的惡魔竟然為了搶食胡蘿蔔而放棄攻擊，讓我早已緊繃到近乎斷裂的神經無法承受，一時間還以為這又會是一個奇妙的精靈故事，可以在學術會議上分享，或是在課堂上用來逗學生哄堂大笑。精靈確實很恐怖，他們是怪物、是暴君，甚至兩者皆是，但他們也很可笑，不是嗎？無論是被蔬菜吸引的兇殘怪獸，或是魔力強大到能夠將稻草紡成黃金、卻樂意用它來交換一條不值錢項鍊的精靈，又或者是被自己的斗篷推翻的偉大國王，所有精靈故事都帶著一絲荒謬，但精靈自身卻毫無覺察。就在我想著這些事的時候，慘劇發生了。

愛涅絲的丈夫最先趕到我們身邊，羅蘭．哈斯與埃伯哈．佛洛姆緊跟在後。我不知道他們以爲能幫上什麼忙，或許他們打算和羊仙講道理，也可能想要英勇地擋在我們前面。陷入嗜血狀態的影子判定有隻羊仙太靠近我，於是將他撕咬到支離破碎。現在的牠實在太巨大，就連戰馬看到都會心生恐懼，一身長毛隨風飄動的模樣有如海底暗流中的海草，而頭部的毛髮就像獅子鬃毛。或許牠沒有留意到村民接近，只是從眼角瞥見動靜，以爲又是羊仙從暗處突襲。當埃伯哈走到我身邊時，影子突然對他發動攻擊，巨大雙顎用力咬住埃伯哈的胸口，將他整個人舉離地面，劇烈搖晃一陣後拋在一旁。

✦ ✦ ✦

我不記得接下來發生了什麼事，只知道場面混亂無比。埃伯哈．佛洛姆只在最初發出一聲駭人慘叫，然後便再也沒有動彈、再也沒有說話，村民匆匆將他送走——他們不肯告訴我們送去了哪裡。在騷亂中大部分的村民似乎都沒看到確切的事發經過，也不知道這樁慘劇與我們有關。雨勢變得更加狂暴，加上羊仙依然虎視眈眈，我們什麼都做不了，只好匆忙又狼狽地回到農舍。

因此現在我坐在爐火邊，抱著日誌拚命寫，彷彿記錄下這場災難有助於緩解痛苦。每當屋子發出細小聲響，我的心跳便會立刻加速，生怕有不友善的客人上門，可能是精靈，也可能是村民。我們造成了那樣的傷害，他們還會容許我們在此棲身多久？都是我不好，這次的慘劇是我一手造成的。

十月七日

我重讀了一遍上一篇日誌的內容，擔心昨晚情緒太過激動以致於無法理性記述。我希望能澄清一些事實。現在，我比任何時刻都深切感受到精準記錄的重要性，畢竟這可能是我人生的最終幾日。

實在太煽情！但我看不出哪裡不夠精準。

可想而知，當我們回到農舍時屋裡的狀況有如噩夢。藤蔓從溫德爾臥房的窗戶鑽出去，爬滿整個屋頂。現在草地上開滿藍風鈴花，這種花根本不該出現在世界的這個角落，而農舍後方的懸崖發出神祕的波濤聲。最怪的是雨，山區的狂風暴雨變成了綿綿細雨，但只限於農舍方圓幾碼的範圍，感覺就好像有一把漏水的大傘遮住農舍。

我們發現溫德爾醒了，在農舍裡搖搖晃晃地尋找靴子，顯然想要出去找我們。雅瑞艾德妮慌張地跟在溫德爾身後，稍後匆忙解釋道在他昏睡期間，她硬塞了一塊阿坡做的蛋糕進他嘴裡，而他醒來之後就開始逼問我去了哪裡。他路都走不穩還企圖闖入黑夜找我，是她藏起他的斗篷和靴子才成功阻攔——她做得很對，因爲他臉色蒼白、渾身顫抖，絕對不適合外出，就連走到花園都很勉強。我一進門他立刻用力抱緊我，責怪我丟下他，我好不容易才帶他去爐火邊的椅子坐下。雅瑞艾德妮急忙幫他蓋上毯子，彷彿這樣做能防止他再次企圖衝出門。

「壞丫頭，你把我的東西藏在哪裡？」他質問。

雅瑞艾德妮笑嘻嘻看著他，表情疲憊又得意。「你的斗篷在櫃子裡，我用羅斯博士備用的那件蓋住了，我還特地將內外翻轉，你明明看見了卻沒發現。至於靴子，一隻在外面的花圃裡，另一隻就放在我房間裡，根本沒有藏起來，可是你嫌我房間太亂，所以不願意進去。」

「我的天。」溫德爾嘀咕。「你的頭腦就像你姑姑一樣邪惡。」

羅斯在溫德爾對面的扶手椅坐下，如此一來我只能坐在他們中間的腳凳上。雅瑞艾德妮與艾孔則坐在餐桌旁。艾孔表示，天一亮他就要回精靈之門那裡，繼續尋找德葛雷，他不在乎羊仙會不會又來攻擊，說完之後他便默默沉思，顯然認為其他事都不值得他開口。影子悄悄過來，像平常一樣趴在我腳邊，尾巴低垂。我沒有因為之前的事責備牠，但牠知道——牠知道自己做錯事了。當然，我已經取下項圈扔在山丘上，這起事件證明惱人的韓斯利博士拒絕出借項圈是正確的選擇。一拿掉項圈，影子立刻恢復平常的模樣，只是有點疲倦——回程時牠落後了幾次，但還是堅決地以蹣跚腳步跟在後頭，我一發現就會立刻回頭找牠。每次回頭我都擁抱牠，罪惡感幾乎滿溢，儘管如此牠還是察覺我們之間的不對勁，我一接近牠就全身緊繃，好像不知道我會抱牠還是打牠。

我說得斷斷續續，好不容易才描述完這次不幸的事件，溫德爾聽完後說道：「我討厭羊仙。」羅斯補充說，他認為埃伯哈的傷勢恐怕不樂觀。「可惡的壞蛋！等我重回王座，一定要將他們驅逐到悲泣礦坑的最深處。」

他伸手摸摸影子的頭。聽完我描述影子發狂的恐怖經過，溫德爾的反應主要是不懂為什麼我們要這麼在意，然後還稱讚大狗對抗羊仙保護了我們。

他發現我的表情不對勁，於是說道：「小艾，那時候天已經黑了，而討厭的怪物正在攻擊你們——村民雖然很好心，但他們真的不該介入。你當然不能責怪影子。」

「我沒有。」我說。但我並未說出，儘管我並不責怪影子，牠還是嚇到我了。我親愛的野獸讓我感到害怕，這個事實有如一道瘡口，而我忍不住一直去摸。「這起事件是我一個人的錯，是我帶牠來到這裡。我不清楚那條項圈的作用，只讀過幾個故事的記載，卻還是貿然爲牠戴上。」老天，我眞是個大白痴。

溫德爾揚起微笑，用雙手抓住影子的口鼻，然後寵溺地揉揉大狗的頸子，牠舒服到眼睛都快閉上了。「我個人從來不覺得影子需要強化。對吧，乖狗狗？」

「眞希望**他們**快點住手。」雅瑞艾德妮坐立不安。她沒有在聽我們說話，因爲門的另一邊傳來不祥的刮撓與撞擊聲響，讓她非常害怕。我們還是第一次如此清楚地聽見夜間訪客的聲音。不知道是不是大雨將他們召喚出來，這是我們來到這裡之後遇過最大的一場雨。雖然農舍周圍的雨很小，但我們能聽見山谷中狂風呼嘯。雅瑞艾德妮站起來確認門有鎖好，這是第三次了。

自從回到農舍之後，羅斯幾乎一言不發。他一直坐在對面的扶手椅上，整個人癱軟，雙手擺在圓肚上，似乎陷入沉思。這時他終於動了動，我做好心理準備，該挨的罵終於要來了，但他只是說：「我認爲還是先打包行李比較好，明天一大早我會去餐館打聽埃伯哈的傷勢——順便了解一下村民的態度。不過我認爲我們遭到驅逐的可能性很高。我們激怒了他們的精靈，導致一位地方重要人士遭受攻擊。樹靈學家遭到村落驅逐的事經常發生，有時理由甚至沒有這麼嚴重。」

「沒錯。」溫德爾附和。他握著我的手——我不知道他什麼時候握住的——溫柔地用拇指輕撫我的指節。「小艾，不要太自責——反正我們在這裡也沒有什麼重大發現，不如去俄羅斯試試。」

「俄羅斯很遠，你的身體撐不住。」

「噢——再吃一個阿坡的蛋糕就沒問題了。」他漫不經心地說，但我並不相信。他企圖安撫我的良心。我領悟到我的錯誤將會造成多嚴重的後果，感覺彷彿被寒霧籠罩。埃伯哈從頭到尾都對我們十分熱情、友善，我卻可能害他失去生命，不只如此，找到樞紐的希望或許也會就此毀滅，說不定永遠不會有下一次機會。我的眼前發黑。

我站起來往樓梯走去，雅瑞艾德妮說：「說不定村民不會那麼排斥我們。」溫德爾敏銳地看我一眼，但沒有開口阻止。「我和哈斯家的幾個女兒感情不錯。或許她們可以幫我們說話，讓其他村民改變心意。」

羅斯輕聲回答，但我沒有聽清楚。我蹣跚上樓回房——影子沒有跟來，這讓我原本就非常沉重的心情更加難受。我發現那隻可惡的精靈腳跑到了房間中央，我一開門它就慢慢朝門口接近。我一把將它抓起來——是我的想像嗎？還是這隻腳真的變暖了？——又把它塞回床底下。一定是鹽圈有漏洞，我重新畫了一個圈，小心翼翼鋪上厚厚一層鹽。

我一手拿著鹽站起來，另一手扶著窗臺茫然注視窗外的暴風雨。這時我的房門打開，我轉過身，以爲是溫德爾，沒想到竟然是羅斯。

「啊，看來你決定要稍微給我一點面子，所以私下過來訓斥我。」我說。

他蹙眉，但只是站著不動。「怎麼了？」我催促。「要罵就快點開始。我的傲慢使得我忘記精靈有多可怕，忽視了他們可能造成的危險。算了，你可以跳過這部分，因爲光是過去這一分鐘，這些話已經在我腦子裡重複十多次了。」

「艾蜜莉，」他說，「我認為你因為這件事如此自責實在有點荒謬。」

我實在太錯愕，差點鬆手讓鹽掉在地上。「**什麼？**」

他在床腳坐下。「我們需要你幫忙思考接下來的策略，結果你卻忙著為了山丘上發生的事責怪自己。」

我重重吁了一口氣。「這不是溫德爾才會說的話嗎？」

「看來這次我們意見一致。」羅斯說。「我不是因為冷血無情才這麼說。不過你有點太自我沉溺了吧？因為你犯錯，所有的事全都亂了套。現在你應該要幫我們想辦法解決，而不是關在房間裡鬧情緒。」

我沉沉坐在他身邊。「我還以為你會說個深具啓發性的故事呢，以睿智的勸說鼓舞我設法解決自己闖的禍。」

「我不會倚老賣老教訓你。埃伯哈這件事沒有解決的辦法，你必須背負罪惡感度過餘生。」他停頓一下。「怎麼——你想聽故事？」

我輕輕笑了一聲，臉埋在雙手中。「嗯，我想聽。」

「那好吧。只是我不能保證有什麼智慧，這是我第一次來阿爾卑斯山考察時發生的事。

「我在很年輕時就開始研究這個區域的精靈——我不會透露這是多久以前的事。這樣說吧，那個時代眞的很古老，一些比較年長的學者依然會揣測其他超自然存在是否爲眞——鬼魂、女巫——並且爭論精靈是否該分出另外一個獨立的類別。當然，現在我們有充足的理由相信事實恰恰相反——許多古老傳說中的妖魔鬼怪與靈異現象其實都是精靈的魔法，也可能是與精靈關係密切並因此能夠使用魔法的人類所爲。無論如何，那時候我才剛去過蘇格蘭，研究一隻脾氣特別惡劣的波嘎，他將整個村子視作他的家，這一點十分不尋常[19]，而且他喜歡化形成村人的樣子，可想而知，這讓當地民眾非常不安。

「我很樂意轉往瑞士阿爾卑斯山區研究比較單純的題目——當地居民相信高山中一棟廢棄的農舍鬧鬼，而我前來證明鬼魂不存在。我提出假說，認爲所謂的鬼魂其實是一種瑞士報喪女妖，瑞士其他地方稱之爲『尖叫矮人』，這個假說後來獲得證實，雖然花了我整整兩季的工夫進行田野調查。不過，一開始我非常困惑。我在那棟農舍住了一個星期，『鬼魂』一直在閣樓遊蕩、哀淒呻吟並且拉扯鐵鍊。我早該猜到是惡作劇，但是那個年紀的我非常自以爲是，完全沒有想到這種可能。訪問當地民眾的時候，村民往往會突然開始說些毫無道理的胡言亂語，使得我更加困惑。我請他們描述目睹鬼魂的經過，他們卻說起蜂鳥繁殖的詳細步驟，或是清洗玫瑰叢的正確方式。我訪談過的村民第二天往往對我們的談話毫無印象。

「你應該已經猜到是誰在搞鬼——沒錯，我看得出來你猜到了。我遠從蘇格蘭的凱瑟尼斯郡帶了一件精靈文物去瑞士——是那隻波嘎最後一個人類家件的肖像，可惡的波嘎竟然附身在上面搭便車。他像在蘇格蘭的村落一樣化身成瑞士村民，所謂的鬼魂也是他幻化而成。他偷走村民的衣物——連衣裙、浴袍、神父的長袍，什麼都偷——以隱形狀態穿著這些衣物在村子裡大搖大擺出沒。可想而知，村民知道這不是**他們的**鬼魂，因爲那個鬼魂從來不做這種事，所以他們只覺得煩。他們開始威脅要驅逐我，我哀求波嘎不要再鬧了，他卻堅持穿著市長上教堂的高級服裝亂跑，還製造出愚蠢的鐵鍊聲響。事件的結局一點也不刺激——最後波嘎玩膩了，他們本來就很容易膩，回到肖像畫框裡睡覺。我終於能將他郵寄回凱瑟尼斯，不過當地村民當然不會想念他。」

我們沉默片刻。

「這個故事非常傻。」我說。「你想逗我開心？」

「沒錯。」羅斯承認。「現在想想還眞是失敗，我……不太擅長這種事。」

「我也一樣。」我說。「上個月有個學生在我的辦公室裡哭了。她的貓死了，我又給她很差的成績，害她整個星期都很悲慘。我丟給她一項加分作業，然後隨便編了個理由就匆忙逃跑。我不會安慰人。」

「是啊，我最討厭別人哭。」羅斯說。

「嗯，無論如何，感謝你的心意。」我愕然察覺，我竟然眞的被感動了。

我們沉默了一會兒。羅斯抓了抓耳朵，銀色疤痕在燈光下閃爍。我提醒自己，這是溫德爾的傑作，強迫自己面對這件事幾分鐘。我不知道溫德爾的魔法極限何在，很可能永遠無法得知。

羅斯忽然開口：「你的下一本書應該由我來寫推薦序。」

「你……」我很想搖晃自己以確定不是在作夢，這實在太出乎意料。「你想寫推薦序？」

「艾蜜莉，」他找回一些先前的高傲，「我相信那個沒用精靈可以告訴你很多關於精靈的事，但他無法教你身爲學者該做什麼——研究、方法學。全盛時期我在學術之路上引領過許

19 波嘎是一種沒有肉體的精靈，可以隨意幻化成他們想要的模樣，一般會依附在單一家庭中。即使凡人家人逝世，他們也會繼續留在房子裡，因此許多蘇格蘭遺跡都有波嘎居住。

多傑出的年輕人，你也很清楚。我不想過於干涉你，但是，呃……我的門永遠開著。」

他的語氣有點彆扭，但我知道他是眞心的。「謝謝。」我道謝，因爲我不知道還能說什麼。我還沒有從震撼中恢復。

「我明白你認爲我自大又缺乏想像力。」他說。「恐怕年紀愈大只會更嚴重——人上了年紀會陷入一套模式，而且會愈來愈難甩脫。但我擅長發掘優秀的年輕人，並且給予引導。或許你認爲我沒什麼可以教你，但……」

「老實說，教授，現在我深切體會到我有多麼短視。」

「非常好。」他說，我們一起笑了。我的罪惡感並未減輕，但現在多了一絲希望。接下來我們陷入尷尬的沉默，因爲雙方都不知道在這種溫馨時刻該說什麼。

幸好我們都發現樓下傳來怪異聲響。我之前便隱約察覺到了——一種砰砰砰的聲音——但我以爲是水壺的聲響，在火堆上燒太久的時候水壺會在鉤子上來回晃動敲打爐壁。

「那究竟是什麼聲音？」我說。

「我不知道。」羅斯像我一樣因爲被打斷而鬆了一口氣——我們兩個寧願面對超自然入侵者，也不想費心摸索在感情交流之後該如何表現。我們下樓，看到混亂的場面。

雅瑞艾德妮驚恐地跑來跑去搬椅子擋門，接著還搬來柴薪堆在椅子上。艾孔用身體壓住門，門板正劇烈搖晃，力道之大，感覺像有個體型大如公牛的人——也可能**不是人**——拚命在撞門。我從來沒有聽過如此駭人的聲響，因爲撞擊聲還伴隨著刮撓，彷彿同時還有人用鋸子鋸門。看來我們的夜間訪客放棄抓破門板，現在決心要直接撞開。又是一下特別嚇人的**砰**一聲，天花板落下一堆灰塵。

在這片混亂場面中，溫德爾只是坐在椅子上，用毯子蓋著腿，似乎有點好奇，但沒有太過緊張。他正在喝茶。

「爲什麼偏偏在這時候出事？」我對著所有人問。

「是因爲供品。」雅瑞艾德妮帶著哭腔說。「因爲發生太多事，我們忘記要放供品！噢，老天——這下他們要吃**我們**了！」

「供品。」我重複，轉身問溫德爾：「是因爲這樣嗎？」

他給我一個若有似無的笑容，聳聳肩，然後繼續看著門，一隻修長手指輕敲茶杯，彷彿在沉吟。

「姑姑！」雅瑞艾德妮大喊。現在她也用身體壓住門，因爲門板上出現一道很長的裂縫。「說不定是因爲精靈腳——你說呢？會不會是失去那隻腳的羊仙找上門來討回？搞不好只要交出那隻腳，對方就會放過我們。」

「嗯……」我思索她的問題。一連串記憶浮上心頭——溫德爾對於夜間恐怖訪客不以爲意的態度；訪客對供品不屑一顧。還有，艾孔像鬼魂一樣現身糾纏我——精靈腳也和**這件事**脫不了關係。我從蘇格蘭那個滿是灰塵的地下檔案室偷拿走這隻腳，短短兩天過後他就第一次出現在我面前。

「教授，你身上是不是有屬於羊仙的東西？」我問。

艾孔的視線離開門。他沒有回答我的問題，只是靜靜思索，然後鎮定地從頸子上拉出另一條項鍊。上面掛著一顆牙齒，又長又尖的樣子很嚇人，感覺像博物館展示的肉食恐龍牙齒。

「丹妮在失蹤前一兩個月設了陷阱抓羊仙。」他說。「她原本以爲落入陷阱的羊仙爲了重獲自由會願意帶她去樞紐，但陷阱意外殺死了一隻。她保留了角作爲研究使用，將遺體送去愛丁堡的樹靈學系，準備在博物館展示。他們決定保留一部分，剩下的賣給一間美國的大學。」

「一隻腳。」我低聲說。「他們留下了一隻腳。」

他緩緩點頭。「還有這顆牙。我出發尋找她的時候想著或許會有幫助——說不定可以作爲談判籌碼——所以就帶來奧地利了。」

我消化這件事。「嗯。現在一切都合理了。」我轉身對雅瑞艾德妮說：「你的推論十分精闢。雖然很沒面子，但我必須承認，我完全沒想到精靈腳可能是夜間訪客騷擾的原因。」

她滿臉通紅，但似乎鬆了一口氣。「那麼……那麼要還回去？說不定只要從窗戶丟出去，他們就會……」

「不，腳要留在我們這裡。」我說。「你們兩個讓開。」

他們離開門邊，但艾孔保持警覺，準備隨時撲回去重新壓住。我搬開一張椅子，接著搬開柴薪，然後走回去搬最後一張椅子。詭異的是，撞門、刮門的聲音停止了。

「你、你在做什麼？」雅瑞艾德妮說。

「你說呢？」撞門聲再次響起，彷彿大公羊在距離我的臉幾吋之處打鬥，我嚇了一大跳，發出破碎的驚呼，雅瑞艾德妮與羅斯也齊聲尖叫。只見門板上的裂縫變得更長——現在可以透過裂縫看到外面的動靜了，雖然我只看到滂沱大雨和飛舞落葉。

碰撞聲響中，羅斯大喊：「你瘋了嗎？」

我搬開卡住門把的最後那張椅子，現在門把劇烈搖晃，彷彿遇上地震。雅瑞艾德妮無力地說：「姑姑，拜託你解釋一下……」

她再次尖叫，因爲其中一個鉸鏈不堪撞擊鬆脫了——鉸鏈很結實，只是受到太多衝擊撐不住了——釘子飛出來打中溫德爾掛的一張照片，玻璃應聲碎裂。雅瑞艾德妮立刻躲到椅子後面，艾孔則拿起鐵火鉗高舉揮舞。

羅斯慌張地說：「艾蜜莉，無論如何你絕對**不可以**——艾孔，我們是不是應該制服她？」狂風從門上的裂縫灌進來發出刺耳聲響，有如女人尖叫。我握住門把，撞擊再次平息，彷彿外面的那個人或生物能感應到我的想法。

「艾蜜莉……」羅斯朝我逼近。

我打開門。

我一拉開門板，風壓就迫使我鬆手，門板重重砸上牆，發出震耳欲聾的聲響。我做好迎敵的準備——儘管我合理相信我的猜測沒錯，但是在可能遇上精靈怪獸的情境下，「合理相信」遠遠不夠。但我不必擔心。

那個女人站在雨中，身高與我相仿，兜帽下的臉龐蒼白。她穿著毛皮鑲邊的斗篷，是維多利亞時代的剪裁風格，口袋冒出布條；她的左手拿著一根扭曲的巨大犄角，看來這就是她用來攻擊門板的東西。她的臉一半在陰影中，但我隱約看出一對陰鬱的眉毛，下方間距較寬的雙眸藏著淘氣；寬闊的嘴兩角揚起，兩旁卻有嚴肅的法令紋——很有特色的一張臉，充滿矛盾。幾綹頭髮被狂風吹到臉上，顏色是亮眼的鮮綠。

艾孔發出吶喊——彷彿從靈魂深處撕扯而出的嘶吼。緊接著，毫無預兆，那個女人不見了——或者該說換了個版本，剛才那個她彷彿被狂風吹走。現在我們眼前的人變得衰老，身形略微佝僂，法令紋更深，然而頭髮卻像之前一樣鮮綠。又一陣宛如漣漪的風——也可能是世界震動產生的蕩漾——那個年輕版本的她又回來了，只是在我看來好像比之前更加年輕。濃霧籠罩門階，那個女人消失了一會兒。她重新出現時感覺有如鬼魅，濃霧抹去了她一半的存在。

艾孔再次吶喊起來，跌跌撞撞衝向前。溫德爾無聲無息地從我們身後出現制服他。

「冷靜、冷靜，這位朋友。」他以充滿同情的語氣說。「你跑過去只會害自己也陷進去。她被困在精靈界深處——比你之前更深的地方——好比層層鎖鍊掛在她四周。」

「你早該告訴我們。」我的語調比平常尖銳。「給個暗示也好。」

「對不起，小艾。」他以手勢比向德葛雷。「這不是我的故事，而是屬於凡界的故事，讓你自己推敲出來才是正確的做法。」

「噢，該死的精靈邏輯。」

德葛雷再次出現，重新回到中年。濃霧有如無形的手撫過她，以縷縷細絲拉扯她的斗篷。現在我能看清她的表情了，她一臉困惑，彷彿從遠處看著我們——也好像早已失去了分辨現實與精靈幻術的能力。

「你可以幫她嗎？」艾孔哀求。他看的不是我，所有注意力都集中在溫德爾身上。「你不會任由她再次消失在精靈界吧？」

「當然不會。」溫德爾溫情回答，搓著雙手躍躍欲試。「眞高興你讓我幫忙！啊，久別重逢的場面不知會有多感人！不、不，朋友，能幫你找回心愛的丹妮是我的榮幸。」

恐懼攫住我的心。「溫德爾，萬一你……」

他伸手探進濃霧與世界的漣漪中——也可能是許多世界一同震盪產生的波紋——握住德葛雷的手。接著他以紳士帶領淑女下馬車的姿態，將她拉進農舍。

✦ ✦ ✦

不難想像，我對接下來發生的事印象模糊，但我會盡可能整理出頭緒。事發當時，我整副心思都在溫德爾身上。

丹妮兒・德葛雷踉蹌地脫離迷宮踏入我們的小農舍，緊接著溫德爾便靠著牆癱軟倒下。羅斯在他墜地之前及時抓住，我們合力扶他慢慢躺在地上——他全身劇烈顫抖，彷彿已身在寒光島的嚴冬中好幾個小時。我聽見那些恐怖的鳥在他體內振翅——現在我確定鳥群**真的**在他體內，不是幻影。我沒有留意艾孔與德葛雷相聚的那一幕，當我再次想起他們時，艾孔將她整個人擁入懷中，相擁的兩人靠著門坐在地上。雅瑞艾德妮到處跑來跑去，張羅熱茶和毛毯塞給每個人。羅斯則纏著我不停發問，大部分的問題我都沒聽清楚。我們拼湊出一張臨時床墊放在爐火邊，然後將溫德爾抬過去躺下，爲他蓋上好幾條毯子，劇烈顫抖終於緩和，這時我才有心思聽羅斯說話，剛才我完全不想理會任何人。

「是因爲精靈腳。」我終於說道。「我是因爲這樣才知道的。」我跪在溫德爾身邊，背對著熱烘烘的爐火，努力餵他喝一點茶——剛才我試過餵他吃阿坡的蛋糕，但是沒有成功。

「精靈腳！」羅斯驚呼著環顧農舍，似乎以爲會看到其他人像他一樣憤慨。「她以爲這樣便足以解釋！艾蜜莉，你以爲這樣就能打發我們？你怎麼知道外面的人是德葛雷，而不是精靈怪獸？」

「我早該想通才對。」我誠實回答。「看。」我指著樓梯。

雅瑞艾德妮發出尖叫，羅斯也罵著髒話踉蹌後退，絆到了一張椅子。艾孔與德葛雷則徹底無視我們。

精靈腳站在（站這個字好像不太精準，因爲要連著身體才算站，但我不知道還能如何形容）倒數第四階，腳趾朝著門。

「那隻腳怎麼會在那裡？」羅斯吶喊道，一面狂亂地打手勢比向精靈腳。「**究竟**是怎麼……」

「如同大部分的傳說，**過程**沒有**原因**重要。」我說明。「這隻腳和丹妮兒．德葛雷帶著的那支角來自同一隻羊仙——村民的故事曾提及這件事，但我現在才察覺其中的意義。最後的線索是艾孔項鍊上的那顆牙，這些東西一直在互相吸引——大概是出於想要重聚的原始渴望[20]。」

「嗯，當然了。」德葛雷輕聲說。我之前沒察覺她在聽我說話。她看看手中拿著的角。「所以這支角才會一次又一次帶我來這裡。我受困幻境的時候沒有時間概念，記憶也非常模糊。這支角帶我來過這裡很多次，對吧？」

「事實上，一共十四次。」我說。「至少，這是我早晨在門板上發現刮痕的次數。」

她並未因爲自己在夜間帶來驚恐而道歉，只是點點頭。「對……我想要進來，我一直不太確定爲什麼。我猜想是精靈角的意志壓過了我的意志——這並不困難，因爲我大半時候都頭腦不清，感覺就像穿過夢魘的層層黑暗。」

我很想知道她是否眞的脫離了夢魘。隨著時間過去，她的精神愈來愈集中，但同樣呈現出我之前在艾孔身上發現的異狀：當他不說話時，會進入一種充滿力量的靜止狀態，有如正要進行英勇行動的古代雕像。以一個名聲如此精彩的人而言，德葛雷說話的態度也比我預期的安靜許多，幾乎算得上靦腆，但是她輪流觀察我們四個人的時候，銳利的眼神令人生畏，彷彿正在心中對每個人做出評價，而我知道一定毫不留情。

「那麼……」雅瑞艾德妮眉頭深鎖。她像羅斯一樣跟不上我的思路——不過羅斯現在已經倒在椅子上，面前放著一杯沒碰過的茶，感覺徹底放棄了。「那麼，是因爲精靈腳，艾孔才會找上你？」

「對。」我說。「我在愛丁堡大學找到精靈腳之後沒過多久，他就在我面前現身。雖然不知道是如何做到的，但那隻腳在我們之間建立了連結，好比一道時而出現、時而消失的暫時性門戶。

「我猜想，你們之所以被困在同樣的區域中，應該也是羊仙的遺骸所導致。」我說出心

20 有大量證據可以支持這個論點。這裡簡單舉兩個例子：〈丁格爾的黑魔犬〉是一個愛爾蘭傳奇，內容描述一位獵人在他設下的陷阱中發現一條動物的腿，在他吃掉之後，便出現一隻缺一條腿的巨大黑狗，無論他走到哪裡都緊跟不放，即使從該國的邊陲走到另一頭也甩不開。第二個例子是去年我在寒光島記錄到的一個奇特故事：一位農民射殺了一隻渡鴉，他不知道那是冰雪之王的寵物，分給子女一人一根鳥羽。這個家族接下來幾代都厄運連連，最後一個勇敢的女孩向當地的棕精靈求助，對方建議讓羽毛重聚，從此之後這家人的霉運便奇蹟似地消失了。

裡的想法。「這裡的精靈領域像迷宮一樣層層疊疊，但你們兩個卻始終都在這附近徘徊，所以村民才會不時瞥見你們。層層精靈領域將你們分開——我想應該也有精靈惡作劇的成分——但你們依然互相吸引。」

艾孔與德葛雷已經沒有在聽我說話了，兩人又開始交頭接耳。我有種不愉快的感覺，好像我正在打擾他們——彷彿過於冗長的劇末旁白，沒察覺早該閉嘴了。這種情況實在很煩——我有一大堆事要問德葛雷，而且一件比一件重要。

艾孔站起身，然後伸手扶德葛雷站起來。「我們先告辭了。」他的態度幾乎稱得上隨便。

「**什麼？**」我和雅瑞艾德妮齊聲驚呼。

「快天亮了。」艾孔說。我愕然驚覺他說得沒錯——窗戶已透進灰色光線。「天一亮，我們就會跟村民借馬出發前往火車站。我不想在這裡多待一分鐘，我們受困時許多精靈以戲弄我們爲樂，要是他們發現玩具不見了，一定會很不高興。」

「我理解你們很想盡快離開。」我勉強保持語氣平穩。「但你們答應過，會帶我們去找樞紐。」

「我的經歷使我徹底明白，有些謎不該解開。」德葛雷說道，犀利的眼神固定在我身上。「布蘭告訴我，你之所以想找到樞紐並非爲了科學研究，而是想讓精靈戀人重回王位。涉入他們的政治極度愚昧，遲早有一天你會感謝我。」

我錯愕又焦急地呆望著她。事情不該這樣發展。我原本以爲艾孔與德葛雷會感激涕零，並且熱心幫助我們找到樞紐，而不是像這樣高傲、輕慢——展現惱人的無禮。

沒想到羅斯竟然挺身幫我說話。「我們尋找樞紐的原因並非重點。你們做出承諾，我們自然有辦法強迫你們實現。」

「是嗎？」德葛雷冰冷地看了溫德爾一眼，他躺在火邊，只能看到一堆毯子和一頭金髮。

「布蘭說這位是堂堂的精靈王，但怎麼好像體弱多病？」

「你們這兩個忘恩負義的混蛋，是他把你們從精靈界拉出來。」我怒斥道。「甚至還是從**時間**裡拉出來。假使你們不肯幫忙，我會叫他把你們丟回精靈界，而且是比你們逃離的那個領域更可怕的地方，居民肯定會比羊仙更沒教養。」

隨之而來的是一片短暫死寂。

德葛雷發出一聲刺耳的大笑。「噢，孩子，你絕對會後悔。」她說。「自古以來許多爲愛癡狂的人最後都只剩後悔。你想找到樞紐，嗯？那好，我就帶你去。」

「丹妮，」艾孔抗議，「她哪裡是孩子？她自己應該知道好歹，我們真的不能耽誤時間。」

這番話實在太可惡，我忍不住高聲駁斥：「是**你**承諾會幫助我們，言而無信的雙面人。」

再一次，他們兩個都不理我。德葛雷對艾孔說：「顯然我已經將近一百歲了。」她促狹地戳戳他的胸口。「我想叫誰孩子都可以，就連那邊那個銀耳朵的怪人也一樣。親愛的，我不在的這段時間，你都和這些莫名其妙的人在一起？」

她看著艾孔，眼神變得柔和——我懷疑他可能是唯一會被她這樣注視的人。他們走進廚房，艾孔幫德葛雷泡茶，兩人竊竊私語。他們似乎都不願意離開對方超過幾吋的距離，一陣陣輕盈的歡笑朝我們飄來。

「老天。」我輕聲說。

羅斯一臉嫌棄。「從來沒有人以『心軟』這個詞形容丹妮兒．德葛雷。她或許很有魅力，但沒有什麼同情心。」

「我知道。」儘管如此，我沒有預料到她會對**我**如此無情。我再次感覺自己彷彿入侵了別人的故事——老天，這是**我的**學術考察。溫德爾救了他們，我的貢獻也不小，之前幾十位學者全都失敗了，只有我們成功。丹妮兒．德葛雷又算什麼？她最出名的事蹟就是捉弄保守的博物館館長，以及害自己迷失在精靈界。

想到這裡，我的自尊多少得到一點安慰。我走到溫德爾身邊，一手輕觸他的臉，他的眼睛慢慢睜開，但眼神很迷離，我不確定他是否認得我。我察覺羅斯鬱悶地看著我們兩個，這才發現自己仍在撫摸溫德爾的臉頰。但他沒有說教，只是轉開視線，雅瑞艾德妮也識相地躲去廚房。

我再次試著餵溫德爾吃阿坡的蛋糕，剝成小塊按在他的嘴上。但他又緩緩閉上眼睛。

我一手拿著蛋糕，因爲握得太用力而捏碎了。我察覺心中有個角落一直在等溫德爾奇蹟似地康復，期待他能在我們最需要他的時候拯救所有人，也拯救他自己。這樣才符合無數故事的模式。

但或許溫德爾已經不屬於狼之森的故事了。即使仍在其中，可能也只剩下註腳的地位，只不過是他的繼母必須面對的試煉，成功克服之後她便可以從強大晉升到無敵——深刻交織在那個世界的故事脈絡中，再也無法撼動——就像寒光島的精靈王一樣。

倘若他只是註腳，那我又是什麼？

我彎腰靠近，嗅到他頭髮的氣味——汗的鹹味、火的煙味，以及永遠不會消失的淡淡樹葉清香。

「我願意。」我在他耳邊低聲說。

我繼續坐在原地，隨手梳理他打結的頭髮。既然他無法吃下蛋糕，我想著，說不定我該再去找阿坡一次，請他準備藥草茶。微弱晨光轉亮，我發現昨夜的暴風雨吹掉了山毛櫸一半的葉子，屬於冬季的樹枝銳角穿透絢爛的黃橘葉叢。

影子走過來溫德爾身邊坐下。牠依然垂著尾巴，小心翼翼坐著，眨眼閃避我的視線。

我再也受不了。我伸出雙手抱住影子，強行將牠拉進懷中，牠的後腳瘋狂空踩。

「不准怕我。」我強勢地說，親吻牠的頭。「我不允許。無論如何，會發生那件事都是我不好。」

影子似乎很緊張，瞪大了黑眼睛——這也難怪，畢竟我平常很少這樣展現寵愛——但牠的尾巴開始拍打地板。我聽見羅斯在我身後嘆息，但我不在乎。倘若我該學到的教訓是不可以太親近精靈、不可以太信任他們，那麼我拒絕去學，因爲影子也是精靈。我再次親吻牠，牠舔舔我的鼻子，嘴巴像平常一樣臭得要命。

「艾蜜莉。」溫德爾閉著眼睛喃喃呼喚。

「我在。」我說。我竟然因爲他夢到我而感到喜悅，眞是太丟人了——我根本不該把這件事放在心中的重要位置，但我知道已經來不及了。影子低哼一聲，把鼻子埋進溫德爾的髮絲間。

他繼續喃喃說話，眼瞼顫動。他的深綠色眼眸對上我的視線，這次我確定他認得我。

我伸手拿蛋糕，打算就算硬塞也要讓他吃下去，但他抓住我的手。我看到他的眼睛後方有翅膀顫動，一下出現在深綠之中，一下又消失，我感到萬分驚恐。

他以一種太過刻意的奇怪動作舉起手，伸出一隻指尖將落在我臉上的頭髮撥開塞到耳後。

一瞬間，世界分裂。

我依然蹲在溫德爾睡墊旁的石地上，但同時也被丟進時間逆轉的世界，倒回幾天、幾週之前，回到我們抵達聖列索不久後的一刻。我和溫德爾躲在山腰上的凹洞中避風，四面八方都是巍峨山峰。影子躺在溫德爾身邊，尾巴輕輕擺動。

「你有沒有格外想要重溫的時刻？」溫德爾問我。

「沒有。」我說，因爲這段對話已經發生過了，我身在其中，無法改變，也無法阻止其發生。「我相當熱愛神智正常的感覺，謝謝。」

他微笑著將一束頭髮塞到我耳後，和他剛才的動作一模一樣，指尖在我臉頰上畫過相同的軌跡。那道觸感蕩漾著穿透我，我能感覺到兩個時刻開始重疊，並且在完全重疊的瞬間併爲一體。

沒想到只憑一個簡單的動作，溫德爾就縫合了兩個時刻。以前我也看過他玩弄時間，但我不知道他可以做到**這種程度**。這次的體驗實在太神奇、太重大，令我深感驚駭。然而，更重要的是他**為什麼**要這麼做。

唉，答案很簡單。他想傳達一個訊息，是什麼呢？

那時候我們正在聊他的貓，令人敬畏的奧嘉。我想著那隻貓——不知怎地，我一直非常擔心奧嘉一見到我就生厭，雖然我永遠不會對溫德爾承認我擔心到什麼程度——與此同時，我心中另一個角落正在反覆思量他對那隻貓的描述：牠十分多才多藝，但牠不准我透露太多……這麼說吧，我願意將生命託付給牠。

「對我而言就是這一刻。」他邊說邊用手指描過我耳朵的弧線。「你的頭髮老是掉到眼睛前面。」

「你的心情好像怪怪的。」我對他說道。這句話成為結束的關鍵，為這個時刻拉起帷幕。我踉蹌地後退，撞上後面的椅子。我再次回到農舍——或者該說**完整**的我回來了，不再同時存在於兩個時刻。溫德爾又睡著了，側著臉背對壁爐，因此半張臉藏在陰影中。他的模樣好平靜，很難相信他醒來過，更別說還對我施展了那種恐怖的魔法。

我用雙手摀著臉，用意志力阻止自己嘔吐。這種魔法顯然比逆轉時間更糟，最起碼後者我多少還能夠**理解**。

「艾蜜莉姑姑？」雅瑞艾德妮來到我身邊。「你沒事吧？」

「我知道要怎麼治好他了。」我喃喃說道。剛才殘留的影像依然在我眼前晃動：溫德爾的笑容在陽光下閃耀，四周青山環繞。「我的天！」

「要怎麼做？」雅瑞艾德妮小聲問道，顯然預期會聽見很可怕的辦法——也對，這難道不是事實嗎？我的耳朵依然留有溫德爾指尖撫過的觸感，我知道，就像之前一樣，這樣的觸感會久久不散。

我沒有回答，於是她又催促道：「該怎麼做？」

「我相信，我得去找他那隻該死的貓。」我說。

十月八日

罐子裡的光點似乎足以照明，看來還算**有點**用處。書寫能帶來平靜，所以只要我能寫就會繼續寫。

我重讀了一次昨天的日誌，相信溫德爾一定會對我感到很失望。他絕不會希望我在這種狀態下答應他的求婚——他毫不浪漫地躺在地上，頭髮凌亂糾結，而我則穿著又破又皺的連身裙。很自然地，由於他失去意識無法回應，更是大大破壞了那一刻的氣氛。

不過，如果他想要的是浪漫和戲劇性，他就該向丹妮兒．德葛雷求婚。

一得知必須把那隻貓帶來才能救他的壞消息（老天），我便要求德葛雷在一小時內出發。我匆匆沐浴並吃完早餐，本來打算多少睡一下，卻無論如何都睡不著，最後乾脆放棄，將那段時間用來寫上一篇日誌。雅瑞艾德妮不停在我的房間跑進跑出，讓我覺得很煩躁。我只是要求她準備幾天份的物資，她卻一直跑來問我問題，諸如是否需要零食、要準備什麼氣候的服裝，好像我會知道溫德爾的領域氣溫是見鬼的幾度似的。

「你怎麼知道那隻貓能治好他？」她終於問了，她當然一直很想問，只是沒有勇氣。

我忙著寫日誌，連頭都沒抬。「要詳細解釋太浪費時間。簡單來說，之前溫德爾暗示過他的貓有許多特殊能力，現在我終於明白了。他被施了魔咒，無法直接告訴我，於是以迂迴的方式傳達這個訊息。」我所說的迂迴在這裡是瘋狂的意思。「我猜想他很可能希望這個暗示永遠不會派上用場，他更想在找到樞紐之後自己去把奧嘉帶出來，然而，此刻他顯然無法拯

救自己，所以需要由我去。」

我的語氣帶著大大的滿足，畢竟我本來就打算這次要由我來拯救他。我幾乎可以說服自己糾結在胃部的那種感受不是恐懼而是興奮。幾乎。

那終歸是狼之森。確實，之前也有樹靈學家找到進入那片領域的路，問題是沒有人找到出來的路。

「你……打算怎麼做？」雅瑞艾德妮說。

「我們來這裡的目標已經達成了。我們找到了前往溫德爾王國的門，但以溫德爾目前的狀態不可能推翻繼母。所以我要自己進去，找到那隻貓，然後回來。就這麼簡單。」

「就這麼簡單。」雅瑞艾德妮茫然重複。她繼續一動也不動地呆站在原地，我決定不予理會。

幾分鐘過後，她說：「你不能一個人去。」

「我一個人去是唯一的選擇。」我說。「貓討厭影子，**你**更是不能去——要是帶十九歲的姪女去精靈界，那我還算是人嗎？至於羅斯，他不但幫不上忙，反而會礙事。遇到羊仙那次，他連最基本的魔咒都無法抵擋，顯然是因為治療時用的魔法使他更容易受到精靈魔咒影響，溫德爾之前就說過了。」

雅瑞艾德妮繼續像騾子一樣頑固地站著不動。「我要跟你去，我已經打包好行李了。」

「不行。」我回答——就這兩個字。通常這時候她就會乖乖讓步了。最後一字都還沒說完，我已經將她和她的反對意見拋在腦後，繼續專心寫日誌。

但她不但沒有順從地轉身離去不再打擾，反而說：「要是你不讓我去，我就寫信給我爸。」

我嗤笑一聲。「你一頭熱地想闖進精靈界，你以爲他會認同？我拒絕你，反而會在他心中加分——雖說由此可見他對我的期望低到不能再低。」

「你錯了。」她說。「我要寫信告訴他，你對我幾乎不聞不問，明知會有危險還是放任我整天在山區到處亂跑。我把信寄出去之後，**接著**就會跟隨你的腳步進入樞紐。要是我沒有追上你，你認爲會發生什麼事？」

我們默默用眼神角力許久。雅瑞艾德妮臉色蒼白，好幾次差點開口道歉，但她終究沒有這麼做，也沒有閃避我的視線。

「任性的臭小鬼。」我終於說。「我要把你綁在床上。」

作爲回答，她對著門口招手，並且高聲喊道：「**過來**。」我原本以爲她是叫影子過來，沒想到來的是一條圍巾——溫德爾給她的紫色圍巾——正以令人不舒服的動作蜿蜒爬行進來。雅瑞艾德妮平靜地撿起圍巾披在肩膀上。

「我研究出圍巾的功能了。」她說。「聽從基本的指令都沒問題，可以幫忙開門、拿東西。當我要求它以最新流行的打法圍在我的脖子上，它似乎特別開心。如果提出太複雜的要求，例如幫我泡茶，它就會倒在原地輕輕抽搐。不過我相信它絕對有能力拿刀切斷繩索，說不定甚至可以在你接近的時候先搶走繩索綁住**你**。」

可惡的溫德爾！即使在昏迷中，他依然有辦法讓我氣到想扯頭髮。我緩緩闔上日誌，說道：「你的生命遠比一條蠢圍巾更有價值。不要以爲你很珍惜，我就不會把它割成布條。」

「儘管試試，前幾天我不小心勾到荊棘叢弄破，不到二十分鐘它就自行修補好了。」

我低聲咒罵。

「我繼續幫你打包。」她說完之後走出我的房間。

「我沒有答應！」我對著她的背影大喊。

不過，說真的，她跟著去有那麼不好嗎？我心中有個小小的聲音說。雅瑞艾德妮很煩人，但她也頭腦靈光、足智多謀。她喜歡貓——雖然一般的學術考察不需要具備這種特質，但這次不一樣吧？

我有時間想辦法制止她嗎？

說到底，最後這一點最具決定性。正當我和羅斯討論目前的狀況時，一陣敲門聲讓我們緊張起來。雖然不像德葛雷敲門時那麼暴力，但依然讓我們全體神經緊繃。

羅斯走去開門，茱莉雅．哈斯眾多女兒中的一個隨即衝了進來——我認爲應該是愛爾莎。她滿臉通紅、氣喘吁吁。

「怎麼回事？」我著急地問。「該不會是羊仙……」

「不是、不是。」那個女孩說，然後抱著側腹彎下腰。

「愛絲翠！」雅瑞艾德妮高喊，我這才想起來她就是和雅瑞艾德妮感情特別好的那個女孩。「埃伯哈出狀況了嗎？他該不會過世了？來，先坐下。」

她拉出一張椅子，但那個女孩搖搖頭。「沒時間了。」她喘著氣說。「埃伯哈沒死——僥倖保住了性命。我是來警告你們，村民……他們聚集在一起要驅逐你們。」

「驅逐我們！」羅斯高聲說——他的語氣並非憤慨，而是疲憊和懊惱。「唉，這也難怪，算我們活該。」

「確實。」我嚴肅地說。「儘管如此，這個時機太不方便了。他們什麼時候會到？」

那個女孩一臉震驚地看著我。「馬上會到！我只比他們早出發十分鐘——頂多二十分鐘。他們會叫彼德把貨車拉來，如果你們不配合，他們就會把你們的東西全部堆上車，然後親自押送你們去火車站。他們不打算傷害任何人，但你們惹火了我們的精靈，他們認爲……」

「他們認爲讓我們繼續待在村子裡會有危險。」我幫她說完。「嗯。我明白了。」

那個女孩癱坐在椅子上，雅瑞艾德妮跟著在她旁邊坐下，拍拍她的手臂予以安慰，兩個人開始低聲交談。

「至少他們不會拿著草叉來。」羅斯無奈地說。「我曾遇過一次——諾桑伯蘭的一群農民認爲我激怒了他們的陵墓棕精靈。」

「溫德爾的狀況不適合移動。」我說。「菲理士，你能不能試著和村民講道理？告訴他們溫德爾生病了——說不定他們會允許你們多留一兩天，希望時間足夠讓我在精靈界完成任務。」

羅斯緩緩點頭。「假使他們不肯聽呢？」

「那你們就先撤退到里歐堡等我。」山路蜿蜒崎嶇，一想到溫德爾必須忍受貨車一路顛簸，我就覺得很難受，但也沒有其他辦法了。我轉身看向德葛雷，她站在廚房門口，艾孔在她身後，兩人依然是一副事不關己的態度。「我們馬上出發去綠眼谷。」

愛絲翠一臉驚恐。「如果你們企圖躲起來，村民會更生氣。」

「我沒有要躲。」我告訴她。「我會離開，只是走不同的路。」

✦
✦
✦

濃霧如同層層蠶絲懸浮山間，凝聚在溝壑中，將山稜與峭壁參差的邊緣變得柔和。雖然可能面臨危險，但我們還是不得不在濃霧中跋涉，好不容易才抵達重重灰霧散開的地方。在濃霧重新聚合之前暫時有幾碼的開口能看見黎明晨光，我終於能夠安心呼吸。現在我已經很熟悉這條通往山谷的路了，所以走在最前面的是我，而不是艾孔或德葛雷，他們因爲在精靈界受困太久，對於凡界的地形印象非常模糊。

我們走出農舍時，德葛雷探究的視線落在影子身上。「這隻狗能幫忙提防精靈嗎？據我所知，狗能在一段距離外就感知到精靈的存在，不過我自己從來沒有在田調時帶狗幫忙。」

「影子跟來不是爲了保護我。」我回答。「而是爲了你們，牠會陪你和艾孔回到農舍。牠是精靈獸，是狗靈，假使有精靈企圖誘拐你們回幻境，牠會保護你們。」

德葛雷愣了一下，艾孔則說：「謝謝。」可想而知，他的感謝毫無誠意，畢竟他背信棄義在先，害我不得不以威脅的手段強迫他們幫忙。我懶得回應。

但德葛雷看我的眼神多了一種之前沒有的興味。她的視線令人不適，因爲毫無交流之意——她只是死命盯著人看，直到自己做出結論，全然不在乎對方會有多不舒服。「你馴服了狗靈？」

「可以這麼說。」我簡短回答，因爲我看不出何必向她解釋。實際上不是我馴服影子，而是我救了牠一命，所以牠選擇跟著我——我不認爲黑魔犬能以傳統定義的方式馴服。我大步前進，雅瑞艾德妮緊跟在後。

離開農舍之後我一直沒有跟姪女說話。我的心情不太愉快，而姪女能準確感知我的情緒更令我感到五味雜陳。我沒有答應讓她跟來，我只是沒時間阻止她。儘管如此，她依然絮絮叨叨說著爲旅途所做的準備，提起她讀過多少愛爾蘭精靈領域的資料、她每天固定運動所以體力充足，顯然以爲我會擔心她的安危，殊不知我其實在想像下一次看到暴格的門戶時就要把她推進去。

她講了很久，終於停下來換氣，我便趁機對她說：「倘若在考察途中，你造成任何一點耽誤或是扯我後腿，我就會把你扔去餵狐矮人。」

她再也不敢說話。

我們快步穿過濃霧，經過幾隻悠閒吃草的綿羊，但沒看到人類居民。我爲了分辨方向而停下幾次，其中一次我好像感覺到有東西在拉扯我的斗篷下襬，但我沒有多想，認定只是絆到岩石。接著我又感覺到有東西戳著我的後腰——大概是被風吹來的樹枝？——然而當我伸手去撥，卻發現根本沒有任何東西。

不久之後，德葛雷用警覺的語氣喊住我：「艾蜜莉。」她注視著我右肩後方，表情非常奇怪。我低頭一看——竟然是阿坡，他像昆蟲一樣黏在我身上，細長手指鉤進我的墊肩。

我實在太過吃驚，忍不住放聲尖叫，不過馬上就後悔了——可憐的阿坡嚇了一大跳，立刻跳下來跑到樹後面躲著。

我的心跳還是很劇烈，但我急忙說道：「對不起，我沒想到會是你。小傢伙，你怎麼會在這裡？」

阿坡從樹後面探出頭來。「我給你的是**我的門**。」他說，彷彿這樣便足以解釋一切。或許對他而言確實足夠了。

我在一片傘菌之間蹲下。看得出來，阿坡因爲冒險跑來離樹居這麼遠的地方而感到很害怕——他正輕輕顫抖，連毛皮兜帽都因顫動而垂到眼睛前方，視線也不斷左右閃動。

「過來這裡。」我以安撫的語氣說，一眨眼的時間，阿坡已經蹲在我膝蓋旁邊的陰影裡了。他在這裡比較鎮定。

「那是什麼生物？」德葛雷詢問。「某種小妖魔？」

「現代的學者已經不用那種詞彙了。」我說。像這樣糾正她似乎有點小心眼，但感覺非常痛快。「精靈學術用詞經過大幅度的修改，你們那個年代的詞彙儘管有部分留存，但也極少使用。他是寒光島的樹居棕精靈，我和溫德爾去年冬天與他結識，他幫了我們很大的忙。現在我們有幸被他視爲家族的一份子。」

聽到這句話，阿坡微微挺起胸膛。「是我有幸才對。我從來沒有過凡人家人——靴子踩在森林地面上的聲音很吵，每次我聽到都會躲起來。現在我不只有凡人家人，**還有**一位高貴王子成爲我的家伴！眞是太幸福了。」他因爲想起溫德爾而有些害怕。「他現在不在這裡吧？」

「溫德爾在農舍。」我安撫他。「請告訴我們，你爲什麼來這裡。」

「你想知道王子國家的消息。」他說。「我打聽到了！」

「太好了。」我眞的感到很激動。看到阿坡坐在這裡，因爲恐懼與自豪而輕輕顫抖，讓我好想擁抱他。

「沒錯——我問過很多、很多精靈，他們來自各種地方，有的近、有的遠，特地來欣賞我的樹。」阿坡其實不需要解釋這麼多——但他似乎樂於重複這一點。

「這是一定的。」我說。

他點點頭。「我見到每個精靈都問他們知不知道夏之地的消息。」接著他用精靈語說了一個詞，我以前從來沒聽過，其中的意思讓我背脊發寒。大致翻譯出來的意思是「樹木有眼之地」。

「樹木有眼之地。」我說。「你說的是溫德爾的王國？」

阿坡點頭。溫德爾從來沒提過他的王國在精靈語中的名稱——還眞想不出是爲什麼呢，這個暱稱多麼討喜啊。

阿坡接著說下去：「我和一個旅行修補匠談過，她告訴我那裡的女王把國家搞得亂七八糟。她征服了所有鄰國，現在貴族互相打來打去。所有樹精靈、河精靈、陵墓精靈都拚了命躲藏，實在太可怕了，貴族到處打仗，他們的狼和馬跑來跑去，踏壞了很多東西。」

我感到有點頭暈。「那麼，溫德爾的後母控制了——多少個愛爾蘭王國？三個？」

「四個。」阿坡說。

「我的天。」我說。超過一半的愛爾蘭精靈領域！如此一來，現在她就是英倫列島權勢最大的精靈王。難怪她想徹底除掉唯一能奪走王位的對手，畢竟她統治著一個桀驁不馴的王國，臣下隨時可能起事。溫德爾認爲是因爲我，但應該沒那麼單純。說不定她根本不知道有我這個人存在。

「母親不希望我這樣跑來跑去。」阿坡說，尖尖手指戳進我的斗篷——其中一隻刮到我的皮膚，讓我痛得縮了一下。「但我不在乎！好刺激喔。」他的臉色變得蒼白，更用力地抓住我的斗篷。「不過我很想念我的樹。」

「快點回去吧。」我說。「別忘了，我對你充滿無盡的感激，溫德爾也是，他肯定會想嘉獎你，爲你的家再添一棵奢華新樹。」

「還有這個。」阿坡說。「是那個美人要給你的。我看到她讀了你的信，然後匆匆忙忙回去，速度非常快。她再來的時候帶來這個，放在溫泉旁邊。」

我感覺到喉頭哽住，伸出顫抖的雙手接過那個小紙包。包裹的紙其實是一封信，字跡倉促還有點暈開，信紙摺成四摺，中間塞進一個羅盤，但我沒有多看，先專心讀信。

親愛的小艾：

我知道你要去他的王國——沒錯吧？說不定你已經出發了。瑪格麗特說你不會那麼瘋狂，我也不認為你發瘋了，但我知道——我非常清楚！——你一旦下定決心就不會改變，我的朋友。

瑪格麗特在婚禮當天繼承了這個物品，據說是高個子送給她祖先的禮物。我們一直無法使用——但我有種預感，你應該能夠讓這個東西發揮作用。

請務必慎重行事！回來馬上寫信給我們。

非常愛你的，莉莉婭

阿坡扭著雙手。「帶來給你是對的嗎？」

「很對。」我輕聲說，抹去雙眼的水霧。「做得非常好。」

「這個有什麼功能？」雅瑞艾德妮從我身後探頭觀察。那個羅盤相當小巧，造型簡潔大方，由柳木雕刻而成，僅以一顆小珍珠標記北方。指針似乎是一片精緻的黑曜石，閃耀光澤，如刀刃般銳利。不知為何，這個羅盤讓我想起隱族，全是銳利線條的嚴酷之美。

「到時候就會知道了。」我將羅盤放進口袋，轉頭對阿坡說：「小傢伙，我還要再問最後一件事。」

我在背包中翻找，取出一個玻璃罐，之前對戰灰光妖之後出現了很多奇怪的發光物質，我將其中一些保存在罐子裡。小小的發光火星像飛蛾一樣來回飄動。我用金屬塞封住罐子，這樣似乎便足以讓那個東西乖乖待在裡面。

灑出來的魔法，溫德爾曾經如此解釋。但他接著又說出一個奇怪的詞：線頭。

「你知道這個是什麼嗎？」我問阿坡。

他用手指敲敲玻璃罐。「知道、知道——我們稱之為碎屑，是殘留的魔力。貴族打完仗之後到處都是這種東西。」他打了個哆嗦。

我有些洩氣。「換言之……這個東西沒什麼用處？」

「我不知道。」阿坡說。「我們這些小個子都不會接近，我們只想好好照顧自己的樹。」

我將罐子塞回背包裡。唉！枉費我特地扛著它穿過大半個歐洲，原來只是派不上用場的玩意兒。不過呢，我研究精靈故事模式的論文經常得到引用，畢竟有其原因。儘管覺得很傻，我還是會扛著這個罐子去溫德爾的王國，因為我很清楚，在故事中，這種看似無用的小玩意兒往往能在緊要關頭發揮意想不到的用處。

「我有幫上忙嗎？」阿坡問道，細長手指交握。

「你幫了很大的忙。」我向他保證。「可是你要怎麼回家？門在哪裡？」

「在**你**身上啊。」他好氣又好笑地說，似乎以爲我是故意裝笨。「凡人的記憶力眞的很差。」

然後他就消失了——我想，他應該是從我身後離開的，彷彿沒入了我的影子之中。

「怎麼會……」德葛雷說到一半又打住。「你和那個小傢伙之間的連結是怎麼運作的？」

「他給了我他家的一道門。」我告訴她。「似乎是因爲這樣，這幾乎可以充當傳送門——至少是阿坡可以用的門。」

「這樣啊。」我無法解讀她的表情。「嗯，我也曾經在湖區和一個小妖精締結類似的關係。」

我不太相信。或許她只是單純想聊天，但無論她的用意爲何，我都沒有回答，只是繼續前行。幾分鐘後，我又感覺到斗篷受到拉扯，發現是阿坡回來了，手臂挾著一條他做的麵包。

「謝謝。」我小心翼翼接過來。雖然我的背包已經很滿了，但還是把麵包放進去——我絕不會丟下阿坡的禮物。

「可以用來保暖。」他的語氣彷彿只是隨口一提，然後再次消失。

不久後我們就看到了綠眼谷。我有點期待德葛雷表露膽怯，畢竟艾孔說她就是在這裡遭到羊仙攻擊、將她趕回村落，導致她不得不一路攀爬山壁逃走。然而她只是淡淡地說：「從我們上次來到現在都沒什麼改變呢，對吧，親愛的？」艾孔報以一聲嗤笑。

「樞紐在森林裡，對吧？」我著急地問。儘管前方的路可能步步驚魂，但樞紐的謎團依然令我糾結不已，感覺就像猜謎的答案明明呼之欲出，卻又怎麼都想不通。我努力說服自己了。

尋找樞紐的任務**沒有失敗**，只是以一種比較迂迴的方式達成，但我的自尊心恐怕仍是受傷

德葛雷搖搖頭，帶我們走進山谷、穿過森林，走上山腰的緩坡。

我們之前當然調查過這裡。整座山谷我們都搜遍了，只剩幾個太陡峻的陡坡不曾過去，但最近我實在太著急，甚至開始考慮要冒險。難道樞紐移動了？我沒有說出疑慮，只是跟著德葛雷走上滿是碎石的山丘。雅瑞艾德妮失足往下滑了一兩碼，使得碎石如雨落下山谷。這下可好——說不定會引來狐矮人的注意。

我以爲德葛雷走的是另一條路，但她在一片沾滿露水的杯狀紅花旁轉彎。她帶我們沿著小山稜前進，然後突然停下腳步，指著藏在山地中的一道門。

「噢，眞是夠了。」我說。

這道精靈之門徹底融入山壁，幾乎看不見，只露出一個奇特的水晶門把，在陽光下閃爍。門的外觀與之前差異不大——彩繪的顏色變得比較明亮，配合山坡被陽光勾勒出的輪廓，另外還加上一朵紅花以便更加融入草地。

雅瑞艾德妮困惑地皺起眉頭，說出心中的疑問：「不可能是這道門，班柏比教授進去看過。」

「那麼他一定沒有仔細看。」德葛雷說。「裡面還有另一道門。」

「那時候這裡的住戶害滬德爾有點分心。」我想起那些亂飛的鍋碗瓢盆。「顯然是個冬精靈，他被吵醒了很不高興，所以對我們大發雷霆。」

「我來的時候裡面沒有住戶。」德葛雷說。「餐桌上擺著幾個不成套的盤子——除此之外

看不出有生活跡象。因爲附近有太多羊仙，所以我只能開門遠遠看幾眼。」

「我們來這裡的時候沒有羊仙。」我輕聲說，重新思索事情的始末。德葛雷造訪聖列索時正值冬季，或許我們遇到的那個精靈當時出門去鄉間漫遊了。可能忙著對村民家屋的窗玻璃噴霜，不然就是把冰錐弄得更尖銳，當世界進入屬於他們的季節，冬精靈多的是找樂子的方法。說不定羊仙也偏好在冬季穿梭於不同領域，因爲不必擔心惹怒壞脾氣的守衛。

「要怎麼進去？」我指著彩繪的門問，門的高度只超過我的靴子一點點。

「直接走進去。」德葛雷說。

我沉吟著點點頭。*走進去*。一片雲飄來遮蔽住陽光，山景的顏色變得更暗，門上的彩繪也隨之加深。我感覺到失去的那隻手指若有似無地動了一下。

我跪下來，影子的鼻頭立刻貼上我的臉。我雙手環抱大狗帶來慰藉的巨大身體，將牠拉近。

「你要好好照顧他。」我對著牠的長毛喃喃說道。「你有聽懂嗎？待在他身邊。假使我沒有……假使他……至少他不會孤單。」

我認爲大狗聽懂了——牠的尾巴又開始下垂。「記得要躲好，不要被人看見。」我叮囑。羅斯答應過，萬一村民企圖報復，他會幫忙把影子藏好，儘管如此，我知道這趟旅程中我都無法放心。我最後吻一下牠的前額，然後站起身。

我不認爲有必要向艾孔與德葛雷道別——艾孔已經轉過身了，一手本能地牽起德葛雷的手，準備踏上回農舍的路。但德葛雷再次以評判的眼光注視我，似乎做出了結論。

「我們會幫忙解釋。」她對我說。「我們離開之前會編個故事——羊仙會用魔法讓他們養的狗變得狂暴，你的寵物也是中了他們的魔法。我很會撒謊。」她對我露出眞誠到有點嚇人的笑容。

我不知道該說什麼，只能呆呆看著她。因爲我擔心會哽咽，所以最後只是輕聲說了一句：「謝謝。」

她點點頭。「帶著這個。」

我怔怔看著她手中的角。「我帶這個要做什麼？我又不打算在半夜去嚇唬學者。」

她不耐煩地嘆息。「尖端有毒，死腦筋的孩子。對精靈和人類都有效，十分有威懾力的武器，只對羊仙無效。你以爲我帶著這玩意兒是爲了製造戲劇效果？」

「我以爲這是主因。」這時我捕捉到她話中的巧合。「怎樣的毒？」

「大部分的精靈只要一看到就會退避三舍。」她說。「至於那些沒有逃跑的——我沒有留下來觀察效果。」

我收下了角。事實上，應該說是一把搶過來，因爲我實在太想要了。「我……再次表達感謝。」

她輕輕點了一下頭。就這樣，她和艾孔離開了。影子依依不捨，但我輕聲提醒牠要照顧溫德爾，牠這才終於垂著尾巴黯然離去。牠每走幾步就停下腳步回頭張望，顯然希望我會改變心意叫牠回去。看到牠這樣我實在太難過，只好先轉身。

我將那支角塞進背包——這趟旅程我還帶了眞多五花八門的精靈法寶！一罐魔法火星、一個來自外國精靈領域的羅盤、一支角。發生危機時，這些東西能救我嗎？羅斯絕對不會贊同這個看法。

「我先進去。」我對雅瑞艾德妮說。因爲我受不了無謂的形式，於是直接打開門走進去。我認爲我之所以能順利進去，是因爲我看過溫德爾示範——否則我一定會認爲門太小而畏縮抗拒，最後這道門也不會讓我進去。雅瑞艾德妮遇到比較大的困難——第一次她沒有成功，只是站在原地呆望著門，眼睛都開始鬥雞了。

「不能遲疑。」我告訴她。「一定要像精靈那樣走進去，他們會直接忽視不可能的狀況，直到它自行消失。」

我轉身察看四周。這是個舒適的小窩，牆壁是由細樹枝抹上泥土建成的，石造地板很乾淨，只有角落纏著一點蜘蛛網。壁爐架上擺著許多用黑色黏土塊做成的土偶，有鳥類、魚類、兔子，做工全都很粗糙——喔，看來精靈也需要日常消遣，我想著。我的頭還不至於碰到天花板，但也只差一點。屋裡有一張矮木桌，同樣很乾淨，洗碗槽則有幾個堆疊整齊的盤子尚未清洗，桌子上的提燈和劈啪作響的爐火爲室內提供了照明。

我很慶幸沒有一進來就撞見住在這裡的精靈，畢竟上次他才對溫德爾大發脾氣。但他顯然在家，因爲我隱約聽見砰砰、喀喀的聲響，感覺像有誰在另一個房間做事。

雅瑞艾德妮終於跌跌撞撞進門，我低聲對她說：「安靜。」

我觀察室內，並沒有看到其他門戶，只有一個開向走道的入口，想必是通往精靈房屋的內部。我不想往那個方向去，因爲聲響也是從那裡傳來的，現在還傳來奇怪的咳痰聲。

我悄悄對雅瑞艾德妮說：「檢查櫥櫃。」她緊抓著圍巾東張西望，表情混雜著害怕與欣喜。「我來找隱藏的門。」

我伸出手指沿著壁爐架拂過，因此能近距離看到精靈製作的藝術品，也就是那些小土偶。土偶的造型慘不忍睹，不過說不定這隻精靈才剛開始嘗試。這時我才察覺用以製作的黏土隱約流露出令人不適的氣息。我又觀察了一陣子，忽然驚覺土偶根本不是黏土做的。它們的材料是手指，再加上幾根腳趾，用某種黏著劑固定。那是人類的手指和腳趾，因爲凍傷而發黑，我曾經不幸親眼目睹這樣的過程，當時我的一個學生在威爾斯的布雷肯比肯斯山迷路了一整夜，不巧遇上特別嚴酷的寒流。這個小型精靈收藏了至少數百根指頭，這還只是我看到的部分。

我蹣跚後退的動作太倉促，雅瑞艾德妮受到驚嚇而抬起頭。我勉強對她微笑，可想而知只是讓她更加緊張，不過至少她看著我而不是壁爐架。

我轉身面對大門，剛才我們進來之後已經自動關上了。現在門的大小感覺只要稍微低頭就能通過。我輕笑一聲，打手勢要雅瑞艾德妮看門。

門的內側有六個門把：最上面的門把和外側的一模一樣，是帶有冰裂紋的四方形水晶，下面另有五個門把排成一列，但並不整齊。第二個和第三個都是深色石頭，一個結冰，另一個則是非常平滑的霧面。第四個像是小小的水族館，一方青藍大海，透進一束陽光。最後兩個以木頭製成，倒數第二個是淺色的，雕刻了繁複的花朵圖案。我看不出最後那個是不是也有雕花，因爲上面覆蓋著一層濕潤的苔蘚，從中冒出星星點點的白色小花。

雅瑞艾德妮的手一時鬆開，讓櫥櫃門板重重回彈並發出巨大聲響。我們兩個都呆住了。但從走道傳來的聲響沒有變化，只有短暫的停頓——但也可能只是我的想像力作祟。

我大概能猜到哪個門把代表溫德爾的王國，但我忍不住想試試最漂亮的那個：那一小方青藍海洋。我幾乎不敢呼吸，緩緩轉動門把，讓門在發出輕微聲響之後開啓。

鹹鹹空氣湧入精靈的房屋。在我面前是一片一望無際的乾燥岩岸，散落著幾叢淡黃的樹。青藍大海沒有盡頭，而且過分明亮，只有偶爾出現的嶙峋島嶼突破水面。門外不遠處有一棵瘦弱的橄欖樹和一個白色鵝卵石堆疊出的錐形石堆。我主要只是想試試看能不能碰到，於是伸手拿起一塊石頭——熱辣陽光灑在我的手臂上，那種感覺眞的很怪，因爲我身體的其他部分仍位在高山上的精靈住家，這裡同樣溫暖，但更爲舒適。

我關上門。「希臘。」我小聲說。「應該沒錯。看起來像是凡界，也可能是兩界交會處，就像阿坡的家那樣。我不知道原來樞紐可以通往那裡——希臘沒有樹形羊仙的故事。說不定只是他們很少使用這個門把？」我摸向由上面數來第二個門把，上面結著一層冰。「這個門把一定是通往俄羅斯，大概是西伯利亞大草原外圍。至於這個……」我探向下方的石造門把。「這個我不知道——說不定是通往俄羅斯的另一個地方？還是雕花的那個才是？」

「哪一個能回到聖列索？」雅瑞艾德妮憂心忡忡地問。

「這個。」我轉動水晶門把推開門。我們的眼前再次出現山壁與青藍色的綠眼湖，我甚至能看到遠方沿著山稜行走的三個小點——德葛雷與艾孔，影子跟在後面。我鬆了一口氣，看來時間的流動仍未改變，不過我們也還只是在精靈界邊緣而已。

「老天。」雅瑞艾德妮輕聲說道，然後便沉默地望著門。

我輕碰她的手臂，因爲我明白她的表情是什麼意義。「慢慢呼吸。」我建議道。「可以試著從一數到十——我發現這種做法很有幫助，能讓你穩穩扎根在俗世中。」

「有人在外面嗎？」一個尖銳顫抖的聲音從屋內傳來。「是你嗎，妹妹？」

雅瑞艾德妮發出一聲尖叫。我立刻關上門，但是動作太急，發出了巨大聲響。一瞬間，一陣冰冷寒風席捲而來——爐火**呼咻**一聲熄滅，提燈掉在地上摔碎，周圍陷入一片漆黑。

「小偷！」那個聲音大喊。「有人闖進我家！」

「艾蜜莉姑姑！」雅瑞艾德妮大喊。「快開門！」

「好，我知道！」我在黑暗中拚命摸索，痛罵自己的好奇心。我摸到通往希臘的門把——溫熱且帶著沙粒。溫德爾的王國是最下面那一個，覆蓋著苔蘚。

確定嗎？會不會是雕花的那個？還是光滑石頭的那個？我感覺到胃在翻攪，想起那些整齊排列的凍傷手指——是我的想像力作祟嗎？還是壁爐架眞的有動靜？

駭人尖叫傳遍整個空間，接著光腳走在石地上的啪嗒聲響逐漸逼近。

「艾蜜莉姑姑！」雅瑞艾德妮不停尖叫，現在她也開始在門上胡亂摸索。「艾蜜莉姑姑！」

找到了——我的手摸到苔蘚，上面還帶著濕潤的露珠。我慌亂地祈禱自己沒有猜錯，一把拉開了門。昏暗微藍的光線照亮屋內——應該是黎明時刻——同時飄來橡樹、松樹、潮濕植物的氣息。我先把雅瑞艾德妮推出去，然後跟著往外一跳，順手將門拉上，只聽見響亮且帶著回音的**砰**一聲，混雜著精靈住家再次傳來的尖叫。

當下我無暇觀察環境。我抓住雅瑞艾德妮的手臂，拖著她跑向我所看到最接近的躲藏處——一塊飽經風霜的直立巨岩後面。

我希望這裡眞的是溫德爾的王國，在此地的樞紐尺寸和聖列索一樣，但門上的彩繪配合著四周的青翠丘陵景觀。門把不是水晶製成，而是遍布苔蘚，和內側的第六個門把一模一樣。

我們靜靜等待，心臟狂跳，從岩石邊緣往外偷看。但精靈沒有追出來——或許是依然殘留在門口的海洋氣息誤導了他，引他跑去希臘鄉間了。過了一段時間，雅瑞艾德妮想從藏身處走出去，但我把她拉了回來。

「他感覺沒有那麼可怕。」她抗議。她似乎因爲腎上腺素激增而變得輕率，急著想將剛才千鈞一髮逃出生天的經歷歸類於歡樂冒險。

「樹靈學研究守則當中有一條是：切勿惹惱收集人體部位之精靈。」我說。

我們又等了一陣子，我才判斷終於安全了。然後我站起來，轉身背對那道門。倘若之前我不確定是否選擇了正確的門，現在也毫無疑慮了。我們正身在溫德爾的王國——視線所及的每處幽暗、每種色彩、每個細節都是讓我安心的證據。

爲什麼？我也說不上來。確實，這裡的景物符合溫德爾想家時滔滔不絕的所有描述，但這個地方也讓我感受到一種說不清的熟悉——難道是因爲我親近溫德爾，因此對這片領域的親近也滲透進我的內在？很難想像這種事怎麼可能發生，但精靈與他們棲息的世界之間有種親密的連繫，凡人無從理解。

我們站在點綴著淺色岩石的翠綠山丘上，下方是一片森林，藍風鈴花在樹木間隨風搖曳，藍紫波浪漸漸融入陰影。我看到一座湖——不對，是兩座，但第二座距離太遠，只能看到一片水光。在我們身後，也就是樞紐後方，則是一大片靛藍山地與重重山影，層巒疊嶂延伸向北方的地平線，上方的天空陰晴不定，有些地方因爲雲層遮蔽而顯得陰暗，有些地方在一束束陽光照耀下顯得泛白朦朧。

眞的有必要提起嗎？景色很美——這點毋庸置疑。尤其是森林，隨著風吹過樹枝而不時閃耀銀光，感覺就像有人爬上樹，在樹冠懸掛了裝飾品。儘管如此，我總是有種奇怪的感覺，好像沒有看見整體，相較於凡界，這裡的陰影更加深濃、更難看透，幻夢般的薄霧使得許多細節模糊不清。即使是現在，在我寫下文字的當下——此刻我依然身在溫德爾的王國——我也已經感覺到當時的記憶從腦海溜走，宛如在枝椏間迅速跳動的鳥兒，我只能捕捉到一閃而過的畫面。說不定有某種魔法深植此地，也可能單純是因爲這裡有太多神奇之處，我的凡人眼睛忙不過來。

樹木有眼之地。我允許自己短暫失控一下——非常短暫，一聲啜泣湧出，但我立刻壓制住。我任由恐慌沖刷而過，感覺到這趟任務的重量沉沉壓著我的肩膀。

「看來這次我不會有導遊了。」我輕聲說。「萬一你的寶貝丘陵放出怪物攻擊我，我會變成最恐怖的惡鬼糾纏你到天荒地老。」

「艾蜜莉姑姑？」雅瑞艾德妮走過來站在我身邊。

我搖搖頭。「那裡。」我指著通往森林的狹窄小徑。雅瑞艾德妮邁開腳步，顯然像我一樣等不及想離開這個毫無遮蔽的地方躲進陰暗處，但我制止了她。

「先把我們自己藏好。」我說。她呆望著我，而我脫下斗篷。

「請你……」我才開口又打住，感覺非常可笑。我竟然在對**斗篷**說話。「請你幫助我們？如果可以，請幫助我免於引起注意——讓我融入環境。」

感謝老天，斗篷沒有回答。我不知道溫德爾在褶襉中融入多少魔法，也不知道他是否想到過我可能需要這樣的用法。我從來沒有看過他用魔法讓自己的衣物變得**不顯眼**。

我重新穿上斗篷，它似乎迫不及待想回到我身上——不需要我動手便直接蓋住我的肩頭，這倒是第一次。我戴上兜帽。

「有差別嗎？」我問雅瑞艾德妮。

她瞇起眼睛。「沒有……不過或許只對精靈有效。」

「或許吧。」我說。「對你的圍巾做同樣的要求，然後蓋在頭上。」

接下來我教了雅瑞艾德妮破力咒——當然不是找尋遺失鈕釦的那個，而是我用過多次且效果顯著的隱身咒語——最近一次就是對戰灰光妖。

「不要以爲這個咒語能讓你完全隱形。」我告誡。「面對宮廷精靈時更要當心。不過至少能讓我們比較不起眼，希望這樣便足夠了。」

我們踏入精靈界的深綠幽暗中，用衣物蓋住頭，邊走邊唸誦破力咒，有如怪異的小型苦行僧隊伍。

十月九日

又一次，日期變得難以判斷，只能靠推算。假設信任時間在精靈界以同樣的方式流逝，可以說我們已經在這裡一整天了，但我無法如此信任。凡界可能已經過了一整個月，也可能只過了一個小時，我只能盼望是後者。我會繼續依照我經歷的時間流逝記錄日期，不求精準，只爲方便。

綁架溫德爾的貓這項計畫有一個很明顯的漏洞——呃，其實計畫本身就是個大問題——我不知道怎麼去他的宮廷。他在那座城堡出生、長大，十九歲時遭到流放，現在他的繼母竊據王位在那裡當政，雖然他偶爾會提及，但從來沒有說過位置在哪裡。

他提起羊仙的時候說過：他們住的山在我的城堡東方。我們從羊仙走的門出來，應該就是在他們居住的山上，因此只要往西走就是正確的方向。我猜想——**祈禱**——接近時會有路牌，或者是能一眼看到城堡的觀察點。

於是我靠著觀察太陽與星星的位置尋找方向。很可惜，莉莉婭借我的羅盤派不上用場。溫德爾的國度似乎讓羅盤暈頭轉向，指針不停變換方位，東南西北亂指一通。過了一段時間後，我開始尋思亂指的方向說不定有什麼固定模式，於是花了一兩個小時愉快地思考如果寫成論文要用什麼標題——好比〈恆信北極星：精靈界對磁場的影響〉？思考有助於分散心思，避免去想這個地方何以愈來愈令人發毛。此外，我心中那個屬於科學的角落永遠不會眞正關閉，即使在這樣的情境下也一樣。

我們走進森林清涼的陰暗處，立刻驚恐地體會到爲何溫德爾的王國會有那種名字。然而我——

我不得不暫時擱筆。我恐怕沒辦法寫下那些文字——光是想像要企圖以文字描述，讓我的心思在這件事情上停留超過一秒，就已經令我難以忍受。或許等我回到凡界，距離會讓我比較容易寫出來。至於現在，爲了維持我的神智正常，還是把注意力放在其他地方吧，好比森林裡的藍風鈴花海；迷濛陽光從雲層間穿過，讓萬物輪廓變得朦朧，整個世界有如水彩畫。偶爾出現在樹梢的銀色閃光，確實是來自於裝飾品——我爬上一棵橡樹確認過——但是比凡界的聖誕樹裝飾球更大，是精緻的銀色大圓球，內部中空，像蛋殼一樣輕。這種銀球不知爲何讓我聯想到精靈石，我急忙放手讓它飄回樹冠中，而那顆銀球有如霧氣懸在半空，全然無視重力。

帶我們走進森林的那條小徑通往一條更寬闊的道路，看得出來經常受到使用。這條路大致通往正確的方向，於是我們沿著路面走了一陣子，直到遇到分岔，選擇了往西的那一條。我們越過宜人的小溪，又經過頂端僅有一片亮麗黃色花海及蝴蝶的無樹丘陵。我們也走過了幾片濃密的樹林，樹木之間距離太近，光線難以照入，好比黑夜拒絕交棒給白天，在這裡永久定居。這些樹林裡的空氣又濕又悶，而且橡樹的樹皮好像會動——後來我才發現那其實是數十隻蛞蝓一起緩慢行進造成的錯覺。這種蛞蝓很奇怪，皮膚上的黃點會在黑暗中發光。進入這類樹林之前，我都會先將雅瑞艾德妮拉到身邊，用我的斗篷一起裹住她，而斗篷也會乖乖變大容納我們兩人。我不知道這麼做是否有用，但我們沒有遇到危險——雖然我們經常聽見有東西在樹梢移動，距離非常近，令人不安，彷彿一路尾隨。當然，還有那些眼睛——

現在我沒辦法寫。

這一天的路程當中，我們遇到精靈的次數不多，大多只是聽到他們的動靜，而不是看見。我們經常聽見遠處的歡笑，往往伴隨著馬匹或其他大型家畜的腳步聲，也會聽到音樂演奏，但我記不起旋律，因爲音樂一旦停止，很快我就會遺忘。我猜想有些精靈的住家就在路邊，因爲偶爾會在小徑邊緣的草地看到踩踏痕跡，也會看到兩塊白色石頭平行放在一起，中間的空間足夠一匹馬走過。有時可以看到好奇的棕精靈從樹梢或樹洞偷看我們，但我頂多只能捕捉到一閃即逝的身影——模糊的濕潤黑眼睛與細長手指，以及怪異的苔蘚色帽子。

後來我們聽見前方有哼歌的聲音，轉過彎便看到一名旅行者在不遠處拖著沉重的腳步行走。那個精靈衣衫襤褸，只比我矮一點，看不出性別，以寬大的兜帽蓋住頭，拉著拖車一路發出叮叮噹噹聲響，彷彿載著大量馬口鐵桶。

我立刻拉著雅瑞艾德妮躲到樹後，對方似乎沒有察覺我們的存在，但我不太相信精靈會聽不見凡人笨重的腳步聲。我們跟在那個精靈身後一段時間，然而它前進的速度實在太慢，我們不能繼續耽擱，只好想辦法超過，一路低聲唸誦破力咒繞過拖車。我沒看到它的臉，只看到猶如簾幕的深色長髮從兜帽下垂落，裝飾著幾個織進髮絲的松果。那個精靈似乎連一眼都沒有往我們的方向看，我們很快便將它拋在後頭，然而那個哼歌的聲音卻持續了好幾個小時，在樹林間輕柔迴盪，我們兩人都快被逼瘋了。

十月十日

當然，我和雅瑞艾德妮只能輪流睡覺，一個半夜搖醒另一個。在沒有鬧鐘的狀況下在精靈界入睡，這是外行人才會犯的錯。第一天晚上，我們睡在湖岸邊，攤開睡墊鋪在沙地上，沒想到相當舒適，波浪的細微聲響讓人睡得更沉，只是我們必須忽視在水面上舞動的奇異光點，以及偶爾從湖水深處冒出的爬蟲類低吼。

我們兩個都沒胃口，但還是勉強吃了一點阿坡的麵包，一如往常的美味，奶油香氣中帶著一點巧克力滋味，非常獨特。我們帶來的水已經喝完了，不得不喝山泉與溪流的水。儘管我並不情願，但也沒有其他選擇了[21]。

「你在做什麼？」雅瑞艾德妮躺在睡墊上翻身，視線看向我。我體內有什麼——無疑是我內疚的良心——不由得體認到，要不是有她在，我根本沒辦法睡覺，即使我敢睡，也必須承擔極大的風險。

「思考一個假設。」我拿出小刀，小心翼翼鋸著羊仙的角。拿在手裡有種奇怪的溫熱感，但我告訴自己只是想像力作祟。不久之後，我鋸下最前面的一小塊，但保留角的銳利度。

我找到一塊表面平坦的石頭，將鋸下的那一塊角放在上面，又找了另一顆圓石頭充當

21 在一些故事中，凡人喝下精靈界的溪水會產生像喝精靈酒一樣的後果。

杵，成功將角磨成細粉——呈紅棕色，倒進紅酒裡應該看不太出來。喝下去的時候會不會被發現呢？我想應該不會——粉末沒有任何氣味。

溫德爾中的毒會不會就是這個？在故事中，精靈吃下所屬領域原生的特定植物可以治病，但也可能致命。這種毒藥來自於溫德爾所屬領域的原生物種，他的繼母能夠輕易取得。

我告訴雅瑞艾德妮這件事，她說：「這對班柏比教授有幫助嗎？假使我們知道他中的是什麼毒，說不定就能調配出解藥。」

「或許吧。」我說。這個想法很有意思，但我不知道實務上要如何進行。將角磨成粉放在顯微鏡底下研究？送去給藥學專家分析？

我注視著那支角，它像紅酒開瓶器一樣螺旋，彎曲出一個弧度，尖端非常尖。事實上，以我凡人的眼力根本看不見尖端，只能捕捉到細微的陰影。我感受到一股怪異至極的衝動想要伸手觸碰，彷彿那是紡錘，而我是遭到巫婆詛咒的不幸少女。

十月十一日

昨晚清涼有雨，我和雅瑞艾德妮都不想在毫無掩蔽的地方過夜。尤其我們白天一直閃避騎著坐騎的精靈，每隔一兩個小時就會有一個轟然經過小徑。一旦聽見坐騎的腳步聲，我們便只有幾秒的時間可以離開小徑躲在樹木或灌木叢後面。我看不清精靈的模樣，因爲速度實在太快，頂多只能看到一閃而逝的身影，有時則可以瞥見繽紛的首飾。不過他們顯然都是宮廷精靈，騎乘的坐騎外型大致類似馬匹，但感覺又有哪裡不太對勁——我說不出來到底是哪裡奇怪。

離小徑不遠處有一棵巨型紫杉，因爲被高大的蕨類擋住，所以從小徑看不見。樹幹非常粗，要好幾個人手拉手才能圈住，上方分出十多根滿是樹瘤的枝幹，葉片極其茂密，看起來一片黑。充滿古意的粗壯枝條微彎，彷彿在保護下方長滿厚厚苔蘚的平坦空地。

「眞方便！」雅瑞艾德妮說。「完全擋住雨呢！」

那棵樹的樣子一看就很可疑，我也不相信精靈世界中的「方便」，但我實在太累了，沒有精神爭辯。空地上有紮營的痕跡：一圈燒黑的石頭旁邊有一個光滑的樹墩，可以當作舒服的椅子。我選擇解讀爲可以放心的證據——事實證明非常不智。

我拿出那個玻璃罐放在兩人中間，裡面裝著「線頭」——或阿坡所說的「碎屑」，我漸漸習慣用它來充當照明。這些小火星的亮度剛好足夠書寫，對我而言是極大的安慰。精靈界的夜晚有太多怪異聲響，要是無法寫日誌，我眞不知道要如何轉移注意力。

上半夜由我看守，基本上沒發生什麼狀況。幾個騎士經過，坐騎不斷噴出鼻息，聲音很像狼。守夜的那幾個小時我一直想著溫德爾。白天的時候，因為旅程太艱辛，加上經常有精靈造成威脅，我可以暫時放下對他的擔憂，但夜晚再也沒有什麼能讓我放下煩惱。他醒了嗎？平安嗎？會不會又有另一波殺手跑去阿爾卑斯山襲擊他？我知道影子會陪著他，這多少給我一些安慰。光是想像毛茸茸的巨犬窩在他身邊，往往便足以讓我安然入睡。

叫醒雅瑞艾德妮之後，我決定不睡了，打算整夜保持警覺——倦怠並沒有全然澆熄我的直覺，隨著時間過去，我愈來愈覺得那棵樹很可疑。那個鬼東西太安靜。

雅瑞艾德妮打了個呵欠，一面撥弄營火餘燼，我交代她：「不要離開我身邊。」但很快直覺便棄我而去，我終究是睡著了。

雅瑞艾德妮一開始尖叫，我便立刻跳起來——我甚至不確定自己是否徹底清醒。那個傻丫頭沒有離開樹下，但她走到離我一兩碼遠的地方去撿拾柴火，現在火堆整個散開了。她之前把圍巾掛在樹墩上晾乾，此時依然放在原地。雅瑞艾德妮躺在地上，雙腿亂踢亂踹，兩手死命拉住頭髮，因為有個極為醜惡的精靈正拽著她的頭髮拖進暗處。

那個精靈的體型有如一名矮小男子，滑溜溜的深色皮膚，圓形頭顱很像青蛙，動作也非常類似，四肢張開，巨大的腳趾緊抓住森林地面上的粗大樹根。天色太暗，我看不清楚，但以我能看到的部分便足以判斷出那是蛙怪，愛爾蘭南部全區的濕地與湖泊邊緣都有這種精靈獸出沒。蛙怪不吃人類——一般認為他們是草食性生物——但這裡顯然是蛙怪的棲息處，我們出現在這裡已經觸怒了他們，更別說還生了營火。只要一有機會，蛙怪就會把我們拖進黑暗中，壓在水底溺斃。

我沒有遲疑，因爲我早就想好萬一遇上這種狀況該怎麼辦，因此能夠不假思索直接行動。我抓住斗篷下襬拋向扭動掙扎的雅瑞艾德妮。斗篷在半空中變大，就像之前遭受狐精攻擊時那樣，以褶襇將她整個人包裹住。

精靈發出哀嚎，淒厲叫聲沒完沒了，讓我忍不住摀住耳朵，但毫無用處。我無法分辨是出於憤怒還是恐懼，總之蛙怪放開了雅瑞艾德妮，奇形怪狀的身軀完全趴伏在地，表達出卑躬屈膝的服從，一邊哀叫著一邊倒退往後爬。我上前一步，蛙怪立刻往後躲開，迅速溜回森林暗處，一路不停哭嚎。

十月十一日，晚間

在那件事過後，我決定提早出發——天色才剛濛濛亮，但我們兩個都無法繼續睡，連想都不用想。我忙於思考，差點讓燕麥粥燒焦。

「怎麼了？」雅瑞艾德妮說，我這才察覺她憂心忡忡地望著我。她沒受什麼傷，只有幾處瘀血，現在驚恐過去了，她似乎將這次遇襲視作一則刺激故事，非常適合在學術論文中用作註腳，並已經開始寫下重點。當然，差點丟掉小命之後竟然是這種反應，實在太不健康——這讓我深深確信她絕對是研究樹靈學的料。

「我的斗篷，」我說道，「剛才的精靈知道那是溫德爾縫製的。他的魔法留下痕跡，泛精靈辨識出他的身分並且感到害怕——或許正是因爲如此，我們才能一路走來都沒有遭到打擾。」

「所以呢？」

「所以，既然連泛精靈都知道我們是廢王的朋友，那麼貴族一定也會知道。」

「這是好事吧？」雅瑞艾德妮說。「小傢伙說過女王有仇敵。假設班柏比博士在宮廷精靈中有朋友，說不定會願意幫助我們。」

我搖頭。「不要以爲溫德爾的朋友也會是**我們的**朋友。對方很可能會將我們視爲有價值的籌碼，把我們關進黃金牢籠保管。宮廷精靈多半蔑視人類，而且非常難以捉摸——他們可能會相信我們的任務很重要，也可能不會。無論如何，我們也可能不巧遇上溫德爾的仇敵。」

雅瑞艾德妮咬著下唇。「那我們該怎麼辦？我們需要那件斗篷。」

我也不知道——儘管會招來危險，但我們確實需要斗篷。

於是我們繼續往西前進，雖然我愈來愈懷疑自己的決定。不只是斗篷的事，就連行走的方向也是——我們走了這麼久卻毫無進展。群山或許變得稍微遠了一點，但我沒有看到路標，更沒有從森林間探出頭的城堡。

雅瑞艾德妮雖然已經被我訓過幾次了，但依舊每隔幾分鐘就因爲一點小事大驚小怪，可能是兩朵肥厚的紅菇大致形成門的輪廓，也可能是陰暗樹叢的樹洞裡有一面反光的銀鏡，不然就是掛著迷你曬衣夾的蜘蛛網，彷彿準備晾曬衣物。一開始我不予理會，希望她會覺得無趣而安靜下來，然而，過了一段時間後，我察覺她對這次冒險不顧勸阻、不知疲倦的熱忱也感染了我，效果就像寫日誌一樣——主要是能讓我不去想那些沉重的事。

上午走著走著，我慢慢察覺到森林的自然聲景中有個怪異的韻律。雨已經停了，但從樹枝上滴落的水珠還是滴滴答答響個不停，儘管如此，我似乎在滴水聲中聽到一個輕盈的腳步聲，像是體型嬌小的生物正在配合滴水聲走路。大部分的凡人不會察覺，但我和精靈打交道的經驗豐富。

最終我停下腳步，輕聲對雅瑞艾德妮說：「我們被跟蹤了。」

姪女的嘴唇顫抖。「被什麼跟蹤？」

「我不知道，不過已經跟在我們後面好幾個小時了。」

遠方傳來竊笑，雅瑞艾德妮頓時嚇得僵住。我仔細觀察小徑，但可想而知沒有任何動靜，只有葉片晃動，以及森林地面蒸騰的一絲絲水氣，陽光在其中嬉戲。

我迅速思考。「應該是我弄錯了。」我說。「大概只是樹葉吧。」

「樹葉！」一個細小的聲音重複。「不、不，是我！我一直跟著你們，不只**幾個小時**而已。」

雪鈴從我之前沒發現的狐狸穴鑽出來。雅瑞艾德妮想叫又叫不出聲，往後退了一步——我很清楚她心中正在重溫哪一段記憶。我掩飾自己的不安，彬彬有禮地說：「你好。」

「我想幫你們達成任務。」狐精細小的聲音說。「你們在**追尋使命**，對吧？」

我愣了一下，接著說道：「你已經幫過我了。」我開始擔心認錯，狐矮人在我眼中全都一模一樣，希望他是雪鈴沒錯。「你們欠的恩情已經還完了。」

精靈甩一下尾巴。「你不能趕我走。」他的語氣像使性子的小孩，同時小徑突然變暗。

「當然不會。」我急忙安撫，因為我大概猜到是怎麼回事了。許多泛精靈對凡人及其所做之事感到好奇，儘管他們會假裝毫無興趣，但其實很愛插手我們的生活——主要是棕精靈，不過很多群居型精靈也會這樣。通常泛精靈插手反而會弄巧成拙害慘凡人，但這就不在他們考量的範圍之內了。

這個殘暴小野獸之前曾帶我找到阿坡的家，難道他因此嚐到了助人的樂趣？

「像你這樣俊美又聰慧的精靈願意協助，當然是我們莫大的光榮。」我盡可能控制語氣，以免被察覺口是心非。出於務實，即使這個泛精靈不久前才企圖吃我的朋友，我依然能夠昧著良心阿諛奉承。

雪鈴聳肩裝作不以為意，但他的站姿更挺拔了一些，脖子上的一圈毛也蓬起。「之前我幫你找到去冬之地的路。」他誇耀道。「太輕鬆了！我只是隨便看看就找到路了，畢竟我不是愚鈍的笨蛋凡人。」

真是夠了。「確實，我深感佩服。」我說。

「哈！」他自滿地說。「太簡單了！」

「你熟悉這個領域嗎？」我問。

「當然！」他說。「我們經常趁沒有守衛看守的時候溜進門，這太好玩了。」

「我們想去女王的城堡。」我說。

「城堡？」雪鈴蹙眉。「嗯哼！那你爲什麼走這條路？」

我困惑地停頓片刻，接著問道：「什麼意思？這不是去女王城堡的方向？」

「你選的路很遠。」他說。「沒什麼旅行者會走這條路，只有被放逐的精靈和盜賊才會走，都是壞精靈。你應該走近路，比較安全也比較快，走這條路得花上好幾天、好幾個星期。」

「**近路**？」我重複道。我的頭已經開始痛了。

「穿過陵墓。」他揚起得意的笑。「你不知道嗎？你們這兩個凡人笨死了。」

「笨到沒藥救。」我說。「你願意跟來，我們眞是太幸運了。」

「我喜歡冒險。」雪鈴說。「可是從來沒有參加過。」

「太好了！」我對雪鈴鞠躬。「如果你願意加入我們的行列，我們將感到萬分榮幸。對吧，姪女？」

雅瑞艾德妮注視著狐精，眼神呆滯，感覺好像快吐了。她呑嚥一下，然後說道：「非常……榮幸。」

「你願意帶我們前往樹木有眼之地的王室宮廷嗎？」我詢問。「需要我重複請求三次嗎？」

雪鈴興奮到微微顫抖。他似乎很努力想克制，可惜不太成功。「就這麼做吧。」他的語氣裝腔作勢，但眼睛在發光。

我重複了請求。我才剛說完最後一個字，雪鈴便已經跑在前方，喜孜孜地回頭說：「快來，**快過來**。走這裡！我知道最好的路。」

我和雅瑞艾德妮得用衝刺的才能追上──前方出現一個彎道，我們狂奔而過，由於出現得太突然，許多棕精靈急忙躲到樹木後方。如此一來便證實了我的猜測，確實有許多精靈在觀察我們，只是我們沒有發現。雪鈴往左跑上一條岔路，說是路，但其實只是一些被踩扁的草和蕨類。我愣然發現路邊立著一支路標，上面用精靈語寫著「城堡」，下方還有愛爾蘭文、英文和拉丁文翻譯。

「眞是見鬼了。」我氣呼呼地說，火大到口不擇言。

「你沒有看到？」雪鈴停下腳步，回頭打量我。「到處都有路標。」

我無法回答，只能罵一串髒話。

「爲什麼還要特地標註凡人語言？」雅瑞艾德妮問。「他們……難道說精靈**希望**我們找到去王宮的路？」

「這個領域的貴族喜歡凡人。」雪鈴說。「有些會關起來當寵物，太無趣的就扔去餵狼，或是在狩獵遊戲中當作獵物。不過也有一些凡人在這裡的宮廷擔任顧問，貴族在這種地方往往又怪又傻。」他輕蔑地補上一句：「大家都知道凡人只適合當食物。」

「他們**喜歡**我們。」雅瑞艾德妮重複。她好像又快吐了，我能理解。在雪鈴描述中貴族精靈對待凡人的態度實在太難以預期，有些賜予政治權利、有些當作動物飼料，相較於將所有凡人一律扔去餵狼，這樣反而更令人不安。

「女王派了親衛隊來森林追捕仇敵。」他說。「我不喜歡女王的侍衛。」

我也不喜歡——雖然我對他們一無所知，但我敢說，能讓雪鈴感到害怕的精靈絕非善類。

「侍衛沒有逮捕我們。」我說。「我們根本沒有看到侍衛。」

「侍衛看到你們了。」雪鈴說。

我整個人愣住。「什麼意思？」

「我一路都跟著你們。」他說。「你們走進森林的時候，我看到侍衛在樹上監視。我不知道爲什麼他們沒有發動攻擊，他們監視了很久，然後飛到空中，好像聚在一起商量什麼。」

我強壓住恐慌。先說最基本的吧——我對此一無所知。然而，侍衛並沒有立刻飛去通報溫德爾的繼母——這點値得玩味。「告訴我，這些侍衛是否效忠於前任國王？」

「他們效忠這個領域的統治者。」雪鈴語帶輕蔑，彷彿這是全世界所有人都知道的事。

我心不在焉地點頭。雖然不知道這些侍衛是怎麼回事，但他們顯然認出斗篷上有溫德爾的魔力。儘管如此，他們並未襲擊。難道說他們感到左右爲難，不知道該效忠目前的女王，還是該效忠正統的廢黜君王？

我察覺斗篷有點異狀。當我轉向通往城堡的路想要繼續前行，便突然感覺到一股拉力，彷彿被幼兒抓住了斗篷下襬往回拉。雖然我不會因此放棄，但也不會輕忽。

雅瑞艾德妮憂慮地看著斗篷。「它不希望我們走這條路。」

「我認爲是這樣沒錯。」我說。「嗯，畢竟我之前**確實**請它幫忙隱匿我們——前往女王的城堡恐怕很難不引起注意。更何況，溫德爾在斗篷上施加了許多保護魔咒，而我們現在的行爲無異於自殺，所以可能觸發了魔法。也可能是斗篷在責怪我們沒看到路標。」可惡的斗篷兜帽總是一天好幾次企圖飛到我的頭上來，我根本看不出有什麼理由。

「我們必須走這條路。」我對斗篷說，現在對它說話我已經不會覺得怪了——這種行爲感覺就像是神智出了問題，但我盡量不去多想。「信任我好嗎？」

我努力想像自己是在對溫德爾說話——在某種程度上，或許**真是如此**，至少是他留下的模糊殘影。他的魔法織入斗篷，而精靈魔法與凡人單調的法術不同，往往具有個性，可以和施術者保持些微連結。斗篷終於停下惱人的拉扯允許我前行，同時領子也出現令人格外不舒服的刺癢感，彷彿想提醒我它並不贊成。

雪鈴帶領我們沿著狹窄小路去到一座滿是青草的陵墓。眼前沒有門扉，只有三塊大石頭圍出一片四方形的漆黑。

我停下腳步，儘管感到心急，還是不禁猶豫了。會不會斗篷才是對的？信任這個殘暴小生物引領的道路眞的明智嗎？我自己也說不出爲什麼——可能是隱約想起某個故事片段？——我拿出羅盤捧在身前。

沒想到指針慢下來了，終於停止瘋狂轉動。指針來回飄移了一陣子，最後指向——不是像大嘴一樣的門，而是雪鈴。

「有意思。」我輕聲說。

「什麼？」雅瑞艾德妮也停了下來——她似乎也對目前的路徑有所質疑。

「我不確定。」我緩緩說道。「但我認爲應該可以信任他。」

我轉頭看著雪鈴。「如果這是捷徑，應該可以避開樹木有眼之地的很多地方吧。」

「嗯哼！」雪鈴回應道。「應該吧。至少可以避開悲泣礦坑——礦坑有很多可怕的瀑布，貴族都在那裡開採銀礦；另外還有燈芯峽谷，有一個很壞的波嘎在那裡占地爲王。還有最黑的那片森林，那是巫頭鹿的地盤，他們稱之爲詩地，其他還有很多危險的地方。」

他像平常一樣夸夸其談，認定我會感激涕零。我確實是很感激，但我心中有個聲音在哭泣，畢竟我好不容易才找到前來狼之森的方法，踏上這片學術界奉爲傳奇、神奇又駭人的精靈領地，如今我卻只能匆匆走過，有如急著買東西而無暇逛市場的人。

「以後你再帶我來。」我喃喃對斗篷說。「等你好起來，一定要帶我來好好參觀。」

這既是約定也是祈禱。我跟隨雪鈴走進陵墓。

十月十三日？

我發現時間的流逝愈來愈難掌握，就像受困冰雪精靈王的宮廷時那樣。我的記憶變得殘缺不全，而且相當紛亂。我很想弄清楚原因：我們學者一直認爲精靈界遍布會擾亂凡人心智的魔法，眞的是這樣嗎？還是說眞相其實更可怕，或許在精靈界有一些東西遠超出人類理解的能力，凡人用來做紀錄的系統——也就是我們的記憶——相較之下太過原始粗糙，因此運作不良？

不過，儘管我想了很多理論，但這畢竟不是需要經過同儕審查的論文。我持續寫日誌只有一個目的：保持神智正常。

我相信我們穿過的那座陵墓裡有個精靈村莊。我隱約有印象看到提燈照亮樹木上的門，還有銀梯通往掛滿銀絲的樹頂，更上面則是星光耀眼的夜空——我們眞的還在陵墓裡嗎？那眞的是天空？還是魔法變出來的幻象？毋庸置疑，這裡面有許多精靈，形形色色，有些類似人類，有些與人類**毫無**相似之處，但我的記憶到這裡格外模糊，只留下幾段特別驚恐的記憶，有如卡住的木刺。我腦中有個畫面：一隻巨大無比的狐狸，腿很長，有著馬的鬃毛，被綁在一棟建築外面的繫馬柱上——那是什麼地方？酒館？能聽見音樂與歡笑傳到外面的道路上。印象中我們並未引起太多注意，可能是因爲我們並非唯一的凡人。我記得看到一群像街童的人類孩子帶著一頭白狼在巷弄間奔跑，還有一個孤獨的女子，衣物骯髒，糾結長髮超過膝蓋，整個人蜷成一團倒在門階上啜泣。

過了那座陵墓又是下一座陵墓，一樣有著星光照耀的村落，但我的記憶更薄弱了。當時好像在放煙火？我記得爆炸聲響與天空中炸開的光芒，周圍的精靈發出各種讚嘆。但也可能是魔法造成的火光，說不定是精靈正在對決。我們在那裡過了一夜——也可能是兩夜。

接著，溫德爾繼母的城堡突然出現在我眼前——我對來到這裡的路途毫無印象，也不記得是什麼時候離開第二座陵墓的。

因爲頭腦太過糊塗，我一時以爲有兩座城堡，其中一座上下顛倒，後來才想通城堡位於湖邊，湖面平靜如鏡，倒映出上方世界的所有細節。城堡後方有一座森林茂密的丘陵，天空中的雲朵在丘陵投下影子，有如搖曳的繡帷。森林中有幾處閃耀光輝，透過隨風擺動的樹葉，我瞥見樹梢之間有幾座銀吊橋。城堡本身一如我預期的那樣宏偉，長長的淺色石牆，城垛的高度遠超過寬度，因爲湖泊與陡峭丘陵之間只有一片狹窄的土地，城堡有如貓兒一般整整齊齊縮在上頭。

我們站在湖對岸眺望城堡，湖邊有許多舒適的長凳，精靈可以悠閒坐著欣賞美景。幸好現在附近都沒有精靈，因爲天色才剛剛亮起，儘管陽光的溫暖金輝已經灑落岩石，丘陵後面的西方天際依然呈現深紫色。

先看到那些怪物的是雅瑞艾德妮。她拉拉我的衣袖，低聲喚道：「姑姑。」

城堡頂端的城垛乍看之下好像凹凸不平。仔細看就會發現上面裝飾著某種怪物石像，很可能是爲了阻止森林中的鳥兒飛來。若是更加仔細觀察——

「我猜那些應該是女王的侍衛。」我說完之後忽然覺得很需要在長凳上坐一會兒。雅瑞艾德妮開始陣陣發顫——影子很愛吃蜘蛛，喜歡到令人有點不舒服的程度，每次她看到都會像這樣發抖，只是沒這麼嚴重。我非常慶幸四周樹木的影子籠罩著我們。

侍衛或多或少可以說是貓頭鷹——但我認爲偏少，他們比我看過的任何貓頭鷹都大上兩倍，散發出一種有如老山羊般的滄桑感，全身都是肌腱、疥癬和稀疏的斑點羽毛，蹲踞在棲木上。這還不是最可怕的。眞正恐怖的是他們的下半身有六條腿——像蜘蛛腳一樣的長腿，延伸到距離軀幹很遠的地方，有如鑷子一般抓住石牆。

「爲什麼偏偏是蜘蛛？」雅瑞艾德妮哀嚎。「我討厭蜘蛛，別的什麼都好。」

「如果我們的朋友說得沒錯。」我比向雪鈴。「至少有幾隻這種怪物跟蹤我們很長一段時間，卻沒有襲擊。」

雪鈴點頭。「我從來沒有看過他們這麼做。只有非常飽的時候他們才會一路跟隨獵物，等肚子餓了再出手。」

雅瑞艾德妮發出一陣含糊的聲音。

「女王總共有多少個侍衛？」我問。

「至少十個。」雪鈴說。「我最多一次看到過十個。」

我數了一下城垛上那些類似貓頭鷹的生物。八隻，所以還少了幾隻。該不會此刻就在樹梢埋伏吧？他們會像蜘蛛一樣垂降，還是像鳥一樣飛撲？我自己也忍不住發抖。

我握緊口袋裡的硬幣，其實主要是爲了求安心。雪鈴打了個呵欠——不太賞心悅目——他長著尖牙的下顎像鉸鏈一樣大開，牙齒靠近牙齦處有著令人不安的粉紅汙漬。

我轉身觀察森林。「我們先在這裡休息幾個小時。等到天完全亮了，我就出發去城堡——自己一個人去。」

「城垛上到處都是那種怪物！」雅瑞艾德妮大喊。「你怎麼有辦法偷溜進去？」

「我不會**偷溜進去**，我只要光明正大走進去就好。」

我的斗篷領子又開始出現刺癢感，感覺有如砂紙，但我不予理會。

雅瑞艾德妮的表情像是懷疑自己聽錯了。「什麼？」

「我以前做過這種事。」我說。「一次是在蘇格蘭的謝特蘭群島，我走進哥布林的宮廷。去年我也曾走進寒光島的冬季市集，帶走兩個俘虜。在宮廷精靈的地盤上不可能躲過他們的注意，唯一的選擇就是欺騙、僞裝。」

「那……你打算僞裝成什麼？」雅瑞艾德妮問。

「精靈不會覺得奇怪的人。」我回答。「我自己。」

十月？日

我從來不曾感到如此精疲力盡，但我必須寫下發生的事——否則怎麼會有人知道？細節已經開始從我腦海中飄走，有如隨風遠去的蒲公英種子。這就是在精靈界待太久的代價——不過至少我的神智還正常。

我自己是這麼認爲。

我和雅瑞艾德妮與雪鈴合力紮營——我們在溝壑中找到一個有掩蔽的角落，一棵倒下的樹形成自然屏障——我脫下斗篷爲雅瑞艾德妮穿上。反正我也不能穿進城堡裡。

「至少帶著我的圍巾。」她懇求。

「風險太大。」我說。「圍巾也是溫德爾製作的，如果宮廷精靈當中有他的仇敵，絕對會發現。」

「艾蜜莉姑姑……」雅瑞艾德妮抗議。她臉色蒼白，輕聲哭泣，好像完全沒有睡。

「假使我沒有回來，溫德爾就靠你了。」我告訴她。「盡量多採一些可食用的精靈蘑菇——你知道哪些可食，你修過那堂課——以及一些漿果，服用所屬領域的食物或許能治好他。」

當然，我並不相信這麼做會有效，說這些主要是爲了避免那個壞丫頭跟來。我不認爲有人走進狼之森的王室宮廷還能全身而退，她做不到，誰都做不到，就連學者當中也只有我能冒險一試，但即使如此，成功生還的機率也相當低。

幸好這番話達成了我想要的效果。雅瑞艾德妮振作起來，雪鈴也嚷道：「噢，太好了！就算你被吃掉，冒險也不會結束。」

「我會負責讓班柏比教授恢復魔力。」雅瑞艾德妮承諾。「把這個領域的花草植物煮成茶或許有幫助，我已經想到幾種配方了。假使你沒有回來，我會和他一起去救你。」

我想起我們離開時溫德爾的狀態，黑色羽翼在他的肌膚下振動。但我只是點點頭。

我轉身準備出發，她卻按住我的手臂。「阿坡的麵包還剩一些，我放在你的背包裡了。」

這只是一件小事，我卻因此差點撐不住冷靜的表象。我趁著眼淚還沒潰堤，摸摸她的臉頰表示感謝，然後匆匆快步離開，假裝沒看見她震驚的表情——這好像是我第一次觸碰她，至少是第一次以觸碰展現情感。

✦ ✦ ✦

我邊走邊從背包取出備用的筆記本與鉛筆。我沒有費事隱藏，一路走到森林盡頭，進入城堡庭園的範圍，繁花似錦的花園中錯落著幾座高雅的涼亭。每隔一段時間，我便停下來寫點筆記，擺出著迷的傻笑，像遊客一樣拉長脖子東張西望。我知道想要保命就不能表現出恐懼，但那些怪物從高處注視著我，眞的很難做到，幾乎不可能。相較於在對岸眺望時的印象，城堡比我預想的大上很多——外觀並非一片齊整和諧，而是陽臺與矮圍牆組成的迷宮。最糟的是我找不到入口。

幾個宮廷精靈從我身邊飛奔而過，他們騎著馬——至少外型很像馬，不是奇形怪狀的其他生物，但體型大得誇張，奔騰的威力有如巨大岩石滾落山坡——經過時引起地面劇烈震動，害我重心不穩，反覆跌跤。有一次我差點滾到巨大的馬蹄下，幸好手腳並用即時爬走，客觀而言非常恐怖——不只是因爲我差點被踩死，也是因爲我的手掌不小心壓到幾隻蝸牛，牠們發出尖銳的痛苦慘叫。

離開小徑之後，我躲在一棵垂柳下，頭靠著膝蓋，全身發抖。我的心臟怦怦跳個不停，鋪天蓋地的恐懼使得昏亂的頭腦更難恢復清晰。城堡對我的影響超出預期，可能是因爲這裡有層層魔法交織，也可能是因爲我感到無法理解。

我從一數到十，重複好幾次，同時用力握住硬幣。我想像自己身在劍橋的辦公室，一景一物在腦海逐漸拼湊起來。氣派的橡木辦公桌，光滑的桌面、絲絨襯底的抽屜；排列得一絲不苟的每一本書；角落裡影子的狗床；窗外可以看到青草與池塘，景色饒富田園風情。這麼做讓我感覺稍微恢復平時的模樣，但我也知道在精靈界頂多只能達到這種程度了，所以我重新出發，小心翼翼避免踩到蝸牛。

我慢慢接近城堡，踏進建築投在山丘與花園上的陰影，但我依然找不到入口。我不知怎麼離開了剛才走來的路，在花園的許多小徑上亂闖了一陣子，偶爾被太過茂盛的紫藤纏住。花園裡有許多精靈正悠閒休憩，但他們幾乎沒有留意到我——或許是因爲我的僞裝太過成功，但更可能是因爲我這個人沒什麼看頭。身爲嬌小黯淡的學者也不是沒有好處。

儘管他們對我沒興趣，我卻對他們充滿興趣。我很難不盯著他們一個個看，一方面是因爲我遇到宮廷精靈的次數屈指可數，另一方面則是因爲我從來沒有看過如此美麗又令人膽寒的精靈。寒光島的精靈彷彿是當地嚴峻地形的化身，這樣的模式似乎也適用於這個領域的宮廷精靈。

我很想將記憶用大頭針固定住，就像製作蝴蝶標本那樣，但腦中畫面再次模糊。我只能盡量寫下尚未消逝的印象：有個女精靈的長髮全都是野玫瑰，還有個男精靈的臉上長出細小的葉片，有如雀斑。許多精靈的皮膚上有著淡淡的年輪螺紋，有些膚色如同斑斕樹皮。另一個女精靈在陽光下呈現耀眼的銀藍色調，彷彿她並非血肉之軀，而是由波光組成。有的精靈外型比較不像人類，偏移的程度之大，讓我不禁思考，在這個領域中宮廷精靈與泛精靈之間的劃分界線是否比較模糊？還是說學者太急於將精靈分類，以致於高估了此類劃分的重要性？

我瞥見幾個城堡衛兵——我猜測應該是衛兵，因為他們穿著耀眼的銀胸甲，佩帶長度幾乎到肩膀的大劍，而且似乎循著一定的模式在花園走動。我盡可能遠離他們，但他們像其他精靈一樣幾乎沒有注意到我。

我很可能會一直在花園中遊蕩，不由自主入迷，幸好有個凡人抓住我的手肘，將我拉到花園邊緣，這時我的記憶也變得清晰許多。

「你不能在此逗留。」他平靜而專注地看著我的雙眼。他說的是英語，帶著愛爾蘭腔，但我聽不出確切是哪裡的口音；他說話的方式有種古意——他待在精靈界多久了？他的紅棕頭髮光滑柔順，膚色有如鮮奶油，身材比例優美，一身繡著銀絲的華美蠶絲服飾；整體而言，他感覺十分健康，那是唯有富裕和閒情才能擔負的理想狀態。「我不知道你是誰，但你必須立刻回頭。聽懂了嗎？」

我對他微笑。「我是來這裡做研究的，我是一名學者。精靈界真是太神奇了！這是我第一次來這裡，我決定要寫一本書加以記錄。」

他放開我，皺著眉頭後退一步。我擔心他還不相信我無可救藥，於是開始滔滔不絕地說起小徑和岔路——大量借用艾孔的胡言亂語——直到他離開。我有很多事情想問他——看得出來他受到精靈的保護，待在這裡似乎很自在，更別說沒有受到魔法影響——但可想而知，一旦問了我就會暴露身分。

顯然我後來成功找到了進入城堡的路，因為我接下來的記憶是站在陽臺邊緊抓住石造欄杆，上面有一隻之前在森林看過的斑點蛞蝓緩緩爬行。我大概是因為一直找不到城堡大門或任何型態的入口，於是決定乾脆走非傳統路線。我看不見房內——被玫瑰圖案的黑色窗簾掩住了。

我猛然蹣跚後退，因為一道影子落在陽臺上，一個高大身影出現在我面前。是衛兵，他像其他精靈一樣高挑、苗條、美麗，一頭黑髮宛如瀑布垂落腰間，用銀線綁在後頭避免遮住臉龐。他的深色肌膚像其他人一樣有著年輪螺紋，睫毛是綠色的，形狀像蕨類。

「你是誰？」他蹙眉看著我。「你是哪個小傢伙的寵物嗎？我沒有在宮裡見過你。」

我立刻判斷出我的運氣差到極點。這個衛兵心情不好——說不定剛和同事吵架了——從他斷然的語氣與上下打量我的方式判斷，他打算當場殺死我，然後再查明我的身分。宮廷精靈處在這種情緒的時候，即使哀求也不會有用，不過或許我可以利用他陰晴不定的脾氣。

「您好，我是一名教授。」我對衛兵說，對他露出作夢般的傻笑，假裝沒有發現他已經輕盈地越過欄杆，拔出劍朝我逼近。「尤絲塔夏·華特斯教授——樹靈學家。」

我之所以報出華特斯教授的名字其實沒有惡意，我只是說出腦中浮現的第一個名字，大概是因爲在劍橋的時候她一直讓我覺得很煩，她動不動就大聲清嗓子，而且常趁我不在的時候擅自進我的辦公室借書，又很少歸還。我接著說：「我在愛爾蘭南部研究羊仙，不知怎麼闖進了你們的領域——這裡實在太神奇了！我連作夢都想像不到。我打算以這個主題寫至少十幾篇論文。請原諒我魯莽地闖入，我只是想看一下城堡內部。」

「學者！」精靈驚呼。他的表情變得明朗，剛才的煩躁有如陽光下的陰影瞬間消失，這讓我鬆了一口氣，差點哭出來。「眞有趣！學者最好玩了，總是拿著筆記本東問西問。」他悠閒地倚在欄杆上，劍尖點著青草，彷彿一整天又煩又累，終於可以放任自己享受一下娛樂似的。「沒錯，偶爾會有學者來這裡——可惜上次那個被女王的貓頭鷹給吞了。他到最後變得有點討厭，你們都會這樣——不停胡言亂語、扯頭髮，還常常忘記洗澡！沒洗澡的凡人很噁心，沒有人想和他們相處。」

「噢，老天。」我開始擔心了，儘管我想要表現出受魔法影響而變得昏聵的模樣，但我不想讓人以爲我像那個邋遢的可憐教授一樣痴傻。老天——我認識那位教授嗎？過去十年間在愛爾蘭進行田野調查時失蹤的樹靈學家，我隨便都能想到至少兩個。

精靈急忙解釋：「親愛的，請不要擔心——像你如此可愛的凡人，不必煩惱會面臨這種命運。」

想也知道只是謊言，但我假裝放心，對他露出鬆了一口氣的笑容，讓他同樣鬆了一口氣。我的演技不太好，但宮廷精靈很好騙，他們太過傲慢驕矜，不會承認區區凡人企圖智取他們的可能性。「那個……」我欲言又止地說。「我想……我正在寫一篇關於愛爾蘭宮廷精靈的論文，若您願意告訴我一個關於您的故事，我將深深感激。」

「沒問題、沒問題。」他揮揮手，給我一個縱容的笑容。我看得出來這個要求滿足了他的虛榮心，他甚至從一開始就期待我開口，我忍不住想起小雪鈴，我的依賴讓他得意洋洋，甚至阿坡也一樣，總是迫不及待想給我剛出爐的麵包。

精靈開始滔滔不絕述說最近去打獵的經歷，我則乖乖做筆記。這個故事似乎沒有重點，只是列出一大串慘遭殺害的生物種類以及殺害的手法，我第一次覺得記憶模糊也是好事。他在講完之後靠過來看我寫了什麼，基本上我的筆記全都是胡言亂語——幾首童謠、一些隨手塗鴉，有時候只是不停重複「迷失」這個詞，我認為這招很不錯。我對他微笑，彷彿沒有察覺不對勁，他露出高高在上的憐憫笑容，然後和我握手。

「眞高興認識你。」他說。「祝你論文寫作順利。」

「謝謝您。」我行個屈膝禮。他就這麼走了，我轉身目送他離去，同時感到相當自滿。然而，當我轉過身，得意的心情立刻煙消雲散，因為陽臺不見了。現在變成深色的平開窗，窗框閃耀銀光，而且上鎖了。

「噢，可惡。」我嘀咕。我用雙手沿著窗框摸索，但怎樣都找不到扣鎖，不由得踹了城堡一腳。

我轉身，看到之前在花園遇到的紅髮人類，他一臉好奇地打量我。

「華特斯教授？」

「噢……您好啊。」被打擾令我心煩，但我擺出之前那種樂呵呵的迷糊態度掩飾。「我們見過嗎？是不是在森林裡？森林眞的好神奇喔，那麼多小徑，有的黑暗陰涼、有的陽光普照，感覺只要沿著小徑一直走，就可以走到永恆……」

「你的演技糟糕透頂。」那個人說。「你不用再假裝胡言亂語了，我看得出來你沒有中魔法。」

我愣了一下才恢復鎮定。「你也沒有。」我指出。

他不以為意地聳肩。我很難不察覺他的容貌令人驚豔——能夠吸引精靈注意的凡人大多如此，溫德爾在這方面相當異常——他的雙手修長細緻，感覺像是音樂家。他說：「我和女王的兄長結婚了，並且受到他的保護。這裡有少數幾個凡人因為不同理由被視為有價值的存在，因此得到精靈保護。我們可以在這裡生活，不會發瘋。不過**你**並非這種情況——對吧？除非你是哪個貴族的新情婦。」

「我或許看起來正常，但其實神智已經受到影響了。」我緩緩說道。「只是我和精靈打交道的經驗比一般凡人豐富。無意間誤闖精靈界的人往往會因為魔法陷入瘋狂，我具備相關知識，因此比較懂得如何抵抗。」

他似乎不太相信，但感到有意思。「我名叫卡倫．湯瑪斯，曾經是豎琴工匠——但那個時代恐怕已經不復存在了。教授，你來這裡做什麼？」

我細察他的表情，看不出惡意，但即使如此又算什麼？他的丈夫或精靈朋友可能性情暴虐，萬一他們透過卡倫得知我的意圖，很可能會對我不利。

然而，他的眼神流露某種氣息，讓我想要誠實回答。「我來追尋一項使命，細節我不能說。但我必須進入城堡，找到廢位國王的寢殿。」

「廢位國王。」卡倫沉吟。我有種奇特的感覺，他似乎很努力在憋笑——他覺得我可笑嗎？「不知道你說的是哪一位？因爲符合這個描述的不只一個。確實，這個領域有太多遭到廢黜驅逐的國王和王后，他們留下的東西大多遭到遺忘，丟在一邊積灰塵。」

我端詳他。「我怎麼覺得你很清楚我說的是哪一位？」

這時他的笑容消失了，他說：「跟我來。」

我不確定跟著他走是否明智，然而，在同爲凡人的他身邊，我的專注力提升許多——或許單是如此便足以讓我想出接下來該怎麼辦。他帶我穿過花園，去到一個安靜的角落，那裡有張長凳，幾乎完全被梣樹垂落的樹枝遮蓋，一個精靈悠閒地坐在那裡，端著一杯酒、捧著一本書。

乍看之下，他比許多精靈更像人類，但只限我直視他的時候——正眼看的時候，他是個大約二十多歲的青年，黑髮雪膚，膚色白得有點嚇人，有著大大的深色眼眸，嘴唇飽滿鮮紅，唇峰明顯、嘴角微揚。然而，當我用眼角瞄向他，看到的卻是樹枝與苔蘚組合出的人形，或者該說只是個人影，因爲我眞正能看清的只有那雙深色眼眸。

一陣恐慌鑽過我的心頭。這個精靈讓我想起寒光島的冰雪之王——或許沒有那麼古老，也沒有那麼缺乏人性，但他的舉止有種肖似的模式，視線移動的感覺也是。倘若他是女王的兄長，是否代表他是溫德爾的仇敵？感覺似乎有可能，但是精靈很少因爲血緣關係便理所當然地效忠。不過，當溫德爾慘遭流放、家人死於非命的時候，他很可能就在女王身邊。他轉頭看我，即使只是意興闌珊的一瞥，我依然感覺到意志離我而去，留下欣喜的空洞；在這一刻，他要我做什麼我都會做，他想知道什麼我都會說。

「親愛的，別對她使用魔法。」卡倫說。「她說是爲了追尋使命而來到這裡，我認爲我們應該幫她。」

「使命？」精靈慢悠悠地說，闔上手中的書。「眞妙啊。」

「她想進城堡探險。」卡倫接著說。「特別想進到廢王的寢殿。」

他們兩個交換了一個心照不宣的眼神，我無法解讀。現在女王的兄長全神貫注地看著我，但我寧可他不要這麼做。

「這樣啊。」他的眼眸閃過一絲興味。所有的宮廷精靈都美豔絕倫，他也不例外，但他的美貌無法吸引我——恰恰相反，讓我只想轉身逃跑。「呵，有何不可？」

✦✦✦

我坐著思考了很久，努力回想接下來究竟發生了什麼，但我的記憶一片空白，畫面消失得如此徹底，就連對花園的模糊印象也不復存在。我只能猜測是那個精靈對我施了魔法。

儘管如此，顯然他幫助了我——至少當時我是如此認爲。因爲既然我一直找不到城堡入口，想必也不可能出現在裡面，然而，我的下一段記憶卻已經是站在奢華的寢殿中，望著玻璃窗外的景色，那絕對是花園沒錯，但是似乎相距好幾層樓，後方還可以看到湖泊遠景。

我轉了一圈，發現這裡只有我單獨一人。**真的很單獨**——房間裡空蕩一片，只有一張巨大的橡木四柱床，上頭連半點寢具也沒有。一道拱門通往外頭，看得出來還有另一個同樣空蕩蕩的房間。天花板挑高，空間寬敞，地板上有神祕的陰影晃動，彷彿森林樹頂灑落的光影。雖然什麼都沒有，但這個房間感覺很像溫德爾在劍橋的公寓，只是沒有那麼一塵不染。所有表面都覆蓋著厚厚一層灰，而且顯然有哪裡漏水，因爲角落冒出蘑菇，還有一股潮濕的氣味。床邊的窗戶破了，一棵嚇人的樹鑽了進來，葉子幾乎全黑，長著彷彿有劇毒的黑色漿果，樹枝氣勢洶洶，彷彿想將房間據爲己有。漿果落在床上腐爛，留下一塊塊深色汙漬。

我突然覺得寒冷，於是環抱住身體。我試著想像溫德爾身在這裡，享受王子的奢華生活。但我卻只能想到，在他的家人遇害、他被迫逃離精靈界的那個夜晚，他就是睡在這張床上。他只簡單描述過當時的狀況，但我知道他是跳窗逃生。

整個場景最怪的部分，就是房間中央的餐桌。那是張長餐桌，鋪著絲質桌布，兩端各擺著一張類似王座的椅子，椅墊很厚。整個房間裡只有那張桌子乾乾淨淨、沒有半點灰塵，就好像有人習慣坐在這裡欣賞房內的頹敗。不只如此，餐桌上還擺了餐具：醒酒器裡裝著深紅色的酒，一旁放了兩個酒杯；有一大盤冷肉與起司，以及兩條氣味香甜的麵包，脆皮上埋著種子；最後則是一碗水果。

我摸向一顆葡萄，發現還是冰涼的，就好像不久前還放在冰上。我收回手，全身顫抖。我無法解釋眼前的一切，但腦中浮現幾種可能，全都很可怕。

我在醒酒器旁邊站了一下，然後拿起它對著光轉動——精靈紅酒總是顏色深沉，濃稠的感覺幾乎像是油。雖然我很渴，但我當然沒有喝。我惶惶不安地將酒放回去。

這樣應該就可以了，我想著。畢竟我沒有時間一一思考各種可能。我的思緒依然不太清晰——可能是女王的兄長對我施法造成的後遺症？或者只是因爲在精靈界待了太久？

溫德爾的貓依然躲在城堡裡嗎？我明白自己無法得知——我只能憑猜測行事。或許那隻貓已經放棄希望，認爲溫德爾不會回來了，於是逃進森林裡，也可能在女王的親信當中找到新主人。我無法想像影子放棄希望不等我，但貓本來就是善變又自我的生物。

我在寢殿遊蕩了許久——就當作是一個小時吧，沒什麼不可以，反正時間早就混淆不清了——察看空無一物的衣櫥，僅存的幾件家具底下我也都檢查過。沒找到貓，但我找到很多貓曾經在這裡生活的跡象：被推到角落積灰塵的貴妃椅上有一層黑毛。然而，我同時也在尋找證據，希望確認這裡眞的是溫德爾的寢殿，這個我倒是找到了。

貴妃椅旁邊有張矮茶几，像其他家具一樣設計簡單而對稱，下方插著一根銀針，就好像有人縫紉到一半隨手插在那裡，然後就此遺忘。

這個發現讓我精神一振，低聲叫喚：「奧嘉！快來啊，貓咪！」

找貓讓我深感挫敗，這應該是我第一次感到問題太過棘手且無從解決。終於，我腦中冒出一個主意：我從背包拿出存放火星的玻璃罐。這正是我一直期盼的時刻——我從劍橋一路扛來這裡的法寶終於可以派上用場。不幸的是，同時我也察覺那支角不見了。

我低聲咒罵著翻找背包。角眞的不見了，一定是無意間掉出來的，很可能是我忙著閃躲精靈馬的時候。

這件事讓我感到前途堪慮，我正處於旅途中最危險的一段，卻沒有任何可以自衛的武器。但又能怎麼辦？我束手無策。我繼續尋找，放出微微發光的火星，希望能吸引貓主動現身，畢竟那是溫德爾的魔法。可惜我的思緒實在太過朦朧，我好像一直在反覆檢查同樣的房間、同樣的家具，往往已經找過又忘記。我緊握著硬幣，但這裡是精靈界的核心地帶，硬幣的保護效果非常有限。

後來我終於找到貓了，但絕對不是因爲我施展了什麼招數，而是因爲貓自己決定不介意被找到。我在一個陽光普照的房間裡找了三次，最後判斷這裡一定是衣帽間，因爲有好幾個空空如也的大衣櫥似乎是將古老樹木整棵挖空做成的，就在這時候，我的視線落在最靠近窗戶的衣櫥上。這個衣櫥我也已經搜過好幾次了，然而現在衣櫥頂上有隻黑色腳掌從側邊慵懶垂下，有隻貓在那裡。

至少是個有點像貓的生物。牠的姿態很像貓，那雙目空一切的金黃眼眸也絕對是貓，但那個生物沒有固定的形體；感覺像緩慢湧動的黑影組合而成，也可能是印象派藝術家畫筆下的產物，而且是個只遠遠看過貓一眼的畫家畫的。那個生物似乎伸了個懶腰，這時我才意識到那個黑影身體裡藏著爪子——貓當然有爪子。

儘管如此，我一下子放心了，差點哭出來。「奧嘉？」我彆扭地喊道。我好像從來沒有對貓說過話。

貓盯著我看了許久，牠的耳朵動了動——同樣地，這裡指的只是抽象的概念，感覺更像是兩個凸起的小黑影。雖然衣櫥很高，但牠輕輕鬆鬆就跳到地上，然後穿過一道原本不存在的門。

我低聲咒罵，從背包拿出獸籠追過去。所謂的「獸籠」其實只是一個麻袋，我在上面裝了好幾層鐵絲。雖然外型不太優美，但那時我急著出發前往精靈界，實在無暇顧及美觀。只要距離夠接近，我就可以用獸籠罩住牠。

那道門通往一條狹窄的走道，再過去是一個像是儲藏室的地方，裡面滿是層架。我驚訝地發現這裡有衣物，好幾堆就那樣扔在地上。一看就是溫德爾在精靈界會穿的衣服——絲質長袍和荷葉邊斗篷之類的——也能清楚看出他一絲不苟的縫紉手藝。上面留有牙印，就好像是貓咬著拖過來的，衣物堆上也有滿是貓毛的貓形凹陷。

「奧嘉，快過來。」我再次喊牠，雖然我手中拿著臨時製作的獸籠，但並不抱太大的希望。我想找到回寢殿的路——一方面是因爲擔心又會迷路，另一方面則是想從那扇破窗逃出去。那棵樹感覺很容易攀爬，從那裡離開也不用在宮廷裡亂闖找路，天知道我會遇上多少女王的臣子。

那隻貓低聲吼叫，伸出腳掌抓門。

眞是該死。「奧嘉，」我用最理性的語氣說道，「我們不可以走那條路。你一定要跟我來，我帶你去找主人。你有沒有聽懂？你還記得主人嗎？」

貓看我一眼，那個眼神我只能形容爲氣勢凌人。門後傳來交談聲，音量愈來愈大——還有一聲刺耳的大笑——然後又慢慢遠去。

一部分是出於好奇，另一部分是因爲我遲鈍的頭腦現在才想起來有這個東西，我從口袋拿出羅盤。指針緩緩轉動，一圈、兩圈、三圈——最後直直指向奧嘉。

「老天。」我嘀咕。雖然距離變得比較遠了，但我依然能聽見門外傳來的交談聲。羅盤肯定錯了——貓是隨心所欲的生物，我怎麼能信賴？更何況現在風險實在太大。

貓發出長長一聲嚎叫，轉身開始抓門。牠的爪子很長，而且尖銳得要命，抓門的聲音在整個空間裡迴盪。

可惡的貓！我一把抓住牠的後頸拎起來——至少牠的觸感像貓，只是遠比凡界的動物滑溜——旋即將牠扔進獸籠裡，我相信等我放牠出來，一定會付出慘痛代價。果然，那隻貓嘶聲哈氣、狂噴口水，能夠變形的腳掌掙扎著伸出頂端小小的開口，我急忙用另一根鐵絲綁緊，但牠還是企圖撓我，能碰到的地方都不放過。最後我的手臂和手背都被抓出血淋淋的狹長傷口。不過鐵絲撐住了，儘管精靈貓不停哀嚎，但顯然無法脫逃。

我把獸籠塞進背包之後拔腿就跑，那隻倒楣的貓現在下定決心要我的命，用力撞著我的肋骨。我穿過猶如迷宮的眾多房間——幸好沒有重組——順利往寢殿奔去。在我奔跑的同時，奧嘉的抗議愈來愈大聲，似乎決心要撕裂獸籠和背包。我也不知道牠怎麼辦到的，但牠成功將一隻爪子伸出背包開口抓撓我的後頸。我痛得尖叫，一滴血滑下我的背脊。那隻壞貓開始抓我的頭髮，我不得不取下背包掛在手臂上，感覺有如試圖困住一袋黃蜂。

我衝進寢殿，沒有立刻察覺不對勁。然而貓馬上安靜下來，將爪子悄悄收回背包裡。

宴會餐桌旁的椅子上坐著一位高挑女子，正心不在焉地用小刀削蘋果。我出現時，她沒有表現出驚訝，只是冷冷看我一眼，就好像我們約好要見面，而我遲到五分鐘。她身後的房門左右各站著一個精靈衛兵。她身上的長袍精緻華美，裙襬不但落地，而且還拖出很長一截，一層層硬挺綢緞與繡花絲絨上綴著數千顆銀珠。能有如此排場，她絕對是溫德爾的繼母，現任女王。

她有凡人血統。

我看見她的頭髮兩鬢霜白，前額也有皺紋。她有雙深色大眼，臉龐瘦長而蒼白，頭髮和眉毛都很纖細，呈金紅色調——雖然很美，但遠比不上一般宮廷精靈的容貌。

女王插起一塊蘋果放進口中，不慌不忙地咀嚼，看著呆立說不出話的我。

「你是我兒子的未婚妻。」她終於開口。「叫什麼名字？」

她說話的語調字正腔圓、略帶鼻音，不像宮廷精靈那般悅耳。換言之，她的聲音不夠完美——凡人的聲音。儘管如此，她的聲音依然帶著魔法，我來不及制止自己，已經說出：「艾蜜莉。」

「艾蜜莉。」她重複道，又吃了一塊蘋果。「麻煩說明一下你是如何在森林裡躲過我的侍衛。」

我奮力抵抗她聲音中的魔法，感覺心臟彷彿在喉嚨裡跳動，我平時的防禦一般效果不錯，但是在這位有凡人血統的女王面前卻不堪一擊。「他們認出了我，認出我穿的斗篷，那是溫德爾——呃，你的繼子——縫製的。」

「我知道他在凡界用的名字。」她揮揮一隻手，接著站起身，雖然身後拖著好幾碼的布料，動作卻依然高雅。她走向醒酒器倒了兩杯紅酒，將其中一杯遞給我，然後比了比桌上的食物。「儘管吃喝吧。」她說。「我看得出來你餓壞了——來到精靈界的凡人往往會忘記要吃飯，我命人準備了兩人份的餐點。很抱歉我遲到了，不過即使我不在，相信你也有事要忙。」她帶著一絲揶揄看向我的背包。

見我遲疑不動，她揚起了微笑，感覺隱約帶著苦澀。「別擔心——那不是精靈酒，我像你一樣，不能喝精靈酒。」

我不確定能否相信，因爲紅酒的樣子和我看過的精靈酒一模一樣。然而，由於她的聲音具有強制作用，我緊張地喝了一小口，濃重的香氣使我反感。花香濃到令人不適，甜中帶苦，感覺就像是鮮花榨出的汁。

女王回到原位坐下，長裙窸窣作響。她以就事論事的口吻繼續說道：「看來我忠誠的侍衛其實不太忠誠呢。」

「這很難說。」我說道——爲什麼我仍然說個不停？「我猜他們只是不知道該效忠哪一邊——是該效忠目前占據王座的這位？還是**理應**在王座上的那位？」

她似乎並未惱羞成怒，只是喝了一口酒，隔著杯緣注視我。我分辨不出她的眼神是猜忌或憎恨。她是那種會將思緒藏在壁壘中的人，可能是個性使然，也可能是別無選擇。

「你怎麼會知道我是誰？」我奮力抗拒心中的恐懼，畢竟這個女人殺害了溫德爾全家。

她聳肩。「我派了精靈監視他——做法非常謹慎，他完全沒有發現。說真的，他的觀察力向來不太好。我也要求那些沒有死在我兒子劍下的鬼獵人描述你的樣子。那天他們看到有幾個凡人和他在一起，其中只有一個對他毫無畏懼。一個小鼠似的女孩，頭髮很亂。」她微笑。「我會注意這些他們想不到的細節。」

他們。一聽就知道她說的是誰。

「你不認爲……自己是精靈？」我也不知道爲什麼我會這麼問。我很清楚該做什麼：奉承她，滿足她的虛榮心——據說混血精靈虛榮的程度不輸純血精靈，而且對輕蔑更加敏感。

「我顯然不是精靈。」她說。「雖然我的母親是精靈，但我依然會隨著時間老去，當我吃他們的食物、喝他們的酒，一樣會不由自主想跳舞。但我也不像父親一樣是人類。我是我自己，獨一無二。」

我無言以對。我從來不曾聽說混血精靈可以登上精靈王國的王位——呃，這樣說不太正確，溫登伯爵的故事[22]有幾個版本以此爲主調，但在我的知識範圍中，這是唯一的例子。我想起溫德爾說過，他的繼母擅長以心計操縱身邊的人——這個特質非常有人類的感覺。精靈雖然會使詐，但很少如此工於心計；這種手段不適合精靈，因爲他們太過隨心所欲，更何況，他們只要使用魔法就能從別人手上得到想要的東西。我還眞是依循習慣的動物，即使處在如此荒誕的情境中，依然忍不住想拿出紙筆——我可能再也不會遇到像眼前這位女性如此有趣的研究課題。

女王說：「靠近點。」我不經思考便聽從了。確實，她的命令帶有魔法，但也帶有一種屬於人類的權威。倘若英國國王命令我說話，我也會唯命是從——事實上，就連劍橋校長的命令我都無法違抗，他體格矮小但氣勢過人。一些身在高位的凡人即使沒有魔法輔助依然壓迫感十足，無論他們的地位是繼承而來或努力獲得皆然，尤其是習於發號施令的人。眼前這位女性的存在感無比強大，她彷彿擁有專屬的重力，使我不由自主地受到吸引。

走近之後我嗅到她身上的香水味，略帶香料般的辛辣，而且非常有人類的感覺。她端詳我一番之後說：「嗯，你確實很平凡。我承認，我感到相當意外——我兒子一向很膚淺，看來他變了。」

「你見我有什麼目的？」我問。她自命聰明過人，這樣的人費心安排見面，絕不會只是爲了誇耀，她一定有**目的**。

她吃完蘋果和一片起司，然後又添上一杯酒，動作不疾不徐。我利用機會偷偷計算從餐桌到窗戶的距離。衛兵無法即時趕到，她穿著那麼重的衣服應該也不可能。但我有辦法躲過她的魔法嗎？我用力握緊口袋中的一便士硬幣。

---

22 這個類型的例子，可參閱約翰．崔爾加的《西英格蘭精靈故事集》（一六〇八年）。

「精靈需要我們。」她終於開口了。「想必現在你應該很清楚了。他們無藥可救，總是毫無定性，而王國需要安定才能繁榮。在我登上王位之前，這個領域一片混亂，所有鄰國也一樣。」

「根據我聽到的說法，你爲了擴張領土，甚至讓狀況更加混亂。」我說。

「只是暫時而已。」她說。「我丈夫過世之後也曾經有過一陣子的混亂，但最後還是順利平息。我有遠見，但精靈做不到——這又是他們的另一個缺點。你認爲我決定殺死兒子的原因是什麼？我早就知道他在那所大學了。」

話題轉換得太突然，我沉默了片刻才回答：「因爲最近你窮兵黷武，導致難以維持政權，所以希望他徹底消失。」

她大笑。「難以維持政權！沒有這回事。我的臣子不敢輕舉妄動，我那個兒子更不可能，他只是個愚蠢無比的年輕人。我預計凡界的時間再過個一世紀，他才會有能力對我造成任何實質的威脅，但他可能永遠沒那種膽識。不，艾蜜莉——讓我不安的人是**你**。從第一次聽到你的傳聞我就開始警覺，你頭腦聰慧又對我那蠢兒子推崇備至，你才是眞正的威脅。凡人向來都是如此，對吧？能將稻草變成黃金的傲慢精靈王子並非敗在與自己地位相當的仇敵手中，而是被磨坊主人不起眼的女兒擊敗。」

我有種反胃的感覺。我和精靈對話的經驗豐富，但這是第一次感覺到難以應付，就連寒光島的冰雪之王也沒這麼可怕。溫德爾的看法沒錯，但是得知他繼母忌憚的是我，並沒有帶來任何安慰。我早已習慣被精靈小看——相反的狀況才是最危險的。

「你很有才華。」她接著說。「我很欣賞有才華的人類——事實上，我蒐集了一小群才華出眾的凡人，包含調香師、畫家和廚師。你將是錦上添花的珍寶，區區凡人卻能找到早已無人知曉的門進入我國——你是這樣來到這裡的，對吧？」

我盡可能保持靜止，但我一定還是做出了反應，因為她點點頭繼續說下去。「我兒子明明是這個國家的**王**，但單憑他自己絕對找不到進來的方法。」她發出真摯的笑聲，令我感到十分意外。「所以說，這就是我的提案：留下來，幫我除掉我兒子。艾蜜莉，我保證他沒什麼特別之處——噢，他確實容貌出眾，即使在精靈當中也一樣，但除此之外他沒有什麼值得傾心的特質，失去他一點也不可惜。等你和其他貴族精靈相處過後就會懂我的意思。倘若你依然希望結婚，我宮廷中的貴族任你挑選。」

我看著她放下酒杯，心跳如雷。她好像有點疲憊——也可能只是我的想像。我驚覺自己不知不覺剝下一塊麵包，急忙強迫自己住手。我有沒有吃桌上的東西？我不記得了。我漸漸失去專注力，比起眼前的女王，這件事更令我害怕。「我猜想，假使我不答應，下場就是死？」

「在走到那一步之前，我會給你充裕的時間思考。」她說。

「真慷慨。」

她揚起微笑。「你想留下來吧？」

我不禁感到有點畏縮，不想回答這個問題，於是極力抗拒魔法的強制力，但她再一次逼我說出內心真正的想法。因為我太用力抵抗，所以當答案被硬逼出口時，音量變得很大。「**我想**。」

她的笑容變得更加開懷。「我就知道。」

我注視著她，呼吸變得很淺。沒錯，我想留在精靈界，但是要和溫德爾一起。沒錯，我知道這個想法不合理性也不合常識——通常這兩者都是我的強項。我和羅斯爭執時說的那些都是空話，因爲我其實同意他的觀點。與精靈王當朋友當然很瘋狂，更別說還要嫁給他，而且他統治的國度還是惡名昭彰的狼之森。我並不認爲溫德爾與其他精靈有多大的不同——他只是稍微善良一點，比較沒有那麼神祕，多少有點人性。但我不在乎。我愛他，如果給我機會，我應該也能慢慢愛上這個美麗又駭人的國度。我**想要**那樣的機會。我想要精靈界，想要知道所有祕密、所有門戶。

倘若我的決定會造成危險——我知道一定會——那就這樣吧。只要能得到這一切，我願意面對危險。

女王依然打量著我，但現在她的眼神少了點什麼，彷彿我是一道她已經破解的謎題，而她已經滿足。「我知道現在你會拒絕。」她說。「你依然相信能夠脫身，我從你的臉上看得出來——是什麼呢？你藏在背包裡的終極武器？」

即使心跳有如脫韁野馬，我仍保持靜止不動。我死命抓住散亂的思緒——感覺就像想抓螢火蟲卻沒有網子。我說：「不，我確實有帶武器，不過……已經遺失了。」

在短暫的一瞬間，她的神情流露迷惑。我無法確定——我對這段談話的記憶很模糊，而且我本來就不擅長解讀他人情緒。不過呢，我畢竟是精靈行爲的專家，這點毋庸置疑。無論眼前這個女性有怎樣的身分，她毫無疑問絕對是精靈。

「什麼武器？」她說。

「一支角。」我回答。「羊仙的角。」

她沒有動，但表情放鬆下來。「在有勇氣使用的人手中，那確實是極具殺傷力的武器。可惜了。」

我點頭。「幸好我提前取下尖端磨成粉，在你來之前原本放在我的口袋裡。」

絕對不是我的想像——女王明顯神色倦怠，甚至精疲力盡。毒性發作得很快。她似乎必須費很大的力氣才能看清我。

接著我目睹她恍然大悟的瞬間。

她一手抓住精緻的桌布。「你……」

「沒錯。」我說。「我加進酒裡了，至少我相當確定我加了——請見諒，精靈界讓我的記憶有點失常。當然，我並不知道你會來向我示威——但我考慮過這種可能。看來你說得沒錯：先見之明確實是人類勝過精靈的長處。」

她癱軟靠在椅背上，張開嘴淺淺喘息。她開始輕微顫抖——我記得溫德爾毒發時也是這樣，畢竟他中的就是我對他繼母下的毒。

「不知道毒發之後會怎樣？」我的脈搏依然狂跳，但現在並非出於恐懼，而是突然爆發的憤怒。一想到這個女人惡毒的野心害得溫德爾受盡苦楚，我便心頭火起。此刻她在我眼中已經不是研究課題，而是單純的仇敵，這種簡單明瞭的感覺令我十分滿意。

「連溫德爾那麼強大的精靈都受各種症狀所苦，力量不如他的應該只會更嚴重。」我接著說。「毒性讓他難以使用魔法，到最後他甚至難以言語。」我上前一步，用身體擋住衛兵的視線，讓他們看不見女王的狀況。「雖然我不是磨坊主人的女兒，但你和其他精靈的差異絕對沒有你所以爲的那麼大，陛下。」我拿起她的酒杯，將剩下的酒潑在她臉上，酒液流過她的嘴、流進她的眼睛。

我本來想製造點戲劇效果。我一直很想試試對人潑紅酒，可惜我實在不是那塊料、沒有瞄準好，大部分的酒都潑在女王的頸子和胸衣上，很像慘遭割喉流血。

女王想喊卻發不出聲音，伸手抓住衣領。之前衛兵沒怎麼注意我們，但現在他們察覺不對勁，表情滿是疑惑。我感覺得出來，他們很可能從來沒有看過女王衰弱的模樣。體型較爲高大的那個衛兵走上前，我心裡一慌，急忙轉身跳窗。

或許我不該用**跳**這個字——因爲跳多少帶著優美的意味，而我的動作毫無美感可言。這麼說吧，我半爬半摔，還笨拙地卡到樹枝，那隻可惡的貓不停撞擊我的脊椎。剛才牠還很安靜，此刻卻狂叫不停，整個背包也被牠弄得晃來晃去。我無暇理會，集中所有注意力爬樹，但樹不停扭動，似乎決心要把我甩下去。多虧樹的努力，我比預期的更快落地，只是多了一堆瘀血，肩膀也扭到。

照理說我不可能逃出去，然而，所有的精靈王都有一項共通的缺點，那就是過度自信。但我不能太依賴這一點——我只是得到先出發的機會而已，衛兵很快就會追上來。

我在花園裡橫衝直撞，閃躲一臉困惑的精靈，我意識到自己需要僞裝——幾個衛兵瞇起眼睛打量我，一位女性精靈也走上前，似乎是想關心我。我的衣服被樹枝扯破、頭髮纏著樹葉與漿果，他們一定認爲我是個可悲的瘋子。於是我邊跑邊唱歌，將幾首童謠混在一起亂唱，精靈紛紛閃避，他們的同情與猜疑變成厭惡，這個瘋狂凡人發出的噪音太惱人了——我彷彿《哈姆雷特》中發瘋的奧菲麗雅，只是沒有人可憐我，因爲我的歌聲太難聽。精靈似乎等不及我快點離開。

不久後我放奧嘉出來——再不放，這隻貓就會撕碎我的背。牠的爪子不但刺穿背包，還刺穿我的衣服，而且牠似乎鬥志高昂，想繼續用我的血肉發洩憤怒。心中一個小小的聲音斥責我一定是瘋了才會放貓出來，但我下定決心要賭一把，信賴莉莉婭和她的禮物。

之前羅盤指向奧嘉。當時我不肯相信，但我不會再忽視羅盤的判斷。

奧嘉的腳掌一著地便立刻衝向花園外的陰暗森林。牠停在一張長凳下回頭看我，似乎在等我跟上。

「不行。」絕望使我哽咽。「我們必須去湖的另一邊，我的朋友在那裡等。」

我覺得自己就快崩潰了——我走了這麼遠、克服這麼多難關，要是貓丟下我跑掉，我絕對無法承受。我口齒不清地說著溫德爾中毒需要牠救治——懇求一隻貓配合應該很荒唐才對，但此刻卻感覺很合理。奧嘉似乎沒有被打動。牠打量我片刻，然後轉身鑽進兩叢玫瑰中間的狹窄縫隙。

「不！」我急忙撲過去，玫瑰叢刮傷我的皮膚，也讓頭髮纏上更多葉子。我愕然驚覺，我已經不在花園了，而是在進入城堡前的那一段湖邊小徑。奧嘉坐在幾英尺外，尾巴捲起包住腳掌，以高高在上的包容眼光看著我。牠沿著小徑小跑步前進。

我大大鬆了一口氣，發出一聲嗚咽。就在此時，尖叫聲響起。

叫聲迴盪著傳遍花園與湖畔，我猜想森林與丘陵的每個角落應該都能聽見。那是充滿狂怒與哀傷的悲鳴。

第一波回音平息之後，遠處隨即傳來細碎聲響，似乎有什麼在集結。由於無法解釋，這些聲響反而比尖叫更令人憂心。奧嘉拔腿全速奔跑，我盲目跟上，穿過灌木叢與樹枝。

我冒險回頭看了一眼——結果當然是被樹根絆倒——天空出現一條黑線，因爲樹梢遮蔽的枝葉而變得破碎。

女王的侍衛。

他們正以超自然的高速逼近我所在的地方。之前他們不知道該拿我怎麼辦，於是任由我在這片領域平安移動，但現在我襲擊了他們的女王——很可能要了她的命——顯然讓他們下定決心。

奧嘉對我大叫，雖然我感到暈眩又反胃，但還是繼續奔跑，追著牠搖晃的黑尾巴穿過碧綠樹影。我的後方有什麼在動——我只注意到輕微動靜，有如一陣微風——奧嘉突然轉身撲向我身後，牠的動作如此迅疾，彷彿整隻貓眞的只是一道影子。我轉身，發現牠和一隻長著羽毛與恐怖長腿的生物在森林地面上翻滾纏鬥，牠緊緊咬住侍衛的咽喉。片刻過後，侍衛發出咳血般的臨終喘息，幾條長腿不停抽搐。

我還沒反應過來，奧嘉已經繼續往前跑了。我盡量不去看那個侍衛，因爲他死了之後只是變得更恐怖，但我的記憶中卻還是保有清晰的畫面。由於距離很近，我看到他的腿上覆蓋著屬於鳥類的茸毛。

我的記憶顯示在那之後我們很快就找到了雅瑞艾德妮和雪鈴，或許是奧嘉又帶我走入捷徑，但也可能是我的記憶有問題，或許我們持續跑了很久，一路躲避侍衛。

「艾蜜莉姑姑！」雅瑞艾德妮大喊。她早已哭得淚流滿面。「我們聽見尖叫聲，還以爲——噢，我不知道我以爲發生了**什麼**，可是看到你，我眞的鬆了一口氣……」

「沒時間了。」我說，因爲羽毛發出的窸窣聲響再次靠近。這次還伴隨著號角聲，我猜很快會有另一批追兵從陸路趕來。雅瑞艾德妮將斗篷還給我，我急忙穿上——幸好我動作夠快。一個侍衛從樹叢中竄出，翅膀與六條腿大張，但他突然停住，發出沙啞的啼叫。顯然斗篷讓他想起溫德爾，因此暫時遲疑，不過我猜他應該不會猶豫太久，畢竟我毒害了他們的女王。

另一個侍衛飛撲而來，讓雪鈴發出驚恐的尖叫。奧嘉隨即嘶聲叫著發動攻擊，逼得侍衛急忙飛到一旁。「女王的侍衛動手了！」狐精興奮地吶喊。「噢，好刺激的冒險啊！」

我們沿著小徑快速奔跑，奧嘉不知道樞紐在哪裡，於是再次由雪鈴帶路。我對這段旅程的記憶至此又開始混亂——說不定過一段時間之後我可以努力整理出頭緒，但現在我實在太累了，寫到這裡我的視線已經模糊。奧嘉跑在最後面壓陣，像一團狂暴的黑影嘶吼著，一次次嚇阻侍衛。應該是在雪鈴帶我們鑽進一座陵墓之後，才暫且擺脫他們——也許侍衛沒有發現我們走入了「捷徑」。記憶中一個侍衛抓傷了雪鈴，利爪從他的頸子到尾巴劃出一道狹長傷口，但狐精依然因為嗜血狂喜而激動歡呼，我實在不願意回想。

我們穿過另一座陵墓——是陵墓嗎？或者只是一個轉彎而已？——一個侍衛在另一頭守株待兔。這個侍衛比之前的那些體型更巨大，顯得古老而壯碩，一雙眼睛泛白混濁。這次奧嘉不敢直接撲過去，但是當侍衛張開翅膀時，牠依然挺身擋在前頭。奧嘉的狂怒嘶吼讓侍衛猶豫了片刻，剛好足夠讓雪鈴帶我們進入旁邊的小路，那條路基本上只是鹿踩踏出來的痕跡——後來呢？那個侍衛怎麼了？我記得奧嘉追上我們——這是在之前還是之後？啊，我的眼睛好痛。不過最後我們衝出森林——沒錯，這段記憶很清晰。我們逃出來，樞紐就在前方。

樞紐——

9.10.10

好，我成功把你塞回被窩裡了，不過這次我會守在旁邊，確保你乖乖睡覺，不會又爬起來瘋狂寫日誌。眞是的，小艾，我在桌邊發現你的時候，你整張臉埋在本子裡睡到打呼，但我還是得費九牛二虎之力才能將日誌從你手中拿走。我不是說過了嗎？你需要先好好睡一覺，不要急著寫下你在我的王國所經歷的一切。等你睡醒，我們得好好討論一下你這個日誌偏執狂的毛病。這樣很不健康，雖然認識你的人都會覺得你死於過勞一點都不奇怪——更正確地說，是埋首寫作到暴斃——但拜託你可憐可憐悲慘的未婚夫。

沒錯，我都聽見了。

我擅自讀了你之前寫的東西，希望你不會介意。我覺得很無聊——沒有你陪我說話的時候總是這樣的——所以決定幫你寫完上一篇日誌，希望這部分你也不會介意。這樣你至少會有幾頁能看懂的內容——小艾，你的字跡太可怕了！到處是墨漬，筆畫亂七八糟，就算把日誌拿給影子當骨頭啃，恐怕也完全不會影響閱讀的流暢度。

總之，我泡了一壺茶，又拿了幾個茉莉雅做的水果塔，準備好要來認眞做苦工。等你醒來再感謝我就好。影子趴在床邊看著你睡覺，我拉上了窗簾，因爲外面狂風呼嘯——這次的暴風雨完全是自然產生的，不會再帶來另一批殺手登門索命，眞是太好了。我親愛的奧嘉窩在我腿上睡得很香，我給牠吃了餐館最高級的肉加上一大碗鮮奶油，寵得牠開開心心。羅斯說了一堆很難聽的話，批評精靈貓的天性有如惡魔，也嫌我太縱容牠，認爲這樣過於感情用事，不過呢，那個道貌岸然的老傢伙總是說一套、做一套，我看到他趁我不注意的時候拿自己盤子裡的食物餵貓。奧嘉像影子一樣，在凡界用幻術隱藏眞實面目，現在牠的樣子就像凡界普通的貓咪，只有眼睛不一樣，牠的眼睛像金幣一樣耀眼。

首先我想說，我實在搞不懂爲什麼泰朗爵爺會願意幫你。泰朗是我繼母兄長的名字——至少其中一部分啦，他的名字很長一串，我不記得其餘的了。小艾，我怎麼看都覺得他們出手幫了你，雖然也是他們告訴我繼母你在那裡。他們也留了逃跑的機會給你，要是你乖乖聽奧嘉的話，跟著牠從那道門離開，應該早就逃出來了。我青少年時期爲了在夜裡偷溜出去玩，親自對那道門施了魔法——直通城堡後面的森林。我一直覺得泰朗的丈夫很貼心，會不會是他說服泰朗幫忙？他這麼做是出於對凡人同胞的憐憫？還是爲了達成自己的野心？老實說，我和他們兩個都不熟，畢竟年輕的時候我流連各種派對，而他們兩個的年紀都比我大，不太喜歡社交場合。

我可以想像你對我搖頭譴責。小艾，很抱歉我必須告訴你這個殘酷的事實：並非每個人的青春期都用來膜拜古希臘哲學家波西多尼斯，拜倒在他隱喻的腳下。有些人把時間用於玩樂。不過我得承認，以我而言，確實有點玩過頭了。

雅瑞艾德妮剛才來看你，我勸她也去睡覺，但她一直過來這裡確認你的狀況。你有沒有發現她眞的非常愛你？我本來還擔心她永遠不會和你親近呢。那孩子雖然把你視爲偶像，但她實在太怕你，所以很難把你當作親人去愛。我親愛的噴火龍，她已經不怕被你烤焦了——或許你會很失望，但事實如此。

總之，你停在哪一段？啊，對了，被侍衛追殺，你們設法逃跑。

當然啦，我是在清醒之後才得知這些事，不過羅斯一直守在綠眼谷等你們，雅瑞艾德妮的朋友愛絲翠．哈斯也一起等。小艾，以凡界的時間計算，你們只去了一天。一天一夜。艾孔與德葛雷代表我們去斡旋，說服村民讓我們再多留幾天，所以不必擔心會立刻被趕出農舍。他們兩人實在很體貼，不過雅瑞艾德妮告訴我他們原本不打算幫忙，所以或許有一部分是罪惡感使然。幸好埃伯哈似乎逐漸康復，我已經自作主張做出補償了——餐館的午餐菜色中有道滋味寡淡的燉蘑菇，你記得嗎？哈，我輕輕鬆鬆就變出一整片狼掌菇園，這種菇在我國森林深處大量生長，非常美味，凡人也可以安全食用，除此之外，菇傘在夜間還會散發螢光，非常賞心悅目。雖然說狼掌菇的生長狀況很難預測，有些只有一先令硬幣大小，有些卻能長到像牛一樣大——不過好東西總是多多益善，對吧？

今天早上你和雅瑞艾德妮從樞紐狂奔出來，彷彿有可怕的怪物在後面追趕，可想而知，羅斯非常緊張，不過怪物沒有跟著你們出來——至少沒有立刻出現。於是他帶你們回到農舍，你們的狀況很慘，滿身瘀血、狼狽不堪，奧嘉則強迫羅斯一路抱著牠。

根據雅瑞艾德妮的描述，你們才剛繞過轉角看到農舍，奧嘉就一馬當先跑在最前面——牠在那裡應該就能聞到我的氣味。那時候我已經可以稍微動一動了，只是依然非常虛弱——我不知道還能活多久，說不定再用一次魔法就會要我的命。不過你和奧嘉一起從大門衝進來，我還來不及開口，牠已經跳過來了。

我知道乍看之下可能以爲牠要攻擊我，但眞的不是，牠攻擊的目標是藏在我皮膚底下的毒，因爲在我體內太久，已經開始變形爲精靈椋鳥了——這是一種非常恐怖的生物，總是出沒在即將死亡的病人身上。可想而知，那些鳥嚇壞了，因爲奧嘉的狩獵能力驚人，牠是所有鳥類、老鼠以及其他小動物的夢魘，不幸遇到牠絕對會完蛋。

那些椋鳥從我的身體裡飛出來，一時間農舍裡到處是亂飛的鳥——好幾十隻一起發出驚慌的嘎嘎叫聲，到處找窗戶。算牠們倒楣，已經來不及逃了，奧嘉有條不紊地一隻一隻將牠們弄死。好像有一兩隻逃走了，不過我懶得管——反正不在**我的身體裡**了，這才是重點。

小艾，我寫下這些對你有幫助嗎？因爲那時候你好像很迷惑，不停看向我又看向滿地的羽毛。幸好當我站起來將你擁入懷中，你似乎拋下了對精靈毒藥運作方式的好奇，只是將臉埋在我的頸子上，讓我非常開心。如果你願意，晚一點我可以協助你寫一篇關於精靈椋鳥的專題論文。

我撫摸你的頭髮，一邊聽你簡短又凌亂地描述這趟旅程的遭遇——你對我繼母下毒，她可能已經死了或性命垂危——噢，小艾！你眞是太神奇了，我原本還希望你不會遇上她。我只希望你能帶奧嘉過來找我，這應該再容易不過，因爲有那件斗篷，牠能判斷出你是我的朋友。可是你做事從來不會只做一半，對吧？

小艾，我必須坦承——我對你萬分敬佩，好像也有一點點害怕。

我本來想再繼續抱著你一會兒，尤其是你好像哭了——你會如此公然展現情緒非常難得，認識你這麼久，這應該是我第二次看到——但雅瑞艾德妮與羅斯站在旁邊很尷尬，而且奧嘉鬧個不停。

「快過來，寶貝。」我彎腰抱起奧嘉。我原本以爲牠只是在吃醋，但牠從我懷中溜出來，爬到我的肩膀上，繼續大聲狂叫。影子之前顯得很害怕，一直躲在餐桌底下偷看奧嘉，但這時牠也叫了起來，牠們兩個好像在溝通。

「他們在追我們。」你焦急地說。「但他們應該沒有……應該沒有跟著通過樞紐，我很確定……」

「誰在追你們？」我問，但你當時似乎無法掌握現實，只是不停反覆說著樞紐的事，還說差點被穿著浴袍的愚蠢棕精靈抓到，幸好在緊要關頭逃出去——你還說了有什麼手指？——這些話當然一點幫助也沒有。於是，我陷入憂傷的情緒，打開門出去，想知道親愛的繼母這次又派了哪種殺手對付我。

我應該不用明說吧？那時候我實在沒心情打鬥，雖然毒素離開了我的身體，但依然殘留一些不適，那種深入骨髓的倦怠，讓我只想來杯咖啡加上豐盛早餐，而不是拔劍對付討厭的暴格。爲什麼敵人總是在我又餓又累的時候上門？我繼母雇用的那些傢伙爲什麼不能等我好好吃飽、在舒適的床上睡一覺之後再來？（現在住的農舍根本沒辦法睡——整塊床墊凹凸不平，簡直要命！）這些殺手眞的很沒人性，不然就是趁別人狀況不好的時候跑來，不然就是選在人家的生日動手。這種職業眞是卑鄙透了。

我說到哪了？對了，雅瑞艾德妮跟著我出去，突然開始放聲尖叫。我甩甩頭想清除疲憊造成的暈眩，這時我看到他們了。

或者該說，我看到了**他**——拉茲卡登，我繼母手下那批侍衛的古老首領。他們曾經是**我的**侍衛，雖然我的王位只坐了一天，在更之前則是我父親的。這些侍衛竟然選擇效忠於殺害我父親的人，這樣算不算是背叛？其實不算——因爲他們效忠的對象並非我父親，也並非我的繼母。他們效忠於王位，至於坐在王位上的是誰，他們不太在意。

拉茲卡登的淒厲叫聲傳遍整個山谷，在群山間迴盪——附近的村子應該都聽見了，這下當地人又多了一個驅逐我們的理由。我本來很高興看到他，畢竟他來自我的王國，我多少有點想念，不過他就是個會動的石像怪，所以見不到其實也不會太遺憾。

我立刻看出拉茲卡登正處於狂怒狀態，顯然打算將你撕成碎片，企圖阻擋的人也會遭遇相同下場。在他身後，更多侍衛排成像箭矢一樣的深色長條隊伍，至少有二十多個。原來這就是他們沒有立刻追上來的原因，區區精靈之門怎麼可能阻擋他們？他們只是在等候隊伍集結，準備發動總攻擊。

我本來想把雅瑞艾德妮推回農舍裡，但我察覺已經來不及了。我大聲叫你不要出來，你卻還是不顧警告跑出屋外，想親自將雅瑞艾德妮拉回去。這時拉茲卡登已經飛到我們頭頂上了，他揮舞巨大的翅膀高速飛來，比冬風的速度更快。於是我把你們兩個拉到身邊，然後召喚出夜幕境。

我看過父親使用這招，但我自己從來沒試過。我很不想這麼做，就連在這一刻也很不願意——但沒有其他辦法了。

所有精靈王都能召喚夜幕境，或至少能召喚出一小部分——可以形容爲簾幕下襬的邊緣。據說那個地方原本是古老的精靈領域，早已荒廢，而且非常恐怖。我的宮廷中有些知識淵博的大臣認爲那裡曾經是所有精靈居住的地方，只是後來大家各自打造了更舒適的領域移居，而夜幕境依然存在，隱藏在不同世界之間的縫隙。印象中，當我父親召喚出夜幕境，他整個人便消失在柱狀的黑暗中。這招絕對能嚇壞敵人，因爲所有精靈都害怕夜幕境。

一瞬間，有如黑夜驟然降臨，眼前一片繁星閃耀。狂風在四周呼嘯——眞的好冷！我以前曾聽說夜幕境極度寒冷，而且到處都是神出鬼沒的怪物，他們早該死了，甚至很希望能死，但他們永生不滅，即使有路通往外界也無法離開。恐怖的嗥叫不停迴盪，我只聞到沙塵的氣味——乾燥、冰冷、惡臭，上古文明從內部腐敗的氣息。

拉茲卡登和我們一起被困在那個鬼地方，開始放聲大叫——現在是因爲害怕，威風凜凜的模樣全部消失了。我可以就這麼把他扔下，他很清楚我可以這麼做——夜幕境是我召喚出來的，也只有我能關閉，拉茲卡登無能爲力。

他驚恐地繞著我們揮動翅膀，不停慘叫、哀求。我不是愛報復的那種人，於是伸出了一隻手臂。拉茲卡登立刻接受我的好意，他朝著我的手臂下降，抓住時力道太大，害我差點整個人往後倒。他的兩條腿纏住我的左肩，其他四條腿抓住我伸出的手臂，他全身不停顫抖，發出嘟呼叫聲——幾乎就像凡界的貓頭鷹。

我關閉了夜幕境。過程中吹起狂風，雅瑞艾德妮往前跌在山腰的草地上。你站得很穩，因爲你一直抱著我，然而當你察覺拉茲卡登纏在我的肩膀上時，你發出嗚咽般的驚呼，然後急忙放手。年老的侍衛需要一些時間平復心情，於是我讓他休息，輕撫他前額的羽毛，等候他慢慢停止顫抖。

我的手腕痛得要命，寫日誌眞是累死人了。你看吧，這就是爲什麼平時正式文章我都指派給學生處理。總之，拉茲卡登和他的下屬離開了，我和羅斯千辛萬苦將你們兩個拖回各自的房間睡覺，因爲你們似乎睡眠不足好幾天，差點體力不支昏倒。

接著我回到樞紐。別誤會，我無意立刻殺回國奪下王座——老天，我繼母中毒之後局面絕對非常亂，這種時候回去根本自找麻煩。以我現在的狀態不適合做這種事，更別說我還沒吃任何東西——我只是想看看久違的故土，呼吸一下森林的空氣。

對了，我不懂爲何我國的樹木使你如此畏懼。小艾，只要你不傷害樹木，它們就不會傷害你。

然而，當我抵達綠眼谷，卻發現那群侍衛慌張地在山谷上方盤旋，我很快就明白原因了。那個可惡的棕精靈竟然把門封死不讓我們進去，在山坡上完全找不到門的蹤影。好吧，其實也不能怪他，凡人動不動就闖進自己家裡想必很不愉快，此外，那群侍衛追來的時候肯定把他家弄得一片狼藉。

儘管可以理解，但我非常失望。當時我實在太生氣，好像在山坡上打出了一個小洞。我回到農舍，發現你正處在我之前描述的狀態：離開床鋪，頭髮一團亂，趴在日誌上熟睡。我幫你洗掉了臉上沾到的墨，然後送你回床上睡。老實說，寫這篇日誌的時候，好幾次我都想叫醒你，再次聽你親口述說。

我眞的好想你。

「才一天而已！」我可以想像你一定會這麼說。唉，一天已經太久了。

你知道嗎？羅斯問我爲何如此鎭定，得知你的英勇事蹟，我應該要更驚訝才對。小艾，他不像我這麼了解你，不過現在你似乎將他視爲朋友，於是我說了實話：只有不知道你有多神奇的人才會感到驚訝，但我早已知道你無所不能。

十月十二日

我原本以爲肯定趕不上下午的火車。我的個人物品不多，所以不到一個小時便打包完畢，但溫德爾自然沒這麼輕鬆，他花了近乎永恆的時間才終於完成準備工作。他和雅瑞艾德妮去了商店兩趟，買了幾個行李箱，還買了衣帽盒和蠶絲包巾。他們反覆討論要不要帶保溫瓶上火車，這時候我已經放空思緒，帶著影子去外面坐著曬秋陽。

無論如何，我不可能對他太生氣，因爲從里歐堡出發的西行火車誤點好幾個小時，我們抵達的時候時間還很充裕。我坐在鐵軌旁的長凳上，從這裡可以看到我們剛離開的那片高山，景色非常壯麗。

可惡的風！我的日誌被吹得一直翻開到溫德爾寫的那幾頁，好像想用他的字跡嘲弄我。假使他**堅持**要幫我寫日誌——好啦，我承認他幫忙補上內容確實很有幫助，可以了吧？——難道他就不能克制一下不要炫耀？我拒絕接受有人可以輕輕鬆鬆寫出如此工整的字跡，不管是不是精靈都一樣。我一口咬定他對我的日誌下了魔咒，但他發誓說絕對沒那個膽。至少他知道我的底線在哪裡。

今天早上我睡過頭了——太陽都出來了我才醒，看來我太習慣在聖列索的生活，變得像村民一樣日出而作、日落而息。溫德爾那邊的床鋪沒有人，實在太驚人了。他竟然比我早起，這種狀況非常罕見。

我一睜開眼睛立刻被大量黑毛遮蔽視線，濕答答的鼻子湊上來，巨大的舌頭也跟著舔來。我一點也不生氣——恰恰相反——我讓影子舔我的臉頰，然後把臉埋在牠的頸子上。

「小可憐。」我喃喃說。「好啦、好啦——別擔心，我不會再丟下你了！」

自從我回來之後，影子每天早上都會這麼做，但我怎麼可能抗拒？牠很想我，我也一樣想牠，我發誓不會再去到牠無法跟隨的地方。

我也說不出為什麼，但我察覺溫德爾來了。抬頭一看，果然沒錯，他靠在門框上看著我，臉上掛著那種難以解讀的笑容。

「你什麼時候變成早起的鳥兒了？」我問。

「我從來就不是。」他強調。他走進房間，往床上一癱，背靠著牆，雙腿壓在我的腿上。「都是牠們兩個不好，又在打架，害我得去把牠們分開。」

「又來了？」

影子和奧嘉始終看對方不順眼，這樣說可能還太客氣了。我一點都不覺得驚訝，貓大多都很怕影子——我一直認為是貓太大驚小怪，因為影子幾乎沒有察覺貓的存在。奧嘉應該是第一隻讓影子害怕的貓，牠似乎因此體會到惡毒的樂趣，總是躲在暗處偷襲影子，還把爪子伸出來。

「都是奧嘉不好，牠故意欺負影子。」溫德爾說。

「她是惡霸。」我替影子打抱不平。「兇狠嗜血的怪獸。」

「這樣形容還遠遠不夠呢。」溫德爾以溺愛的語氣贊同。

他彎腰吻我。我輕輕抓住他的頭髮，一時間有些忘我，但下方廚房傳來談笑與開關櫥櫃的聲響，將我拉回現實。

他用拇指輕撫我的下唇，輕聲說：「我承認很期待回到劍橋，或者該說回到我的公寓。」

「不會待太久。」我說。

他微笑。「不會待太久。」

我們下樓時看到茱莉雅．哈斯與她丈夫亞伯特帶著四個女兒忙碌，顯然正在準備豐盛的送別宴——只有愛絲翠不在廚房，她正和雅瑞艾德妮站在壁爐旁興奮地說著某事，羅斯則在煮咖啡。

「可以跟你點餐嗎？」我在經過羅斯時問道。

他瞪了我一眼。「我只是義務幫忙，表現一下心意。」

「眞體貼。」我努力維持平靜的表情。「我的要多加點鮮奶油，麻煩了。」

「別太過分了。」

大門忽然敞開，羅蘭．哈斯帶著兩個兒子進來，其中一個一手挾著嬰兒。緊接著又來了一對之前在餐館見過的夫妻，然後又有三個年輕人進來和雅瑞艾德妮大聲打招呼。我不由得緊張起來。

看到我的表情，雅瑞艾德妮解釋道：「是我邀請他們的。呃，雖然不是所有村民都會來歡送我們——有些人巴不得我們快點離開——不過呢，你看，又有人來了。」

人數太多，農舍擠不下了，於是茱莉雅招呼大家去院子裡。她生起篝火，她的丈夫和女兒則四處奔走，忙著幫大家張羅咖啡。我不知不覺和茱莉雅與羅蘭聊了起來，聽聞隔壁村子有座水晶洞，裡面住著三個精靈，只要將供品放在門階上，他們就願意幫忙做各種簡單勞務，無論是編織需要收尾或是寢具需要漂白都沒問題，可惜這次我們沒有時間過去。

「唉，這次你有太多要煩惱的事了，對吧？」茱莉雅和善地說。「下次你再來的時候，爸爸可以帶你去看。」

「春天的聖列索很漂亮。」羅蘭殷勤地說，我這才意識到自己已經順著他的話——「五月或六月，那時候草地最豐美」——承諾春天一定會再來。

當然，現在村民都知道溫德爾的眞實身分了——想不知道都難，因爲農舍早已變得截然不同，現在屋外有一整片藍風鈴花海，屋頂上還冒出一層厚厚的愛爾蘭苔蘚。更別說在溫德爾對上拉茲卡登的時候，茱莉雅和她的一個女兒來送早餐，碰巧全程目睹。

「昨晚沒出什麼事吧？」溫德爾問。

「噢，沒事。」茱莉雅對他露出溫暖的微笑。「大家都平安回到家。有些人喝多了，但是不要緊。聖列索從來沒有舉辦過篝火晚會！我姊姊住在北邊的村子，我去那裡參加過，但是很多村民都是第一次，就連一些老人家也一樣。」

溫德爾已經將羊仙驅逐回他的王國。有鑑於綠眼谷的門早已封閉，我不知道他們要怎麼回去，但溫德爾似乎並不擔心。他們從此不會再騷擾聖列索的居民，但是附近還有許多兇惡的精靈——包括雪鈴和他的同類——所以村民依然必須小心提防。聖列索幾個世代以來發生了不少死亡與失蹤事件，罪魁禍首似乎正是小坎卜斯。現在，村民可以睡得安心一點了——雖然天黑之後還是得提高警覺。

茱莉雅捏了捏溫德爾的手臂。村民對待他的親切態度讓人有點不安——與拉芬斯維克村民不同，聖列索的人似乎並未特別敬畏他，和他相處也不會緊張。我猜測大概是因爲他們有精靈血統。他們確實感謝他，但並不會太刻意，就像感謝陽光讓莊稼更快長高一樣。

「雅瑞艾德妮。」我喊道，她正在和哈斯家的另一個女兒聊天，這時停了下來。「可以跟你說句話嗎？」

「沒問題，姑姑。」她回答，然後跟隨我走向花園邊緣的長凳。山毛櫸樹林現在幾乎全部變得光禿，樹梢上只剩幾片葉子在風中顫抖。

「我不該邀請村民嗎？」她緊張地問。「我想還是保持和睦關係比較好——畢竟我們可能還是得回來做進一步調查。」

「對——不對，我的意思是，邀請村民沒什麼不對。」我說。「你做得很好，我只是想說……」我打住，整理一下想說的話。「雅瑞艾德妮……我有時候好像對你太嚴厲了，你確實證明了自己是個非常能幹的助理，在精靈界眞的幫了我很多忙。我希望你從我身上有學到東西，也希望當你需要指引的時候願意來找我。雖然我有時候會忘記說話要委婉一點，但只要你來，我一定有問必答——因爲你已經成爲我很重視的人了。」

我覺得好像必須做個結論，但昨天我在心裡練習的時候沒有想到該說什麼，於是只能尷尬地陷入沉默。雅瑞艾德妮好像嚇呆了。也對，我好像從來沒有一口氣對她說過那麼多話，頂多只有在指導田調技巧之類的時候才會多說兩句。她以滿懷希望的語氣說：「謝謝你，艾蜜莉姑姑。那個，我一直以爲……我不是懷疑你什麼，但是……呃，謝謝。」

「要知道，我很不習慣擁有助理。」說出最後一個詞的時候我有點卡住，因爲我想說的不只是助理。我向來和家人不親——我哥哥唯一的人生目標就是讓銀行存款變多，我的父母則是善良勤奮的好人，但他們對科學的好奇心和田鼠差不多。但雅瑞艾德妮似乎能明白，她露出溫暖的笑容。

「這一切我都很不習慣！」她說。「我曾經以爲自己會一輩子做衣服。噢，我喜歡衣服，但沒有到**那種程度**。樹靈學是我眞正的熱愛，多虧有你，我才有勇氣告訴爸爸。現在我竟然達成這麼大的成就——我去過精靈界耶！謝謝你，姑姑。」

她靠過來給我一個緊緊的擁抱，吻我的臉頰一下之後又回去找朋友。

一件事解決了，我告訴自己，很慶幸那一刻這麼快結束。然而，接下來一整天我卻不由自主一直回想，就好像配戴心愛珠寶的人會不自覺一直去摸一樣。

我爲自己倒了一杯熱巧克力，坐在草地上欣賞臨時樂團的演出。不久後羅斯悠閒走來加入，我們又開始爭論柏托齊最新的理論，樹靈學界對此評價兩極。我們兩個和這麼多人相處太久，大概都覺得累了，因此需要暫時休息一下，躲進腦中的虛擬圖書館。我們爭辯到最後依然各執己見，但氣氛相當和諧，稍後羅斯又回屋裡去小睡。

於此同時，溫德爾坐在戶外的餐桌邊和埃伯哈一家人說話。他比劃著優美繁複的手勢，肯定是爲了補償受傷的埃伯哈而承諾給予各種華而不實的禮物，但從動作與表情可以判斷，埃伯哈試圖拒絕，卻又不敢太強硬。

我忽然覺得不太自在，也可能只是又萌生了新的罪惡感。原本曬著太陽睡覺的影子站起身，走過來趴在我身邊。我摸摸牠的肚子，直到牠又重新睡著。

不久之後溫德爾過來找我，懶洋洋地坐在草地上，身體往後靠。「小艾，你爲什麼皺著眉頭？怎麼了嗎？」

我搖搖頭。「他太輕易就原諒我了，他們全都是。」

「很好啊！」溫德爾說。「這樣不是很方便嗎？記仇太累人。」

「我差點害死他。」我說。「他們不該因爲區區一棵魔法果樹或你承諾的其他補償就又對我們好，這樣感覺……好像什麼陰謀詭計。」

「你希望他們把你趕出村子，或是對影子丟石頭？」

「不是這樣。」我也不知道我想要什麼。我只知道村民的溫情讓我良心不安，總覺得自己脫離了熟悉的世界，有如漂流的小船。遠方會有什麼在等著我？

溫德爾歪頭端詳我。我感覺得出來他不懂我爲何感到不自在，但我很感謝他願意替我出面補償村民。說不定單純只是他比我更親近村民。

「算了吧，我不期待你理解良心不安的感覺。要是你太努力，搞不好會扭傷腦袋。」我挖苦道。

他大笑。「我差點忘了。」他說。「你沒看到這個，早上他來的時候我們大概都還在睡覺——我在樓下的餐桌上發現的。」

他遞給我一個用布蓋住的小籃子。我掀開一看，籃子裡放著阿坡的麵包——絕對是他做的，像平常一樣完美無瑕，裡面有藍莓乾，表層灑上海鹽。我用力吸了一口略帶酵母氣息的甜香，心中充滿感激。

「我得承認，我有點佩服那個小傢伙所做的事。」他說。「他竟然把家門給了你——我好像不知道該怎麼辦到，他讓我很驚訝。」

「這是因爲你太小看他們了。」我說。「我指的是所有的泛精靈，他們全體都比你所想的更聰明、更有辦法。」

「嗯哼。」他剝下一塊麵包。

「我是說眞的，」我抗議，「不能只是因爲泛精靈身材矮小就看不起他們。多虧了羊仙，你才能找到回家的路。」

他沉默片刻，隨手把玩麵包。「你說得對。」

我一下子反應不過來——我以爲他會爭辯，不然就是隨便打發我。「本來就是。」

「嗯，阿坡幫了很大的忙，那個狐矮人也是。其實我和他們也差不多，憑什麼瞧不起那些小傢伙？祖母一定會對我很失望吧。」

看來我的表情洩漏了震驚的心情，因爲他大笑起來。「小艾，有你在身邊，我怎麼可能忘記我的不足之處？」

「你該感到慶幸。否則你根本不會察覺，最後遲早會因此惹上各種麻煩。」

我以爲他會再次大笑，沒想到他的綠眸變得嚴肅。他牽起我的手。「千萬不要因爲害怕就不敢告訴我。」

「告訴你什麼？」

他蹙起眉頭。「我父親原本是個樸實的人，一心只想著養育子女、打理家務。他會喜歡我的生母不是沒有理由，畢竟她的母親是夜精靈。我對這樣的他毫無印象，都是聽我大姊說的……在我有記憶的時候，他已經變了一個人，他會一邊歡呼，一邊看著拉茲卡登將敵人活生生撕碎，還會找愚蠢的理由對鄰國宣戰，只是因爲打仗能讓他有事可做。至於我的繼母，唉，她很寵愛我們。她的問題是太過**渴望**王位，以致於性情大變，以王后的身分與我父親共同統治已經無法滿足她——她想要獨攬大權。當然還有你的上一位追求者——他眞是個大混蛋！看來只要當上精靈王都逃不過這樣的命運，勢必會變得像冬夜一般冷酷無情。」

我審視著他的表情。他很難得會說這種話——他畢竟是精靈，不善於自省。但我忍不住揚起嘴角。

「怎樣？」

「對不起。」我說。「不過呢，你只要斗篷不夠平整就不想出門，我很難想像自己會害怕這樣的人。」

他輕輕笑了一聲，別過了頭。我把他的手拉過來用雙手握住，而他再次看向我的時候，表情放鬆，露出笑容。

「我會在你身邊。」我輕聲說。「哪裡都不去。」

我把頭靠在他的肩上，一起看著羅蘭彈奏豎琴。

「剛才我們在討論泛精靈的事……」我說。

「啊，是了。你有意見，對吧？我感覺得出來，而且是我不會喜歡的意見。好吧，來聽聽你的論點。」

「不是**意見**。」我說。「只是個想法，說不定你不會太討厭喔。」

十二月二十九日

昨夜我們很晚才抵達，所以今天早上也很晚起床。這棟住宅位在海濱的丘陵上——絕對是大宅，而且幾乎快到豪宅的程度，可以眺望青藍波浪拍打貝殼色調的石灰岩——這全是因爲溫德爾吵著說他受夠了「髒兮兮的農舍」，再也不要住那種地方。這裡沒有沙灘，是很少有人造訪的偏僻鄉下，地形崎嶇，不過有條小徑通往海邊，可以從岩岸跳進海裡。溫德爾覺得掃興，但我不喜歡沙灘，沙子會跑進書本裡，還會害影子的毛打結，很難梳開。無論如何，我們不會停留太久。

重新拾筆寫作感覺好奇怪，不知道爲什麼我之前一直提不起興致寫日誌。或許溫德爾說得沒錯，之前去他的王國那次，我見識到太多美景與太多恐怖（在精靈界兩者似乎同時並存），有如經歷一場奇詭繁複的夢境，我擔心記憶也會像夢一樣轉眼消散，所以急著寫下所有經過，以致於油盡燈枯。

今天早上我比溫德爾早起，於是獨自去海邊坐坐。我脫掉鞋子踏入海水，明明是冬季，海水卻暖得誇張。之前我只來過希臘一次，單純是爲了尋覓寧芙精靈的故事，對這個國家並不熟悉。但我們很順利就找到了樞紐的所在地，因爲之前從冬精靈的門往外看的時候，我記住了海岸的樣子與海上的島嶼，我和溫德爾在劍橋花了幾天研究地圖就確定地點了。冬精靈封閉了奧地利的入口，我擔心他會不會也封閉了希臘的這道門戶，但溫德爾說不太可能，因爲封閉精靈之門難度很高、非常累人。

我們租的房子距離那道門走路頂多二十分鐘，我知道門上會有一個玻璃門把，裡面盛滿燦爛陽光下的海水。

選在歲末年終踏上旅程感覺格外有意義。這將是我連續第二年在冬季前往精靈界，不過這次我會知道舊年過去、新年來到，因爲有溫德爾的魔法保護，我不必再忍受前兩次造訪精靈界時那種腦中起霧的可怕感覺。他也承諾去到他的領域之後會將時間流速調整到大致與凡界相當。當然啦，他說起這件事的語氣非常隨意，好像沒什麼大不了似的。

我們自然無法知道去到溫德爾的王國之後會發生什麼事，頂多只能推測。溫德爾認爲他的繼母已經死了，因爲我在酒裡放的毒藥分量不少。至少她會因爲毒性而無法使用魔法，就像他中毒當時那樣。

倘若眞是這樣，又會發生什麼事？我們會進入兵荒馬亂的世界嗎？其他精靈會趁著權力眞空奪取王位嗎？去了才會知道。無論如何，我相信溫德爾能成功奪回王位，不只因爲他是溫德爾，也不只因爲他能操縱時空（他召喚出那個該死的「夜幕境」害我連續一週做噩夢），而是因爲他有**那支軍隊**。

一個身影從我們頭頂飛過。我不用看也知道是拉茲卡登，因爲他們的影子帶著刺骨的寒意，我知道絕不是我的想像。無論溫德爾住在哪裡，他都會固定巡視，以幻術調整外型配合環境。今天早上他的模樣是西點林鴞，以一身棕黃毛色融入黃土遍布的鄉間。其他侍衛則分散在附近的山丘上待命。

不只這樣。

此刻我看不見他們，感謝老天。但昨晚我曾瞥見幾次，他們潛伏在山丘暗處，過大的眼睛閃閃發光，尖端有如利刃的角在星光下映出更加黑暗的陰影。

溫德爾不知道他們是如何來到這裡的。他也不在乎——他命令他們來，於是他們就來了。羊仙顯然非常熟悉連結不同精靈領域與相鄰凡間邊界的祕密通道，程度遠超出我們的想像。他們帶著狗一起來，淒厲哀怨的嗥叫即使在熟睡中依然能聽見。

還有更多——阿坡送來一整個家族的山怪，至少十多個。這是我第一次看到山怪，他們通常住在北歐與俄羅斯最偏遠寒冷的地區——以山怪作爲研究課題的學者必須格外能吃苦耐勞。這些山怪身高大約三英尺，感覺有點像盛裝打扮的中世紀農民，差別在於山怪的五官又圓又凸，膚色偏灰。他們每一個都帶著不同的工具——這點是否反映出山怪的文化非常重視工匠[23]？——從榔頭、鐵鍬到籃子與堅果採集器，不一而足。我也試過和這些山怪交談，但他們沉默寡言，頂多偶爾互相低語，然後又躲回灌木叢裡。不過，根據阿坡的說法，山怪非常喜歡探險，經常到處流浪、建立臨時村落，並且爲當地居民服務，而在停留一陣子之後又會收拾家當上路。他們很樂意幫助溫德爾，換取將來自由出入狼之森的權利。

最後還有不容小覷的泛精靈助力，也就是狐矮人一族。雪鈴將前往溫德爾王國的故事講給同胞聽，他們嫉妒到近乎發狂，要求下次的冒險之旅也帶他們一起去。他們正在綠眼谷等待。等我和溫德爾進入冬精靈的家——現在是深冬，屋主應該不在家——第一要務就是開啓

23 依芙琳．達德曾經前往芬蘭的凱努地區研究山怪村落的鐵匠工藝，她將觀察紀錄納入最新版（一九〇九年）的大學用教科書《樹靈學入門：理論、方法與實務》。

聖列索那道封鎖的門放他們過來。然後這支由各種噩夢組成的軍隊將殺進溫德爾的王國。

我拎起鞋子赤腳走回租屋處。那是一棟白到發亮的石造建築，有六間臥房、三座陽臺，我們兩個人只住一夜，這樣的格局實在太浮誇。我走進廚房，發現溫德爾已經起床了，正和租屋附帶的廚師談笑風生。至少我認爲他正在開玩笑——我聽得懂的希臘語不到十個字。

矮矮胖胖的廚師一看就讓人覺得手藝很好，他的臉龐非常紅潤，經常拿著擦碗布抹臉，這時已經準備好早餐了。菜色包括放了番茄的歐姆蛋、切片水果搭配優格與蜂蜜、堆滿蔬菜的香料餅，當然還有充足的咖啡。

我進去時溫德爾吻了我一下。一般而言我不太喜歡在外人面前這樣做，但最近他的心情實在太好，只要在他身邊我就會同樣感到愉快，所以我不介意。廚師鞠躬之後便回到僕役的休息區。

早餐快要吃完時，溫德爾把椅子往後仰，慢慢喝著不知第幾杯咖啡。「這樣才對嘛，奪回王國的第一步就該以這種文明的方式展開。」

「無論要做什麼，你都會認爲這樣才是文明的展開方式。」我揶揄。「就算只是整天什麼都不做也一樣。」

「中毒之後需要很多時間休養，什麼都不該做。」他以抱怨的口吻說道。「不是每個人都能在九死一生之後立刻跑去圖書館嚇唬館員，然後還寫出三篇以上的論文。」

我只是搖頭，拿起另一片吐司。他似乎完全康復了，雖然有時使用魔法之後還是會抱怨頭疼。他花了好幾個星期才徹底擺脫遭到繼母下毒引起的症狀，我們因此有理由回到劍橋過完秋季，並且處理一些需要收尾的事。

我上樓去叫醒影子。牠睡在床角，聽到我來了便噴著鼻息坐起來，尾巴搖個不停。我簡單打包行李——非常輕便，只有幾樣東西，包括日誌和地圖書的草稿。我慢慢重拾寫作工作，現在已經快完成了。

我的雙手微微顫抖。即將重回溫德爾的領域，我當然興奮得難以自已。我並沒有忘記上次經歷的恐怖，當時我甚至差點陷入瘋狂。說眞的，我好像不太正常。

我們兩個都向劍橋申請了學術休假。溫德爾認爲他應該不會重返校園，也沒有必要回去。學者生涯對他而言只是一種手段，目的是找到回家的路。但我知道我一定會回去，即使只是短暫停留。或許一個學期待在這裡、一個學期待在那裡，畢竟獲得終身教職的學者享有極大的自由。我將上次造訪狼之森期間所寫的日誌整理好（當然經過大量編修與濃縮），投稿至《當代樹靈學》期刊，等下個月刊登出來之後，劍橋肯定會更積極想留住我。羅斯列名爲共同作者，想不到他竟然願意紆尊降貴，允許我掛第一作者，而他也確信這篇文章絕對能震撼學術界。

此外——我也即將出版我的地圖書。

我帶著影子下樓，看見溫德爾優美地輕倚窗臺眺望大海。他穿著最輕薄的斗篷，深棕色布料搭配銀鈕釦，恰好襯托出一雙深綠眼眸。他什麼都沒帶——當然，奧嘉是一定要帶上的，牠坐在溫德爾腳邊耐心等待，尾巴不時甩動。

他微笑著對我伸出一隻手。「走吧？」

我握住他的手，一起走出租屋處，沒有費事關門。

故事盒子 77

艾蜜莉的精靈百科 2

艾蜜莉的幻境地圖

作　　者　海瑟・佛賽特 Heather Fawcett
譯　　者　康學慧

野人文化股份有限公司
社　　長　張瑩瑩
總 編 輯　蔡麗真
副總編輯　陳瑾璇
責任編輯　李怡庭
專業校對　魏秋綢
行銷經理　林麗紅
行銷企畫　李映柔
封面設計　周家瑤
內頁排版　洪素貞

出　　版　野人文化股份有限公司
發　　行　遠足文化事業股份有限公司 (讀書共和國出版集團)
地址：231 新北市新店區民權路 108-2 號 9 樓
電話：（02）2218-1417　傳真：（02）8667-1065
電子信箱：service@bookrep.com.tw
網址：www.bookrep.com.tw
郵撥帳號：19504465 遠足文化事業股份有限公司
客服專線：0800-221-029
法律顧問　華洋法律事務所　蘇文生律師
印　　製　呈靖彩藝股份有限公司
初版 1 刷　2024 年 10 月
初版 2 刷　2025 年 05 月

歡迎團體訂購，另有優惠，請洽業務部（02）2218-1417 分機 1124

國家圖書館出版品預行編目（CIP）資料

艾蜜莉的精靈百科【2】：幻境地圖 / 海瑟・佛賽特 (Heather Fawcett) 著 ; 康學慧譯 . -- 初版 . -- 新北市 : 野人文化股份有限公司出版 : 遠足文化事業股份有限公司發行 , 2024.10
面；　公分 . -- (故事盒子 ; 77)
譯自 : Emily Wilde's Map of the Otherlands
ISBN 978-626-7555-16-3(平裝)
ISBN 978-626-7555-14-9(EPUB)
ISBN 978-626-7555-13-2(PDF)

874.57　　113005099

艾蜜莉的幻境地圖

野人文化
官方網頁

野人文化
讀者回函

線上讀者回函專用 QR CODE，你的寶貴意見，將是我們進步的最大動力。